何一峰武侠小说

何一峰武侠小说

湖海大侠

何一峰 著

中国文史出版社

图书在版编目(CIP)数据

湖海大侠 / 何一峰著. -- 北京：中国文史出版社，2025.3

(何一峰武侠小说)

ISBN 978-7-5205-3986-9

Ⅰ.①湖… Ⅱ.①何… Ⅲ.①侠义小说-中国-现代 Ⅳ.①I246.5

中国版本图书馆 CIP 数据核字(2022)第 236519 号

责任编辑：牟国煜

出版发行：中国文史出版社
社　　址：北京市海淀区西八里庄路 69 号院　邮编：100142
电　　话：010-81136606　81136602　81136603（发行部）
传　　真：010-81136655
印　　装：廊坊市海涛印刷有限公司
经　　销：全国新华书店
开　　本：880×1230　1/32
印　　张：9.5　　　　字数：228 千字
版　　次：2025 年 3 月第 1 版
印　　次：2025 年 3 月第 1 次印刷
定　　价：66.00 元

文史版图书，版权所有，侵权必究。

文史版图书，印装错误可与发行部联系退换。

陶　　序

　　自太史公作《游侠传》以来，稗官野乘继起，而传剑侠诸书代有其人。比年来，革命实现盛行，武侠小说之热潮达于极端，而多数著作武侠之表述与多数爱读武侠之精神各有伟大之力量，亦达于极端。

　　顾诸书所传剑侠人物多崛起于村墟山岳之间，竟以村墟山岳之间专为剑侠人物之发祥地，千篇一律，神乎其词，欲求于鱼盐川泽之中，传述英雄豪杰之剑侠生活，迄未可得也。而蛟龙之所变化，鲲鲸之所游嘘，岂真川泽中之精灵，钟于物而不钟于人欤？

　　近者南星主人倏以何一峰君所著之《湖海大侠》传相示，并索余为序。读其书则狂扬吻目，巨浪掀空。而湖海中之奇人侠士，其呼风雨泣鬼神之手段固层叠而不穷，其惊天地走龙蛇之武功更弥漫而益涨，夹之稗官剑侠书中，真所谓鸷鸟类百不如一鹗。

　　至结构之精，设想之奇，起止呼应之神，亦复合缝斗榫，尽巧穷工。因为有目者所共赏，不待余之哓哓为也。爰抒所闻，以缀简端。

　　是序。

陶寒翠序于吴中桃花坞别墅
一九三一年一月十五日

自　　序

　　南星主人嘱余创《湖海大侠》说部一书，迄今已蟾圆五度。余不敏，愧于武术家言，曾未尝学问，有所发明。然创草以来，常若有如许之狂飚巨浪，鼓震荡决于余之脑海间，终其书未能怗然以和、涣然以释，而抹却无量眼泪，生出无量噩梦。

　　一若书中大侠和余直接都有所鼓铸，有所触受，有所亭毒，有所熏浸，亦不自知其所以然也。

　　今夫鸟，凤凰吸露餐霞，栖息云表；大鹏抟九万里，击扶摇而上。今夫兽，驺虞麒麟，来往开化之国；狻猊狮象，威震山谷而纵横万里。鸟兽之萃拔畴伦，雄长侪辈，因为鸟兽之威德有以济之也。吾冥思之，寝鞠之，《大侠》书中人物，宜若如鸟之击扶摇而上，或且栖息云表矣；宜若如兽之纵横万里，或且往来于开化之国矣。而孰谓鼖鼓声沉，战血之漂流如杵；河山运歇，英雄之磊气全消。

　　盖专制时代之所以位置大侠、研砌大侠有如是者，夫安得起海龙董平于九泉，而一谈剑侠之生活也。

　　是序。

何一峰叙于沪上别墅
一九三〇年十二月十日

目 录

第一回 乘风破浪豪侠生涯
　　　 逆水推舟英雄身手 …………………………… 1

第二回 水立波翻芦苇飞信箭
　　　 风吹萍聚杯酒见神交 …………………………… 8

第三回 独臂龙义让葫芦寨
　　　 穿星胆威镇太湖帮 …………………………… 15

第四回 奇中奇大侠化红妆
　　　 玄又玄名姝逢恶盗 …………………………… 22

第五回 水是运神功疾如秋隼
　　　 湖心飞铗剑矫若游龙 …………………………… 29

第六回 秋水临风美人身似剑
　　　 浪花溅雨壮士气如虹 …………………………… 36

第七回 伏龙庵澹性证道
　　　 白雀寺杨异寻师 …………………………… 43

第八回 绿林掠红粉情海生风
　　　 血泪揾花容爱河没顶 …………………………… 50

第九回 李僵桃代女侠扮新娘
　　　 雨覆云翻美人遭毒手 …………………………… 58

第　十　回　负蚌壳暗渡鹊桥仙
　　　　　　陷机关巧救云中凤……………………65

第 十一 回　密语话囹圄郎心似水
　　　　　　情天增怅惘妾意如云……………………72

第 十二 回　奇女子多情恋凤
　　　　　　小英雄有意求凰……………………………79

第 十三 回　空花烛难为三度新郎
　　　　　　恶姻缘了却一名闺秀……………………87

第 十四 回　金眼鳌怒斩韦虎林
　　　　　　北海龙威慑窦鸿藻……………………………95

第 十五 回　洞庭湖英雄显身手
　　　　　　观音寺和尚现神通…………………………102

第 十六 回　玉蝴蝶孤身入虎穴
　　　　　　水蜻蜓一怒责英雄…………………………109

第 十七 回　爱水养情花刀边伴侣
　　　　　　神功使鬼斧袖内机关………………………116

第 十八 回　笑里藏刀奸雄面目
　　　　　　袖中怀箭名侠胸襟…………………………123

第 十九 回　巨眼识英雄安排坑堑
　　　　　　热心救女侠泄露军机………………………130

第 二十 回　诸葛鹗计袭洞庭帮
　　　　　　北海龙刀破磨盘寨…………………………137

第二十一回　杀阵布天罗箭飞弦急
　　　　　　绿林识怪杰鹤立鸡群………………………145

第二十二回　燕唪莺鸣星眸扬笑靥

　　　　　　云翻雨覆怪侠助神鳌…………………152

第二十三回　石屋布机关仙人戏水

　　　　　　湖心留怪迹狮子盘球…………………160

第二十四回　拨金针空穴来风

　　　　　　遇救星侠女脱险………………………167

第二十五回　小豪杰童年显绝艺

　　　　　　老和尚巧语寓禅机……………………174

第二十六回　佛心回天锦囊储妙药

　　　　　　奇峰陡险杯酒困英雄…………………182

第二十七回　辣手劫娇娃潘花堕涵

　　　　　　法台破魔术秋电凌空…………………190

第二十八回　韦如虎暗使杀人心

　　　　　　叶树声妙用激将法……………………198

第二十九回　总督衙怪客诏谎言

　　　　　　太湖帮英雄揭黑幕……………………205

第 三 十 回　女英雄赴火破邪法

　　　　　　恶和尚诡计种冤仇……………………212

第三十一回　撕法扇暗退窦鸿藻

　　　　　　入督署气慑铁制军……………………219

第三十二回　总督衙韦如虎伏诛

　　　　　　太湖帮僧澹性搦战……………………226

第三十三回　见美色恶强盗欺心

　　　　　　报主仇好女郎殒命……………………233

第三十四回　报军情暗助太湖帮
　　　　　　划石鼓力服山东盗……………………… 240

第三十五回　侠骨崚崚热心救女盗
　　　　　　情丝缕缕信口诌胡言……………………… 247

第三十六回　沈海龙再犯洞庭帮
　　　　　　祝红云七破金钟罩………………………… 255

第三十七回　布袋敛飞刀全军报捷
　　　　　　水牢喷火焰一炬成功……………………… 263

第三十八回　章大刚含泪怨师尊
　　　　　　僧澹性热心全戒律………………………… 270

第三十九回　显法力陆书田拜师
　　　　　　巧机缘李湘亭明道………………………… 278

第 四 十 回　危崖勒辔马名士生涯
　　　　　　樵水傍渔山英雄末路……………………… 286

第一回

乘风破浪豪侠生涯
逆水推舟英雄身手

朦胧的月光照着太湖秋水，傍晚，芦花一色，被夜风吹得淅淅地响，渔舟如蚁，渔火荧荧，摇荡在微波静浪之间，倏明倏灭。远望湖心夜色，静若晴空一碧，泛出点点的红星。湖中荇藻交横，鱼虾出没，茫然三万六千顷。水清荻白，波碧灯红，满布着清幽的夜景，一时雁叫长空声与渔歌晚唱声若相酬答，渐渐从薄云里冲出光莹皎洁的半轮明月来。这样一来，那湖中的水越发光明澄澈，上映皎洁的月光，现出一个水晶世界。看芦苇深处傍岸的一带，远远还有人家、湖村、烟雾，沉寂无声，分明刁斗不鸣，鸡犬无惊。像这般的夜景，除了附近湖村的人家，人生能得几回领略？

这时候，有一只大船，满挂着五色的篷帆，乘着微微的西北风向前径发。虽然太湖夜景在这明月当空、清风徐来的时际，并不含有绿林虺鬐的色彩，但太湖帮中有一班水强盗，以水为家，在太湖上也很有一点儿名气。

偏是那大船上的主人，是一位四十上下英气虎虎的健男子，他的班辈大而声望隆，资格小而本领高，水有水路上的良朋，陆有陆路上的好友。他在江、浙、晋、鲁、豫五省江湖之间面子十足，大凡靠山吃山、靠水吃水一班做没本钱买卖的人们，在陆路上看见他骑的那匹踏雪乌云马，在水路上看见他坐的那只鱼身鹚首船，船桅上高扎着五色的篷帆，知道是山东沈的标记，就得出面向他讲一讲交情。

如今这健男子相偕一后生危立舱外，披襟当风，乘波鼓浪而来，看湖心的景色，不觉失声叫妙，便吩咐舵工扯下篷帆，就在这里驻下。一面亲自到船头上举起一副重约八百斤的铁锚，那锚链足有十来丈长，把铁锚向湖心抛去，那铁锚破水的声音扑通一响，接着就见那镜面也似的湖水，在月影当中急开了一个比风轮还大的溅花。一霎时牵动了湖心的波浪，月影在湖中摇闪无定，那傍岸一带的渔船也在那里撼动簸荡起来。

那健男子就坐在船头上，抬头望着天上的月，低头看着湖中的水，自以为生平境遇以这一刹那间最为豪壮，不觉心旷神怡，精神为之一爽。一会儿那浪声渐渐稳住了，急听后面芦苇中叽溜溜乱响了一阵，回头看有两只小渔船，鼓着棹，摇着橹，唱着歌，像在湖面上游弋似的，渐渐要向大船逼摆得来，却被这健男子看在眼里。

那后生站在舱门口，月光下面，看渔船上的汉子，一个个都也有水上英雄的神态，不像似打鱼人的样子。他虽是随从他师父日月无几，在江湖上也有一点儿经验，当即走近健男子的身边，凑近他的耳根，说道："师父看后面的两只渔船，竟想转我们的念头吗？"

那健男子微笑道："对了，你的眼光也很不弱，只是你打算怎么办？"

那后生回道："就凭师父一个人一把刀，也没有开发他们。不过是这些东西，听说他们水上的功夫很厉害，依徒弟的愚见，不若由师父出面向他们讲一讲交情。他们听了师父名头，必然害怕不敢动手，也就可以省事无事了。"

那健男子摇摇头说道："林儿，你怎么讲？我在江湖上混了十年，人家多有向我打招呼，我向来就没有向人家打过招呼。这些东西不是聋了耳朵就是瞎了眼,哪里配在江湖上混?我不妨借此教训他们一番,他们才知道天有多高地有多厚。"

那后生听了便不敢再说什么。

一会儿,那两只渔船分着左右逼摆在大船身旁,猛听得一声"上上上!",那两只小渔船上早跳出太湖帮中两个英雄豪客,为首的一人一个鲤鱼打挺的身法跳上大船来,猛然一刀,就向这健男子肚皮上刺去。

说时偏迟,那时却快,这健男子一手将他刀尖接住,顺势一牵,因为他来势过猛,不防备刀尖已被人家接住了,不禁扑地跌倒在健男子的脚前,健男子把脚尖轻轻一踢,早将他踢下水去。第二个强盗又上来,也使着一把牛耳尖刀,才跳上了大船,便见这健男子一脚踢去了一个。乘他这只脚没有抽回的时候,使一个海底捞月的手法,一刀便向那健男子裤裆里搠进。裤裆倒搠成了一个窟窿,这健男子已飞起这只脚,在势要用到那只脚踢他一脚,谁知那只脚动也不动,又不闪让,早顺手捞住刀尖向空中一推,那强盗人已落水,刀却被这健男子夺在手中。不但前阴没有受伤,连手掌上的油皮红也一点不红。一连两个下了水。

那后生看他师父的浑身解数,也看得呆了。这时他转想到两个强盗落水不会死的,师父在陆路上的功夫真了得,如果到水底下和这两个动起手来,就怕师父半世的英名要伤败在这两个东西手里。

心里刚这么一想,暗暗向那健男子打了一个哨语,意思是请他要防备一些,不要小觑了草泽间的毛贼。谁知那健男子也渐渐有些戒心了,因他看第一个强盗踢下水的时候,觉得船身微微摇动。这么大的一只船,又抛下锚链,一时水波不兴,船身怎会摇动呢?

他是何等机警的人,在先因不肯枉伤那强盗的性命,一脚踢

3

得轻了,早知那第一个强盗下水略受一点儿微伤,并没有死,反在船底下兴风作浪起来。像这班水强盗,陆路、马上、步下的功夫倒很平常,若在水中,简直就像水底的大鱼,水愈大,鱼在水中的力量愈大。这强盗准许在船底下兴风作浪,船的质量虽重,但浮在水上便轻。强盗的气力虽及不上陆路上有本领,人但得水则气力膨胀,愈发大得厉害。

接着第二个强盗下了水,那船身反渐渐稳住了。寻常在水路上毫没有多大经验的人,无论在匆忙间没有检点到这一层,即使在那船身摇动的时候,总疑是第一个强盗在船底下显出他的水功。及至第二个强盗下了水,那波浪却渐渐稳住,反疑惑那第二个强盗水功太不济事,一下了水,性命便靠不住了。第一个强盗既有这样的水功,自然练就一双行眼在,水底下观人就同陆地上看东西的一样,自己同伙落了水,便解救他蹿到芦岸边去了。

寻常在水路上毫没有多大经验的人多是这么地想,哪知这健男子胸中的计算却又不然。他看这第二个强盗落水便不见了,并不是普通人不大谙习水功的样子,两个强盗在船底下兴波作浪,自然船身摇荡更厉害了。于今看船身渐渐地稳住了,料定这两个强盗在水底下讨论着对付的方法,不是畏势潜逃的样子,那健男子心里陡有了一个计较,便在船上厉声说道:"你们用不着怎样计较,我和你们向无仇怨,就是你们被我踢下水,你们若不对我下毒手存心要害我的性命,我也绝不致将你们送下水去。如果今夜我不是存着仁厚的心肠,故意放你们一条生路,你们有命到船底下去吗?老实告诉你们听,你们水路的本领实在不是我的对手,你们若不相信,就得再显出点神通给我看看,是要怎样能奈何我!"

话犹未毕,那船身渐渐向左一偏,一时浪声大作,高高的桅杆竖在天空,渐渐看要横在左边湖面上了。

那健男子早吩咐着后生,快去帮着舵工把好了舵子。船向左边偏,他的右脚使劲在右边站定,那船身陡然正了过来,桅杆仍高高地竖在天空。船向右边偏,那桅杆看似又要横在右边湖面上了,那健男子的左脚使劲在左边站定,船身也陡然正了过来。天边间却依然竖着三丈六尺高的桅帆。

这时候,船身四面的风浪愈加大了,那船身竟像有千钧重量的东西压住的样子,动也不曾一动。那两个强盗虽要在船底下挖开一个漏洞,无奈满底周围都衬着铁板,手中又没有斩钢削铁的利器,这真应得一句俗话"水老鼠咬不动生铁"。

所以这健男子有恃无恐,却不用防他这一招。波浪奔腾了一会儿,就见船头前面有两条黑影,在水面上风一般地向前飞去。

健男子知道他这类水面上飞行的功夫较陆路上的飞行功不同,水路上的飞行功全借水的力量,陆路上的飞行功全借气的力量。

看这两个强盗渐渐飞到那芦苇中去了,两只渔船尚在波浪间摆来鼓去,也就自由自性地摆到芦花浅水边了。

这健男子在船头上等了一会儿,并不见那东三只、西五只傍岸一带的渔船上有什么好手游泳而来,便换过衣裤。

约莫又等了一个时辰,陡见上游飞一般的一只湖船,远远看那船头立着好些汉子,湖船后面还拖曳着二三十队飞龙。

看那湖船上一不用篙桨,二不用橹,迎着逆风飞驶而来,这健男子却料定那么大的船就用篙桨篷橹,在顺风向下行去也没有行得像飞的还快,绝有谙习水功的小强盗在后面逆水推舟。能在逆风推起这么大的船,小强盗的水功也就可观,何况推得像飞一般的快呢?看这太湖帮的强盗来一个胜似一个,他们练成这样的水功很是不易,无如世界上竟没有他们扬眉吐气的地方,竟使沦落在太湖帮中，联成党羽，做了个强盗，岂不可惜？

健男子心里这么想着，看那湖船已穿梭般地穿到面前了。月光下看见湖船上为首一人，约莫有三十来岁，短衣宽袖，外面披了一件长衫。那人对面向这健男子望了望，认得他这一只鱼身鹚首船，不禁失声叫道："呀哎，喏喏喏！这不是山东穿星胆沈海龙沈大哥吗？我的哥，你是几时到太湖的？为什么也不给个信儿来？这真叫作大水冲到龙王庙——自家人闹到自家人头上来了。"

说着这话，便跳上那只鱼身鹚首船，先将手里使的一把热铁点钢叉扑地掼在船上。那些同来的强盗都是久闻海龙大名的，一齐眉飞色舞蜂拥而来，后面飞龙上的朋友也早将飞龙剎在海龙船边，见他船上人多拥塞，只是拥挤不上。

当时海龙向那为首的人望了望，不禁也笑起来，指着他说道："我道是谁，原来是你黑阎罗徐武。徐兄弟你在江湖上混的日子不少，原来如今已到了这里，可知哥哥没有一天不想着你。我这次前来的缘故，因在家中逼得不能安身，想到外面游玩山水，开拓我胸中这一口不平之气。无如那两个朋友不知道是我，转动对我生财的念头，竟致交起手来，徐兄弟不要怨恼做哥哥的鲁莽。"

徐武听他的话，连连拱手不迭。

海龙便唤着那后生来，介绍向徐武行了礼。

徐武道："我常听得江湖上传说惊虎胆柏震林的运气飞腾功夫也还了得。你我相见很是不容易的事，不知林儿可能献出一些来，给我们开一开眼界？"

话才说完，即听林儿的声音说一句"献丑"，再看他已从人头上蹿下来，一个乌鸦展翅的姿势，早飞到那三丈六尺高的桅杆上面，头向下脚向上，做了朝天一炷香的架势。徐武和一众强盗都在下面齐声喝彩，再看林儿又使了个猛虎翻身式，早从桅杆顶上攫拿而下，口不喘气，面不改容，仍然站立原处。

徐武才向海龙说道："兄弟自从入了太湖独臂龙董平董二哥的帮伙，做这湖面上的买卖，稍稍过了一番出息的日子。我们太湖帮中的兄弟，义气为重，一个个都及得上梁山泊上黑旋风李逵、花和尚鲁智深。难得今天哥到了这里，我们还得报告董二哥，好来迎接大驾。"说着，便提了钢叉，请海龙师徒过船。

迎入舱内坐定，先前被海龙推踢下水的两个强盗也都过来向海龙见礼。

原来那两个强盗，一个唤作翻江蛟潘丹，一个叫作水里鳅余猛，是太湖帮中的一对儿当头炮。那渔岸边的许多小渔船上的一干豪客，要数他们是两个大拇指。他们因海龙的本领忒也厉害非凡，早飞到芦花深处，吩咐一班小渔船上的党羽，不许到湖心去斗一斗那个强龙，即飞到他们距离此地三十里地方葫芦寨去，告诉首领独臂龙董平。

董平听报，登时大怒，立即派了徐武，率领二十四队飞龙，各带着兵器，令潘丹、余猛推着董平坐的那只渔船，迎风呼啸而来。

潘、余二人于今见董平和海龙相见之下，方才恍然大悟，他们都是上江的人，到葫芦寨入伙，才有二月，知道沈海龙的大名，但不明白鱼身鹢首船及五色篷帆是标记，后来听旁人的论调，一经道破，也就过来赔罪。倒把海龙觉得有些不好意思起来，忙抚慰他们道："二位身上可是没有受甚重伤？"

两人连连回说："没有没有，都怪小人们有眼无珠，不识得如来大佛，还望你老人家包涵则个。"

众人方在这里喧哗热闹，忽然徐武放下钢叉，走出船舱，取过一支箭，嗖的一声，向芦苇深处射去。

欲知后事，且阅下文。

第二回

水立波翻芦苇飞信箭
风吹萍聚杯酒见神交

话说沈海龙在舱内看见徐武走出舱外，取过一支箭，约在手指中间，嗖的一声，真同箭弦离镞的声音相似。一时波翻水立，那箭已估量射向芦苇深处了。

海龙本来当初是徐武的老朋友，晓得他的神技胜人，没有弓也能放箭。及至徐武转入舱内，海龙便向徐武问道："老弟为何放箭？"

徐武道："这是水寨子里信箭，这箭放到我们葫芦寨去，董二哥便知道有了不得的英雄人物到我们太湖来，当然预做准备，来迎接哥的大驾。"

海龙道："我这次到太湖来，理当前去拜见董二哥，以慰我十年来想望衷肠，怎敢劳动二哥亲自前来？"

徐武道："哥说的这番话，叫我徐武很不愿听。我们虽做这种买卖，深知江湖上的义气。董二哥平时提起哥的大名，恨不得要对山东叩几个头。如今哥到了我们太湖，就同平地给我们添了羽翼一般。董二哥停时同哥会面的时候，不知要快活得怎么样呢！哥为何反说出这番客气话？是朋友就不用讲客气了。"

海龙知道他是个直性汉子，便用话岔开，复又向他问道："你们葫芦寨离这地方有多远的路呢？"

徐武道："若在水面上绕几个圈子，弯弯曲曲，到我们葫芦寨去,约有三十里。若有会使飞行法的人在空中对直飞去,只有七八里路,一瞬息间就到了。"

海龙听了,暗想:普通谙习箭法的好手,开弓放箭,用尽两臂的膀力,至多不过能射三四里路,黑阎罗徐武放箭不开弓,已算得是箭门中的圣手,却能把箭约在手指中间,放到距离这地方有七八里路的葫芦寨去。当初他原没有这样的膀力,不料他近来的箭法加倍又好到这个样子,不是我平时相信他是个直性朋友,还疑他是信口吹的脓包。

海龙想了一会儿,又谈论了一会儿,忽有人在舱外报道:"董大王来了!"

海龙听说董平已到,便同徐武、柏震林一齐出舱。海龙用手比眉,向前面望了望,并不见有什么船只摇旗呐喊,从上游飞驶前来。却见距离这只船约有半里的水程,看那湖心间浪花澎湃,呼啦啦连声作响,像似浪里有一只极大的鱼,从上游蹿得前来,即回顾徐武问道:"那可是董二哥前来的吗?"

话犹未毕,忽然那一阵水声作响,已响到面前了。早从浪花中跳出一人,浓眉大眼,断了一只右臂,竟跳上海龙那只鱼身鹢首船,直嚷起来。

徐武便在这只船上,早向董平招一招手说道:"这位是沈大哥,二哥快过船相见则个。"

董平才知是一时误会,便跳上这只船,同海龙师徒相见之下,彼此都行了礼。

董平仰首哈哈笑道:"我的哥,你的名儿多久就嵌入做兄弟的心里,只恨没有会面的机缘。前两月间,我听得哥在山东杀了人,吃官里捉住,下在济南狱里。其时我急得暴跳如雷,就想带领弟兄们去翻牢劫狱,无奈兄弟是练的水路上这一点儿功夫,到陆路上翻牢劫狱,没有一点儿把握,就拜托一班陆路上的朋友,看风下棹,到济南狱中救一救阿哥。后来打听山东李总督已将阿哥开释出狱,我听了好不快活。做梦不打算哥今夜到了太湖,竟同阿哥有会面的时候。"

海龙道:"杀人本犯罪律,但为人打不平而开杀戒,在罪虽然当死,在情尚有可容,不是山东李总督廉明慈爱,无论二哥要想率领弟兄们翻牢劫狱,如果兄弟有意和李总督为难,就凭兄弟这点儿本领,休说不有捉拿兄弟到案,就是捉住了,哪里有什么铜墙铁壁的监狱能关我呢?并且那些陆路上的朋友前去窥探我,我若顺从他们翻牢劫狱的一句话,我还算得起是他们的好朋友吗?我在山东,终日到外面游逛,偶然见到不平的事,多挺身干预,经我出头杀的人、解救的人也还不少,怎么以前杀人打不平我不犯案,偏是这次会犯案呢?二哥就此可想见那李总督的为人了。我的脾气,最喜欢打不平,打不平就免不得要动手杀人。有李湘亭在山东做总督,我还肯再杀一个人吗?我看着不平不打,放着欺人生事的人不杀,我心里终觉闷得难过、气得难过、闲得难过,就逼得我在山东不能安身,只得带着林儿出门游山玩水,借此也可稍吐去这口不平的鸟气。"

董平听了,便竖起大拇指笑道:"在江湖上称得起是个热血英雄的,沈阿哥要算这个。阿哥不用气闷,便请阿哥到寨子里,拼个三百杯,兄弟还有偌大的事情要仰仗哥的大力。"

董平说完,即吩咐开船,当由潘丹推着鱼身鹢首船,余猛推着徐武坐的湖船,那二十四队飞龙,一字儿摆开,紧紧跟随在两只大船左右。只听得水面上呼啦呼啦作响,隔不上一刻时辰,海龙在舱内看见那座湖村,约占有数十顷地方。四围芦苇长生,分布着数百只飞龙,在村前村后游来荡去。村中的房屋虽然不甚高大,但建设得十分雄壮,有两根大旗竿高高竖在天空,表露出草泽英雄的旗帜。有许多武装模样的人站在湖口地方,雷轰电掣,放了三通大炮,好像他们早知有贵客降临,预先在湖口间排班迎接似的。

一会儿,船已拢岸,董平用左手挽着海龙的手,走到岸上,两边的兵目都向他们行了个劈刀礼。徐武领了一大群的人簇拥在后,直奔聚义厅上而来。

海龙看厅外有两根木杆,高插云际,木杆中间,都点着两盏碗口大的玻璃灯,映照着木杆上灿烂的金字,上首是"无血性不做侠盗",下首是"有肝胆方是英雄"。厅内堂皇雄阔,横直穿心,都有四五丈,四围上下装饰得耀睛夺目,巨烛高灯,照彻得同白昼一样。中间安放一张红漆桌子,两边罗列着二三十只虎皮交椅,当中的一把金碧灿烂的大交椅,昂昂然竟若鸡群之鹤。

猛然见得董平在厅内使用左手叮叮当当摇起响铃来。只见那些男女大头目都鱼贯也似的走进厅中,异口同声地向海龙唱了肥喏。一时人声嘈杂,好不热闹。大家分在两边站定,只有海龙、董平两人分主宾坐下,董平便将厅上的那些大头目介绍海龙一一通了名姓。

看官要知道,这些人物也有在旧时小说书中看见过的,并非是作书人凭空结撰。那一位面如冠玉,唇若涂丹,两道浓眉似蹙非蹙,一双俊眼如漆如珠,唤作小卧龙诸葛鹗便是;那一位膘肥肉满,暴眼环睛,须发如针,左颧上有一搭茸毛的黑记,叫作急脚鬼黄霸便是;那一位面皮漆一般黑,眼光火一般红,两眉入鬓,鼻孔掀天,叫作黑烙铁范天虬便是;那一位面如重枣,已长着五绺胡须,身材极小,声音极洪,叫作一声雷关勇便是;那一位身材高壮,眼大眉浓,脸上围着横一路竖一路的麻子,一个麻子里都露一缕亮光来,叫作满天星狄保便是;那一位身材极小,体格极胖,挺着肚皮,左颧上有一条刀伤的横纹,叫作肉团鱼干鲸便是;那一位颧高隆准,双目如电流、如明星,熊腰虎背,膀阔肩遮,叫作黑阎罗徐武便是；那一位浓眉大目，髯髯黄胡，口角弓张，牙锋巉厉，叫作分水龙汪宁便是；那一位蟓首鸢肩，生的鹅蛋脸，两道眉毛像个刀背子模样，皓齿樱唇，左眼角上有一颗朱砂红痣，唤作红玫瑰关凤姐便是；那一位腰肢轻盈，纤腕洁白，从眉眼肤发之间，露出她的红粉英雄美，唤作水蜻蜓诸葛兰便是；那一位唇不涂丹而自红，面不敷粉而自白，从温柔妩媚之中，露出她刚健中正的气概，唤作赛木兰吴翠屏便是；那一位面容华艳，如珍珠玛瑙射出来的宝光一般，右眼并肩地立着两个瞳仁子，紫棱棱闪烁烁露出英锐的神气，唤作玉牡丹狄月娥便是；那一位眼光如电，宝髻疏云，面容红艳，竟似朝日之映芙蓉，唤作一丈红花爱蓉便是；那一位发若蓬飞，面如漆黑，两眼奕奕有神，两眉反张类月，唤作水天夜叉铁九娘便是；那一位蛾眉凤目，剑鬓如巫岫之云，神争秋水貌争花，竟似寒梅一品，叫作锦上花蒋蕊香便是。还有铁叫子许广泰、癞头鼋萧达、短命鬼褚通、三角菱尤异、水仙花潘翠姐、女秦明张飞娘、女朱武张剑娘、一枝花苏丽云，葫芦寨中男女大头目，除去首领独臂龙董平而外，共是二十三名，各有各的绰号。看官们顾名思义，就可想见他们的为人了。

话休絮烦，且说董平给男女一众大头目在海龙面前一一通过名姓以后，当时叫厨房里安排酒宴，又搬过三张桌子，调齐了椅席，大碗酒、大块肉，摆设得杯盘狼藉。大家分主宾男女，挨次坐下，欢呼畅饮，好不快乐。

酒席中场，董平忽端着酒杯子，向大家望了望，便朗朗地说道："诸位兄弟姊妹听着，平时你们提起沈阿哥的大名，没有个不知道他是江湖上一等的好汉。如今沈阿哥已到了这里，他的本领比我大、交游比我宽广、人世的情形比我熟练，我的意思，想请沈阿哥做太湖帮中第一把虎皮椅子，包管我们的事业格外要发达起来。从今以后，凡有帮中一切调度，全给沈阿哥手里。众位兄弟姊妹们都要服从沈阿哥的命令,便是我董平也愿追随左右,有不遵从我的意思,看我董平要同他拼个死活。"

说到这里,即从桌上端起酒杯子,咕的一声,喝得空空如也,又向大家打了个照面道:"大家都随着我的意思,把杯中的酒也都一饮而尽。"

海龙却不肯饮,柏震林看着海龙的脸色,也把酒杯子搁在那里,点滴没有沾唇。

董平道:"沈阿哥不肯领我这一杯酒,倒难坏了做兄弟的。我们太湖帮中,虽有好些人勉力撑持局面,说一句兄弟姊妹不用见气的话,都只算些酒囊饭桶,没有算得起是个豪杰。沈阿哥的为人、本领、名望,都胜我百倍,难得他肯到太湖来,要算我们太湖帮的造化。有沈阿哥的大力,做太湖帮中一根中流砥柱,我们何愁没有出头日子?我是实心实意要让沈阿哥坐太湖帮中第一把交椅,沈阿哥怎的不肯答应?我们就不若拆毁了这个鸟寨,各人寻各人的死路,倒算得是干净相。"

沈海龙听他说的这话,半晌没有回答,好容易才从鼻孔里哼了一声道:"这件事叫兄弟如何便敢担认?"

董平听他的话,转念一想:他是个清水的朋友,不愿跳入我们绿林中浑水里,他心里虽是这样计较,我如何便肯放他远去呢?

董平这么一想,当向海龙作色说道:"沈阿哥不肯答应兄弟的话,不是因为兄弟们这些酒囊饭桶够不上做朋友,兄弟知道阿哥的意思,是鄙薄兄弟们做了强盗,像阿哥这样一个了不得的英雄,你的心胸是何等正大,哪肯在太湖帮中做个盗首?"

海龙听罢,绝不思索地回道:"做强盗怕什么?有许多做官骑马的人,他的本领、他的胸襟,哪里及得上一个做强盗的?天生我们这一副神筋骠骨,不做强盗,就闲得没有事做,没有扬眉吐气的日子。反是那班没有本领、没有胸襟的人,能享尽人间的庸福,专会欺人生事,还要拿势力压迫我们有本领的人,好实行他欺人生事的计略,使我们气闷得难过。气坏了身子,也太不值,就不若爽爽快快做个侠盗。"

董平听了,不禁转笑起来说道:"阿哥不鄙薄我们是强盗,这就好极了。不瞒阿哥说,兄弟自做了太湖帮的买卖,已有一个年头,弟兄们投奔兄弟的,一天多似一天。我的主意,是替良民善户做救命主,是给赃官恶棍做对头星,一众兄弟都抱着这个主意做事,有福同享,有祸同当,这主意却丝毫不得游移。无如兄弟们的本领、才具,都不及阿哥万一,难得阿哥赏光,肯吃兄弟这一杯酒,承认兄弟们够得上做朋友,兄弟们都算是些龙鳞、龙爪、龙腹、龙尾,却要硬拉沈阿哥做个龙头。我们太湖帮中,有阿哥这个龙头,便增了许多的色彩。实在阿哥不愿意答应兄弟的话……"

说到这里,脸上又陡然变了颜色,从身边取出一把解手刀。只见那柄刀锋一闪一闪的,耀着厅上的灯光。

董平将这把刀向脑袋上捱一捱,便接着在先的话大嚷道:"兄弟先得杀了这颗头,大家挨次寻个自尽,看阿哥到那时候再有何推托?"

海龙见这情状,面上很现出踌躇不安的样子,半晌间,又从鼻间哼了一声道:"唉!这是怎么话,这件事叫兄弟如何胆敢有占?二哥……"

"哥"字才说完,即见董平已用左手将那把刀子搁在右颈上,流泪说道:"想我董平诚心实意要让沈大哥做个龙头,阿哥一定不肯答应,没有法子,还望阿哥念我命在呼吸,毫不推卸,答应了我的话。万一有半句迟疑,就不若一死以让阿哥。"

毕竟董平性命如何,欲知后事,且阅下文。

第三回

独臂龙义让葫芦寨
穿星胆威镇太湖帮

话说独臂龙董平说完这话,又将刀在颈项旁挊了几挊。势在危急,首由黑阎罗徐武早离开座席,扑地翻倒虎躯,跪在海龙面前说:"大哥怎忍心看着董二哥死于非命?"

徐武跪下的时候,接着厅上一众的男女英雄,也都随后一列跪下,那一片哀告的声音,真似雷轰电掣、燕啭莺唱,任是铁石心肠,也不能不为他们摇动。海龙心里一想,独臂龙这样苦心苦意地请我坐第一把交椅,把我推崇到这个样子,总算得好汉认得好汉,不如便顺从了他吧。想到其间,哪里还敢固执,不由摇手向董平嚷道:"二哥快别要如此,你的话算我已承认了。"

董平大叫道:"诸位兄弟姊妹都在厅上,沈阿哥这话绝不欺我。"

海龙道:"这哪是汉子说的话?承二哥的盛情,及众位兄弟姊妹们好意,兄弟既答应二哥,不论二哥有什么事情要求帮忙,若有半句反悔,我就是混账。"

董平才放下了解手刀,也向海龙纳头拜个不住。海龙忙挽着他的左膀子,流泪说道:"多承二哥如此看得起兄弟,叫兄弟万死不足以报。"说完这话,众人依次入座。

一时酒席终场,喽啰过来,调好了桌椅,董平便将海龙按在当中一把大交椅上坐定,自己坐在海龙下首,凡是葫芦寨有名的男女大头目,都在两边椅子上,一排一排地列坐下来。董平才向海龙说道:"兄弟在这里部署一切,都不大稳当,条规不正,最是太湖帮的一个大疙瘩,务求阿哥提起全副精神,整顿一番,这才是同帮兄弟姊妹们的造化。"一面说,一面令人取上名簿,捧到海龙面前。

海龙点过了名簿,说:"太湖帮的兄弟姊妹都在此地吗?"

董平代表众人答应了一声,海龙便向众人拱拱手,正色说道:"我沈海龙既承董二哥的错爱,给他整顿一下,凡事就不能不运用全副精神,不敢辜负他的付托。这里帮中兄弟姊妹们,年分虽有高低,总算得是我的好朋友,大家同心做事,有功当赏,有过当罚,公事公办,点点没有通融。众位要知,我们既闲得没有事做,竟做这样没本钱的买卖,那些做官骑马的人要贪功忘祸,少不得将来兴动大兵,同我们为难,这兵来将挡、水来土掩的事,要躲避也躲避不了。既要预备同官兵抵敌,我沈海龙却要见识众位兄弟们各种功夫,今夜是来不及了,就有几句粗蠢话,同诸位讲了吧:做官的未必都是歹人,但他们的银两,十人就有九人来得不干净,我们自然可以夺来使用使用。做强盗的未必尽是好汉,十个强盗就有九个会盗窃良善人家的钱财,他们的银钱也算来得太混账,我们正不妨在他们身上捞摸几文,这都叫作盗劫盗。除去这种人而外,凡是过路的客商、周近的良民,分毫也不许骚扰。便是寨子里的银钱不够开销,不妨大家辛苦一点儿。诸位看汪洋浩潮一片湖水,原是先天给人享用的,寨子里既有数百只渔船,有事则操练水功,无事则取捕鱼鳖,这是我们太湖帮中第一生财之道。就是将鱼卖给人家,也要公平交易,不用苛索人家的钱财。"

说到这里,又向董平笑道:"二哥看我这话对不对?"

董平笑道:"阿哥这些话多久就嵌在我的心坎里,我的大毛病就是想得容易,做得不容易。"

海龙又正色扬言道:"我还有几句口头戒章,要望诸位小心一点儿。有奸淫人家妇女的杀;有无辜枉害人性命的杀;有乱动良民人家一草一木的杀;有轻易走漏我们帮中秘密消息的杀;做官兵眼线卖友求荣的杀;遇兵捕征剿,惧敌不肯前进的杀;欺压良善的杀;唆弄长短,使兄弟猜疑发生意见的杀;侵蚀帮款的杀;不服从命令的杀。诸位不犯了这几种的戒章,朋友自然是我的朋友;诸位若犯了这几种戒章,我沈海龙人和诸位有交情可讲,杀人的凶器不能同诸位讲交情,便是董二哥和我违犯了戒章,也得杀了这颗头,没有半点儿推诿。"

海龙这一番话,说得众人都暗暗捏了一把冷汗,其中畏怯海龙的人很多,早知他为人真厉害,哪里敢把杀头的事当作耍子?

就中只有急脚鬼黄霸、肉团鱼干鲸二人,他们是董平的老朋友,见董平白将太湖的基业让给沈海龙,心里着实不自在,但表面上也不得不跟着众人随声附和。今听海龙左一句杀、右一句杀,直说了一大篇,他们却在暗地里窃窃私议。

黄霸说:"沈海龙这人着实受不起二哥的抬举,我想董二哥做寨主,哪有这样的威武?看他这山猴子坐上了一把虎皮椅子,便认真地自大为王起来。反正不过做一个强盗罢了,又不是将兵的都督,干吗倒反大模大样摆出这些官话儿来?我们用不着去理会他,看他有什么手段杀了我们的头,我就佩服他是个好老。"

干鲸道:"这种大咧咧的东西,不令他栽个跟斗,他也不知道我们的厉害。我们今夜不妨做一件杀头的事,他若不要和我们为难,财也发了,心也开了;若硬要和我们为难,自有董二哥出面求情,他还不是放过我们杀头的罪?"

不表黄霸、干鲸窃窃私议,当夜散场以后,董平即命人收拾一座洁净房间,被褥铺盖都选得簇崭新鲜,请海龙安歇,又给柏震林腾出一间卧房。

海龙方才就寝,因为晚间吃了几杯酒,不觉沉沉睡去。忽然有一个看守寝门的喽啰将海龙唤醒说:"诸葛军师有要话来见寨主。"

海龙听罢,忙披衣而起,早见诸葛鹗危坐床前,说:"沈寨主你好自在。"

海龙听他的话,一言不发。

诸葛鹗道:"既然寨主已经安歇,我们明日见吧!"说完这话,抽身便走。

海龙来不及穿靴,早跳得下床,将他一把拉住,说:"先生有什么要紧话,请明白告诉我。"

诸葛鹗道:"兄弟在这里帮董首领的忙,看董首领的为人,帮规不正,最是他的大毛病。他自己对寨主是这样说,可知不是兄弟打着诳语。兄弟看董寨主这样的性格,久有去志,难得他将这基业让给寨主,把兄弟已去的心志又款款地留住了。但寨主胸中方寸,在那宣言的时候,曾见有两个人心中有些暗暗不服,他们这种没有涵养的汉子,只要肺腑里有一句话,登时便要显露出来,却被兄弟看在眼里。寨主不要撑持这份局面便罢,要撑持这份局面,就请寨主今夜吃些辛苦,好将太湖帮的帮规重重整顿一下才好。"说到这里,又附着海龙的耳朵,叽里咕噜说了一大阵。

海龙听完这话,拍着诸葛鹗的肩背笑道:"他们的路数,我岂有看不出的?不过看他们也是两条汉子,深望他们不违犯我的告诫。照先生这话讲起来,如果他们在今夜干下什么歹事,还讲什么客气?先生且请放心,我这一副眼睛,自信识得好歹,一切均照尊意办理便了。"

说完这话,诸葛鹗便向海龙打了一躬,自行去了。

海龙登时走出房外,暗暗哨探一番,仍然回到聚义厅上,叮叮当当,把响铃摇了一阵。那些男女大头目大半已沉沉深入睡乡，猛听得厅上的铃声响个不断，还疑惑外间出了什么变故，一齐走进厅上，分两班站定。董平也依旧坐在海龙下首，不知海龙有什么表示。却见海龙按着名簿，挨次点阅一番，并不曾见有黄霸、干鲸二人前来。

海龙仍坐在当中一把大交椅上，延挨了一会儿工夫，又将响铃摇了几摇，仍然不见黄霸、干鲸走得前来，海龙面上的颜色陡然间便来得十分严厉了。

又延挨了好一会儿工夫，叮叮当当，叮当，只顾将响铃在手中乱摇了一阵，直到天光大亮，便有人报："黄、干二人来了！"

海龙急将二人唤到厅上，光翻着两个眼睛，在他们身上盯了一会儿，即喝令："孩子们，将这两个东西绑起来……"

话犹未毕，却好厅下分班站的那些喽啰早走上厅来，将黄霸、干鲸二人上了绑绳，静听海龙发落。厅上的一众男女英雄看海龙脸色好生威武，一个个很替黄霸、干鲸二人捏着冷汗。偏是黄、干二人不但毫不畏怯，面上反现出冷刺刺的笑容，问："绑我们两人是什么事？"

海龙且不答他，转向左右望了望，说道："昨夜的事情，都是诸位兄弟姊妹亲眼所见的，并非我沈海龙勒掯董二哥，占据了他的座位。但我既受二哥的委托，凡事模模糊糊地容易做去，董二哥哪肯承认我是好朋友呢？董二哥把太湖帮的全权交在我手，自是董二哥的心胸。这两个东西，违犯太湖帮的条章，他并不是和我为难，是要和董二哥为难，要和诸位为难，他们存心想违犯太湖帮的条章，偏要在夜间干下歹事，好显显他们的脸子。做得到时，财也发了，心也开了；做不到时，尽费几句不费本的话，杀头是不会有的，哪里把太湖帮的条章看在眼里？老实说几句，我沈海龙没有受过董二哥付托，那么你们是主，我是客，井水不犯河水，我只好请董二哥处置他们。此时董二哥已将全权交在我手,说公话就不能顾私情,他们值价些,亲口供出罪状来,杀头也要杀个爽快,须怪不得我沈海龙心肠太狠。"

海龙说完这话,谁也不敢近前讲说什么。

却见黄霸三尸暴发,七窍生烟,也顾不得什么,便指着海龙骂道:"你这厮满口说些梦呓,我夜间做下什么歹事?犯下什么条章?你因我瞧不起你,竟敢明目张胆地栽我一个杀头的罪。"

干鲸也急道:"这事从哪里说起?董二哥在这里,我们何曾做下什么歹事,有什么凭据,又有谁人告发?冤枉无辜,杀头实不甘服。"

海龙冷笑了一声道:"你们这两个东西,却要我交代你一个见证。我问你,你们做的那批买卖,曾打听有多少油水,那一个箱子里藏的是什么东西?你们要打石子,还愁办不到石子吗?好汉做事须爽快些,既已做下大案,这时候又何须抵赖,枉叫皮肉吃苦?你要我交代你们一个见证,自然要交代你们的这个见证。孩子们,快到干鲸房里,把一只金漆大皮箱抬出来,看里面还是藏的石头,藏的金子?"

喽啰答应了一声,把那金漆大皮箱抬到厅上,喽啰估量里面不是石头,必是金银,若是衣服,哪有这么沉重?及至开了箱子,黄霸、干鲸都唬得面色如土。原来箱子里绑着一个女子,香梦正酣,像似一朵睡海棠般。

诸葛鹦第一眼快,看那女子好生面熟,并不是个女子,早知他中了闷香,心里虽气恼到了极处,但不便立刻向前认明。

当时海龙吩咐喽啰,把那女子从箱子里提出来,解去绳索,取过一盆冷水,将那女子喷醒过来。

那女子刚才睁眼,突见这一座聚义厅中,左边第二把交椅上坐着一人,身披鹤氅,手摇羽扇,认得是他阿兄诸葛鹦,不由扑地近前,向诸葛鹦纳头便拜,称了一声兄长。

其时又听右边第二把交椅上发出一种呖呖莺声,说:"原来是我三弟诸葛鹤,我那四妹妹一向可好?"

诸葛鹤回头一看,见是他的二姐姐诸葛兰,说:"姐姐要问及四妹妹吗?"

诸葛鹗却不等他说完这话,连忙拉起他说道:"这是沈寨主办公的时候,不是我们兄弟姊妹寒暄的时候,三弟今夜有什么变故,不妨近前向沈寨主说个明白。"

诸葛鹤道:"我也不知怎么绑在箱子里,抬到这里来。"

说完这话,又指着黄霸、干鲸说道:"你们怎么把我带到这里来的,须要说个明白。"

黄霸、干鲸听他的话,又见董平转现出冷冷的面孔,把个头偏了过去,哪里还能给他们讲情呢?却听海龙又要取动大刑,自知已无可抵赖,只得招承了。

干鲸道:"这件事,是我和黄大哥同谋,也怪我们自己痰迷了心窍,实在想不到沈寨主的为人委实厉害。沈寨主昨夜对我们说的那几样条章,我们只当作放一个屁,比他说的那些话还响当些。散完了筵席,我们在暗地商量,悄悄出了水寨,我们陆路上的功夫虽然平常,但在水路上飞行的功夫却还有一点儿把握。我们溜出水寨的时候,本没有一定要到什么地方做什么案,在水面上飞行多时,却见一只大船驻在对岸间,我们便飞到那大船旁边。抬头一看,见舱门敞着未关,舱内一盏明灯之下,看有一只金漆大皮箱搁在那里,我们认真当作是一大箱的金银,并且这一位朋友,我们也当真认作他是个红花幼女,登时早起了不良的念头。一瓶闷香,本是做强盗的随手法宝,当用闷香药先把船上的水手迷翻了……"

干鲸才说到这里,不由泪流满面地哭起来了。

欲知后事,且阅下文。

第四回

奇中奇大侠化红妆
玄又玄名姝逢恶盗

话说黄霸见干鲸泪流满面地哭起来了，不禁向他呸了一口道："这哪是好汉干的事？既已彼此同谋，犯下这种案子，董二哥不看我们当初交朋友的分上，请这姓沈的从宽开释我们一条生路，反正还不是杀了这颗头？干吗要做出这号嗨哭泣的样子，叫我这颜面上太没有光彩。"

干鲸听他的话，只得忍泪接着说道："那时候我们跳进了船舱，本不想迷翻这位朋友，却见他一面嚷着强盗，一面早从裙带下翻出一颗石子。不是黄大哥闪得快，这一颗石子险些在黄大哥头上打了个漏洞。我当初一想不好，仍用着这一瓶闷香，先将他迷翻了。同黄大哥撬开皮箱一看，见里面都是满满的石子，没有金条银锭，不禁大失所望，没有地方泄气，就将箱子里的石子请进了水晶宫里，顺势将这朋友盘入箱中，带回水寨，同黄大哥轮流取乐。好不容易把这只大皮箱混到我的房里，却喜没有弟兄知觉，关起房来，同黄大哥从箱子里抬出这位朋友，偶然看见他中峰凸起，裤裆里也有一货，就急得我们两人四日向这朋友恨恨地望了望，没有法子，仍将他请到箱子里去。

"正在打算乘个空儿，好将这只箱子送到太湖心去，想不到这时候陡然见有一个黑影子在窗前一闪，唬得我们你望着我、我望着你，呆呆愕了半响。接连又听见屋上有些瓦声作响，要把我们的心肝五脏都吓得分裂开来。贼人胆虚,就想到是你姓沈的前来打我们一个鸡龙罩,表面上虽说不怕你姓沈的拿我们怎样,却倚仗背后有董二哥一把椅子。反是你姓沈的一个人、一把刀,在深夜无人的时候,前来处置我们,我们自信有两个人,也敌不了你一个,董二哥又不在场,叫我们如何不怕?

"接着又听得屋上一声猫叫,我当时才放下这条肠子,总疑惑是那畜生暗中作怪。彼此闲谈起来,黄大哥曾说:'这一趟买卖,不过拨得人家一皮箱的石子,干兄弟不用害怕,就是那姓沈的发觉了,他能对我们怎么样?'黄大哥说这种话的意思,还怕那一声猫叫的声音仍是你姓沈的干的把戏,一面说,一面向我挤眼睛做手势的,意思是怕屋上有人,叫我不要在无意间说出别的马脚来。

"我心里暗暗发笑,一时没有调情取乐的玩意儿,便同黄大哥抵足而眠,翻来覆去,又睡不着。刚才沉沉入梦,梦中惊醒过来,就听得厅上的铃声作响,看黄大哥仍然酣睡不醒,便起身抱着他的头摇了一会儿,黄大哥才从睡梦中醒来。

"我说:'厅上的铃声响个不住,大哥醒也未醒?'

"黄大哥用两手大拇指把两眼揉了揉,说:'干吗?我们不用去睬他,又不是哪里反了兵马杀得来,用得着他这样大惊小怪?你好好儿睡觉,不用来磨缠我。'说完这话,看黄大哥又倚在枕上,打起呼声来了。

"我听厅上的铃声一阵一阵响个不断,心里好不焦躁,眼看窗外已吐出鱼肚白的颜色,黄大哥才醒转过来,一齐走到厅上,不想到那屋上的一阵瓦声作响,毕竟还是你姓沈的干的把戏。"

海龙听罢,又向黄霸问道:"他说的这话对不对?"

黄霸冷笑道:"有一句不对,我不去抢白他,我就不是一条硬汉。"

海龙毫不息慢,立刻即令喽啰将黄霸、干鲸斩首报来。海龙这一番作用，早哄遍了太湖全帮，凡帮中大小头目，都说沈首领做事真了得，以后令出风行，没有个不栗栗危惧。哪知这件乃是诸葛鹗识破他们两人的行径，海龙才能探出他们的风声来。

这两个东西正了法，接连海龙命人将诸葛鹤船上的水手救醒，赏了他们的银子，令他们开船回去。

料理妥当，海龙才对众人说道："昨夜我说要见识诸位水陆各种功夫，是要因人录用，水面上有水面上的关防，陆路上有陆路上的设备，看你各有什么绝技，须在湖滨一个一个显出来，由我和董二哥评判高下，不许争论。经我们两人评判以后，再看你们服不服，谁不服，就请谁同谁比较。今天诸葛军师的令弟新到帮中来，我们理应摆酒接风，吃过接风酒后，诸位就到湖滨聚齐。比试过了，那才是我们请诸葛三弟入伙的时候。"

众头目都说："这计较很好。"

当时诸葛鹗先将诸葛鹤带到他的房中，换过了衣装，接连诸葛兰也赶得前来，他们言谈之下，叙不尽别离后无限的悲哀。

诸葛兰当时曾问诸葛鹤为什么改扮女子的装束到太湖来，四妹妹究竟又怎么样。

诸葛鹤听罢，不由泪下如雨，说道："我这次改装到太湖来，正为来报四妹妹凶信的缘故。"

诸葛鹗忽然惊道："四妹妹敢莫死掉了吗？"

诸葛鹤掩泪道："死掉倒也罢了，我们这位四妹妹，年纪轻而本领小，偏喜出头干预人家的事，不幸被洞庭帮强盗擒住。如今陷在水牢里，不知怎样才可以救出来呢！"

诸葛鹗、诸葛兰想不到他四妹妹竟出了这样变故，诸葛鹤便将这其中的许多情节一五一十地说了一遍。

原来诸葛鹗是湖南凤凰山的人氏，他的二妹唤作水蜻蜓诸葛兰，三弟唤作小温侯诸葛鹤，四妹唤作金刀诸葛梅。他们四兄妹的为人,论聪明机警、足智多谋,要算小卧龙诸葛鹗;论为人温文尔雅、有古来儒将的风度、学问渊博、手段敏捷,要算小温侯诸葛鹤;只有诸葛兰和诸葛梅最是无用,只就水陆两路的功夫,比许多有名气的人略能多领会一些。

　　凤凰山周围的人,因他们兄弟姊妹各有惊人的本领,为寻常人所不能及,称为"诸葛四杰"。在一年以后,洞庭帮首领金眼神鳌窦鸿藻曾派人请诸葛鹗到洞庭帮中做买卖,诸葛鹗不答应,反同他二妹妹诸葛兰不远千里,投在太湖帮独臂龙董平名下,各坐了一把交椅,留着诸葛鹤、诸葛梅看守老营。诸葛梅水陆两路的功夫都还了得,最善使一把金背神刀,这刀的形样,宽约三寸,长约二尺,刀背极厚,刀锋极薄,刀的使法分上九路、中九路、下九路,上、中、下计分二十七路,前后左右,合拢算来,共计是一百单八路。诸葛梅这一百单八路的金背刀法,也不知斗胜许多以刀法著名的人,她仗着自己的刀法,又擅长水路上的功夫,生性好侠,专喜欢给人家打不平。

　　在诸葛梅到太湖一年以内,经她在江湖上打的不平很多,人世的情形也有了几分经验,"金刀诸葛梅"五字,就渐渐露了头角。她虽是一个千金的处女,日间都是蛰处深闺,轻易不出房门一步;若在朦朦胧胧的月夜,萧萧飒飒的风夜,闪闪烁烁的星夜,或点点滴滴的雨夜,那便是她到外面去探消息打不平的时候。

　　诸葛鹤深知他这妹子的为人性格靠得住,因她到外面打不平是一件寻常的事,并不加意防闲。偏是这次诸葛梅在夜间出门以后,接连有好几日没有回来,诸葛鹤这才怕起来。当日忽从书案上发觉了一封信件,信封上竟写"诸葛鹤亲拆"五字,也不知这信是何人所写,是从什么时寄得来的,拆开了信封,谁知不看犹可,这一看,把诸葛鹤吓得浑身直抖起来。

　　原来这信是金眼神鳌窦鸿藻亲笔写的,信上的意思,是说诸葛梅在外面乱管人间的闲事,得罪了他这洞庭帮的首领窦鸿藻,就被他生擒活捉,下在水牢里面,期限在三月以内。如果诸葛鹗兄弟肯到洞庭帮来,什么话都可以通融,倘若延迟下来,就免不了要重伤和气,实行撕去这个肉票。

诸葛鹤看完这一封恫吓信,也不知妹子诸葛梅因为什么事得罪了金眼神鳌窦鸿藻,信中既没有说明,一时也无从探出真消息来。自己欲到洞庭湖去暗探一番,就怕洞庭帮的人多势大,自己这一点点的功夫,如何去得?好在三月的期限甚长,就准备到太湖来,请示他兄弟诸葛鹗一个办法。自然诸葛鹤也是江湖上一个侠盗,他的本领,一颗石子打上天,落下来还在自己的手掌心里,在旁观人看来,已实稀罕。但诸葛鹤终以为世界上好本领人甚多,自己的本领实在有限,在家乡中虽有一点儿面子,衙门中人都不好意思向他寻恼,一路上却转怕露了公人的耳目,就扮作女装,带着一只金漆大皮箱,藏着满箱的石子,好作一路上防身的兵器使用。一帆风顺到了太湖,已是夜深人静时候,便将船泊在东岸,准备来日清早,好到葫芦寨中面见他兄长诸葛鹗、姐姐诸葛兰,想不到就在这夜着了黄霸、干鲸的道儿,尚有同自家兄长姐妹有重逢的时候。

诸葛鹗、诸葛兰听得诸葛鹤说完这话,都不禁泪落如雨,真比拿刀割他们的心肝还痛。一时厅上的筵席已开,海龙令人把诸葛鹗兄弟姊妹请到厅上,海龙看他们兄弟姊妹泪痕未干,似含有满腔的悲愤,也不知道他们因为什么缘故,竟伤恼到这个样子。

诸葛鹗忙近前禀道:"承寨主盛情,看得起我,摆酒替舍弟接风。但我们的方寸已乱,实在不能叨扰这一杯酒,我不知是什么缘故,仿佛站在四舍妹身旁,瞧见四舍妹在水牢里哭泣。我这时恨不得从膀子上插起两道翅膀来,会见我的四妹,其余的祸福也就无暇顾及了,求寨主立刻放我们到洞庭湖去。"

一面说，一面照着诸葛鹤前来的意思，从头至尾，向海龙述了一个梗概。

海友听罢，忽然讶道："金眼神鳌这个名字，听来很熟，原来他是洞庭帮中一个恶盗。他既做出这种事来，我们和诸葛先生情同骨肉，没有坐视不救的道理。先生且请饮一杯酒，自有兄弟和董二哥帮同先生，救出令妹。尽凭你们兄弟姊妹这三个人，是去不得的。"

诸葛鹗听完这话，像煞很有点儿道理，勉强敷衍大家，略吃了几杯酒。

散完筵席，海龙同董平在暗地商量一阵，便向大众宣言道："洞庭帮本同我们太湖帮守望相助，当初倒海龙孟宝同在那里啸集了许多水路上的英雄，立了一个水寨，叫作磨盘寨，那寨子里暗设了许多的机关。

"在乾隆五十三年，曾经调动官府大队的兵船前去会剿，无如洞庭帮中的人，水上功夫真厉害，又得我们太湖帮的先首领立地太岁李星球，率领同盟弟兄，合同抵御，把那些大队的兵船竟杀得血流成渠，不留鸡犬。

"如今倒海龙孟宝同已去世了，现在主寨的就是这个金眼神鳌窦鸿藻。这东西可恶极了，自从他做了磨盘寨的寨主，便闹得洞庭湖一带居民人家暗无天日，什么奸淫妄杀的事，他们洞庭帮的人物都干得出来。我们太湖帮规一正，看一班兄弟姊妹，一个个皆有豪杰的光彩，有我们太湖帮这个清规撑持局面，那洞庭帮本来也是个清帮，清水却被窦鸿藻搅成了浑水，我们同他已是势不两立了。这东西却又把太湖帮英雄的妹子打入水牢里，明张旗鼓，寻恼我们太湖帮的全伙。

"我的意思，本准备在今天下午，请诸位到湖岸聚齐，见识诸位的本领，由我来评判一下，好因才录用，使我们太湖帮的气象平增了不少的色彩。如今诸葛四妹妹既被窦鸿藻欺负了，势非要率领一班弟兄到洞庭湖中，同这个水獭拼一拼死活。这件事人少了固去不得，人多了也怕顾此失彼，被那班孙猴子似的官兵闹翻我们的一座水帘洞，只得分一半去剿灭洞庭湖，留一半看守本营。但是我们太湖帮的英雄，一个个都是血性人物，自负为血性人物，谁肯看守本营，谁肯不立刻前去救出诸葛四妹妹呢？在势又不能不试验一番，看谁可以去，谁可以不去，仍由我同董二哥评判，经我们二人评判以后，去的自去，不去的就留守本营，不得事先推诿。这是因才任事的权变，诸位不能说去的本领高强，留守本营就算得是软弱无能之辈。"

海龙说完，一众男女英雄都齐叫一声："好！寨主这话很公道。"

海龙当分男女一众英雄为左、右二队，直奔湖岸而来，挨次站定。于是左队中有一个人出头说道："我的本领，在湖面上才显得出来，请寨主看我的吧！"

一面说，一面把浑身扎扎了一番，便在芦苇间向湖心中飞一般地跑去。看他足迹离水约有五寸，跑的比飞的还快，只不上顷刻工夫，已跑到湖心了。回身仍是飞一般地跑到湖岸上，看他脚上没有沾染着一些水迹。喽啰们见了，都同声叫好。沈海龙也说他的水面上功夫也还不错。原来这人正是短命鬼褚通。

沈海龙正待接说褚通的本领可以出发到洞庭湖了，只是话还没有说出口，右队中忽又走出一个人来说道："这种本领算不了什么，寨主看我在湖面上翻几个转，才显出我的能耐来。"

一面说，一面将身一跃，两脚已站在波浪上面，接着便身子一扁，果然就显出他的真本领了。

欲知后事，且阅下文。

第五回

水上运神功疾如秋隼
湖心飞铗剑矫若游龙

话说那人是太湖帮中的一位红粉英雄,唤作水仙花潘翠姐,穿着一身纯白的衣装,那时将身一跃,已站在波浪上面,就同履着平地一样。接着将身子一扁,不住地打盘旋,简直又像湖面上陡起了一阵旋风。潘翠姐不住地转着身躯,不停留在湖面间翻圈子,翻过来,覆过去,总在一个圆圈上打转,身腰变化不测,如同一条游龙,越转越快,越快越会变化。似这么侧着身躯,在湖面翻转了好一会儿,接着翠姐使了个鲤鱼打挺,跟后又换了个鹞子钻空的架势,从湖面上跳有三丈多高,两足没有落下,随后就使了个乌鸦展翅的身法,只不过眨眨眼工夫,已飞到湖岸上了。喽啰也叫一声好。

沈海龙见潘翠姐的本领比褚通高,问褚通看翠姐的水上功夫可服不服,褚通也承认翠姐的水上功夫比自己高强。沈海龙待要说出潘翠姐的功夫可以出发到洞庭湖去,一时转不能冒昧出口,只朝着左右二队人望了望,说道:"有本领更比潘首领高强的,不妨到水面上试一试……"

话犹未了,果然又从右队中出来一人,对沈海龙说道:"翠姐这一种游身八卦水上飞行的功夫好是很好,还没有好到极顶,寨主不妨发下命令,令我同翠姐同到湖面上比试一下,就瞧出我的好的来。"

海龙看那女子红装窄袖，鬓边上横着一朵红花，正是一枝花苏丽云，转向她问道："苏首领同潘首领要怎样比试？"

丽云道："要是在湖面上对打对刺，我们的功夫都属有限，只怕有损伤。翠姐使的一种游身八卦水上飞行的功夫，我也是使的一种游身八卦水上飞行的功夫。练习这游身八卦水上飞行功的时候，完全在水面上翻转得来的，单独习练的时候，先在水底下浑身不停留地翻转，练多么久的时间，就翻转多么久的时间，既在水底下练成了这类功夫，起码要能翻转三五百个十丈多围的大圆圈，在水底下口不喘气、眼不昏花、身腰不散乱。如果在水底遇人厮打，提防那人的水性太强、水力太大，就得进一步在水面上练习起来。因为在水面上练习这类功夫，比在水底下为难，水底下借着水的力量、水的气势，本身所用的力较轻，而翻转得比水面上要快得十倍。若在水面上练习这种功夫，就委实不易，为身腰浮在水上，借着水的力量、水的气势，很是有限，本身所用的力较大，而翻转得不及在水底下怎样的快。但是不拘哪一类的功夫，巧者不过习者之门，能在水面不停留地转圈子，日久功夫娴熟，只需借着水浪中一点儿力量、一点儿气势，也像当初在水底下练习的时候一般的快。这类功夫，完全是以动制静的姿势，练习水上功夫的人，若非到了极顶，绝不轻易对付，同是练成这类功夫的人，稍为低一着的，也就不容易对付高一着的。我们这次的比试，须得各使出各的游身八卦水上飞行的功夫，谁不去伤害谁，谁不去抵制谁，明眼人自能辨出谁的功夫高强，谁的功夫不济。"

海龙听她这话，一句句都打到心坎里，便点了点头，笑道："我如今助你们三通鼓，一通鼓罢，你们当预做准备；二通鼓罢，当一齐飞到湖心；三通鼓罢，你们在水中各显出这种游身八卦飞行功来，看是谁比谁的功夫高强，谁比谁的身腰迅快。"

翠姐、丽云都连声应诺。早有喽啰搬过大鼓,果然一通鼓罢,丽云、翠姐各运用全副精神,把浑身整理一下;二通鼓罢,各挖起两只膀子,一齐飞到湖心,两人相距的地方,约有二十丈左右;咚咚咚打过了三通鼓,但见湖面上陡然闪转一红一白的光,白的比肉还白,红的却比飞虹还红,一红一白,在湖面上翻来闪去。湖面上起了两个十丈周围的大圆圈,不住地闪来转去,并看不出翠姐的身腰、丽云的面目,只见那红光比白光闪转得加倍迅快,并且白光离水只有五寸,红光离水约有一尺多高。

一会儿,那白光看似比不过红光的样子,渐渐翻转得迟缓下来。说也奇怪,那红光见白光渐渐迟下来,好像顾全她的全神起见,不肯运用全副功夫,红光也渐渐翻转得迟缓了。岸上的人直到这时才看出一面是丽云,穿着一身的红装,一面是翠姐,穿着一身的白装,各据各的水面,仍然在那里飞一般地翻过来覆过去,不住地绕着圈子,但是丽云的身法渐渐迟缓了。

翠姐趁在她身法迟缓的时候,陡然又翻转得快起来,翻转得却比飞的还快。喽啰们叫一声好。那白光在水面上约又转了四五十个圆圈,像似自鸣得意的样子,翻转得吃紧了。这里丽云一想不好,长此和她用全力比试下去,料她绝不肯轻易认输,我的功夫纵然比她高强,她只学得六分功夫,却用十分的力量和我比试,身体上断没有不吃亏的道理。我何必逞这一时的好胜心,伤我良友?心里这么一想,一翻身,早按立水面上,向翠姐高叫了一声道:"水仙花少安歇,一切都算做妹妹的输给了你了。"

说完这话,早已展开双翅,飞到湖滨。接连翠姐也停止了游身八卦水上飞行功的身法,先后同丽云飞到湖滨。身上虽穿得雪样儿白,脸上却红得火样儿红,向丽云微笑了一声道:"客气干什么?寨主自然看出我的功夫及不上姐姐,这是姐姐让我的,还对妹妹说这样客气,不是使妹子以后没有面目见人吗?"

丽云也笑了笑。

海龙道:"我看你们这样水上的功夫都很有一点儿道理,不知更有谁的本领更比苏首领高强?"

话才说完了,右队中忽又闪出一个人来,带着讪笑的意味说道:"这是江湖上卖解的一种水上功夫,多少也要借着一些水的力量、水的势派,算得了什么稀奇本领?我们要显出真本领来,须得请右队中张首领同我到水面上去斗个三百合,看我们太湖帮中这几支铜杆铁头枪,哪一支比哪一支厉害。"

海龙见那人手里提着一支铜杆枪,癞头上早放起一把火来,好像有许多小虫子在他的头上开着聚餐大会。沈海龙便唤上女朱武张剑娘,吩咐同癞头鼋萧达到湖心去较量一番。

张剑娘连说不敢,因为萧达的师父是剑娘的师叔祖,班辈分别高下,剑娘不敢对他施展平生的本领。

女秦明张飞娘也使的一支铜杆铁头枪,见她妹妹不愿同萧达比较,早一头从右队中闪出来,说:"萧师叔,我来同你斗个三百合,谁躲避谁,谁就不是好手。"

两人就此同到湖心,癞头鼋萧达已抢了上风,把身子整个地站立水上,像似水面上有什么东西托住似的。张飞娘也同萧达对面站定。他们能在水面上对打对杀,就同在陆地上对打对杀的一样,在水面上掀波扬浪,皆由他们谙习水功的人本来像似鼋鳖蛟龙,鼋鳖蛟龙在水中掀波蹴浪,不是同陆地上豺狼虎豹一样的履险如夷吗?所以他们一班水上英雄生性就会泅水,平生的本领又在水中练习得来,渐久习惯成了自然,站立在水面上和人厮打,就同在陆地马身上一般的当行出色。

当时张飞娘同萧达各站立了门户,哪知一上手,张飞娘的枪头就被萧达的捌断了。张飞娘打了这个败仗,飞到湖滨,仍在右队中站定。萧达仍然在那里握着一支铜杆铁头枪,纹风不动。

海龙便点了三角菱尤异、铁叫子许广泰、分水龙汪宁，轮流同萧达在湖面上较量枪法。尤异、许广泰的两支铜杆铁头枪也是一上手就被萧达的枪尖捌断了，分水龙汪宁的枪法虽会躲避，枪头倒没有被萧达的枪尖捌断，但是一上手，战不到五合，汪宁的枪已凭空脱手飞有一丈来高，不是汪宁接得快，那支枪早已随波逐浪，沉入湖底了。

沈海龙看了，不胜惊讶，却因女朱武张剑娘虽不肯同萧达比较，但面子上仍然显出瞧不上萧达的神气，便决意令剑娘同萧达比较。剑娘一则不敢违拗沈首领的命令，再则女秦明张飞娘是她姐姐，本领虽还不及剑娘，但如今败在萧达手里，百般地又怂恿她，须替同胞姊姊争回一点儿面子，而癞头鼋萧达仍是一团高笑，激恼剑娘到湖心去斗个三百合。剑娘无从避让，只得勉强提枪，前去敷衍一番场面。

两人在湖心各撑了一个局势，萧达是剑娘的师叔，自然剑娘请萧达占先一着。才战了十合，萧达的枪法一步逼近一步，剑娘的枪法一步退后一步，萧达逞强好胜的热度极高，看剑娘搪抵自己的枪法来不及招架，只向后躲闪，一面使得起劲，枪尖拨在浪上，都溅起缸口大的花，一面向剑娘笑了一声道："不是劲儿，不是劲儿。"

剑娘的枪法何尝不是萧达的对手，只因萧达的班辈叙来是自己的师叔，并且他那支铜杆铁头枪已享了鼎鼎的大名，师叔在一支枪上享了大名，在自己的面子上也有光彩，倘使今天在湖面上打败了他，自己是个女子，声名上没有多大关系，要使他的威名从此便扫地以尽，所以剑娘不愿施展平生的本领，只是招架，却未尝还他一手。

萧达却因为剑娘的枪法到底不是他的敌手，还手总要欠几分，一时神经上狂妄起来，对剑娘说出这样狂妄的话。剑娘没想到萧达竟狂妄到这一步,任他冷嘲热消,老气横秋,说出这样狂妄的话,动了手还识不得自己的看家本领。若再躲闪下去,不知他还要狂妄到怎么样呢。

剑娘心里这么一想,忽然使出她的看家枪法来了,两枪头相交,剑娘的枪略一颤动,萧达连人带枪就被她在水中挑起有一丈多高。萧达身体已悬在空中,连连把手中的枪抽拔几下,觉得那两枪尖上如同粘了鳔胶的一般,仍然是胶着不开。萧达随后打了一个筋斗,仍旧栽倒湖心。

萧达用尽了平生之力,那两枪尖再也挑拨不开。剑娘紧握着一支枪,步步向湖滨退去。萧达身不由主地也跟着她步步向湖滨间退去。

岸上的人都齐声喝彩,剑娘便向萧达笑道:"看我这种身使臂臂使指的枪法,已将周身的气功运到枪尖上面,可是不是劲儿?"

萧达连称:"佩服佩服!"剑娘才收回了气功,两枪也就宣告脱离。两人回到岸上,各归原队站定。

沈海龙和董平两人不由脱口说出:"张、萧二首领的本领,已经中选了。"

这时候,从右队中忽又闪出两个人来,一个唤作赛木兰吴翠屏,一个唤作一丈红花爱蓉。两人同时都走到海龙面前。

吴翠屏道:"看水面上的功夫,在水底下做得热闹,但人所不能见,在水面虽做得不及水底下来得好看,但我们练习水功的人,譬比一条鱼,鱼离水则鳞枯,人离水则所使的功夫比在水底下要难得好几倍。我和花妹妹的剑法,算不得太湖帮的剑中翘楚,但我们却以为这支剑终算我们防身兵器,我和花妹妹是没有比过剑法,陆路上比剑法不算稀奇,在水底下比剑法,大家又看不到。难得花妹妹与我同在右队中闪出来,我想要到湖面上去会一会一丈红的看家兵器。"

花爱蓉道："怎么吴二姐所说的话,就同我自己亲口说出来的一样?好好,我们就到湖面去见个高下,请寨主同董二哥看准了,谁的剑法好,谁的剑法不好。"

海龙、董平都说："使得。"

接着便见两道比飞电还快的虹光,直由湖滨闪到湖心。两人站立了门户,吴翠屏早从身边取出秋水临风剑,花爱蓉也从裙带下翻出一支八宝分水剑来。两人在湖面上一来一往,战了好几个回合。

忽然,吴翠屏迎面一剑,向爱蓉刺来,这剑法名为送虎归巢,是剑法中最凶猛之法,非同小可。花爱蓉是内行,见了她这一手送虎归巢刺来的时候,连忙在湖面上将身子一欹,在她左腰胁间闪过去,不待她转身,两足向上一腾,全身凌空,双手把剑向翠屏按头劈下。这剑法名为雷针劈木,是送虎归巢的剑法一个对路,哪知翠屏早防她有这一招,刚要转身,觉得上面的剑锋已离顶梁不远。

这时候,看官们理想中猜来,除了低头认输,将身躯沉入湖底,没有别种逃命的方法。诸君理想上虽是如此,但当时的事实却又不然。

吴翠屏觉得剑锋离顶梁不远,忙举起手中的剑,恰好不先不后,不偏不斜,借势将头上的剑光轻轻一点,趁此一转身,又和花爱蓉在湖面上打了个照面。岸上的人都不禁暗暗喝彩。

翠屏、爱蓉又变换了家数,真个疾如烈风猛雨、翻波逐浪,只见湖面上光芒闪烁,竟似飞虹掣电一般地飞来闪去,哪里还分出什么人剑?

欲知后事,且阅下文。

第六回

秋水临风美人身似剑
浪花溅雨壮士气如虹

话说花爱蓉同吴翠屏各自运用全副的精神,在湖面比试剑法,先前还是一来一往地游斗着,以后变换了家数,各人的剑法总若疾风猛雨,掀波蹴浪,只见湖面上剑光闪烁,浪花卷起五尺多高,哪里还分出什么人剑?

又斗了五七十个照面以后,爱蓉、翠屏听得岸上喝彩的声浪,如同平地响了几个焦雷,两人益发抖擞精神,那两道光芒忽上忽下,忽左忽右,忽前忽后,渐渐混作一团,杀在一处。在旁观人眼中,固然分别不出谁是爱蓉、谁是翠屏,谁是爱蓉的剑、谁是翠屏的剑,但翠屏穿的一身绿色的衣装,爱蓉穿着一身红色的衣装,红绿两种颜色,看似已经混合起来,闪闪烁烁,那一种非红非绿的颜色,映在湖水上面,如同现今自由布的光彩一样,翻蹴闪摇,格外使人眩睛耀目。本来爱蓉的剑法要比翠屏高上一等,但翠屏却有一种特技,是柔骨法,只要她运用这柔骨法的软功夫,虽不及硬功夫能伤害人的性命,但这柔骨法的软功夫绝不容易学成,学成了功,随时随地都可以使出来,自信虽不能伤人,但遇硬功夫好到极顶的人,也不能怎样伤害自己的性命。要学这柔骨法的功夫,在水底中学来,比较在陆路上容易有点儿进步,因为水性柔,柔骨法不外这个"柔"字作用。

当初少林派有个昙聪和尚,是创造这柔骨法的开山始祖,但昙聪的柔骨法是从陆地上练习成功,吴翠屏却能在水底也练得这一种柔骨法来。花爱蓉早知吴翠屏练就了这一种柔骨法的软功夫,和人对杀对策,如果这人的硬功夫比她高强,她包管能不吃亏。

当时爱蓉更不由抖擞雄威,来和她做这友谊的比赛。果然翠屏一使这样柔骨法,那周身的骨头都变成柔软,全体四肢皆同棉花一般,有时爱蓉的八宝分水剑使得出神入化,仿佛这一剑要刺中翠屏的要害了,只中剑锋所着之处,竟同无物一般,再也不能伤她的毫毛。翠屏也明知爱蓉剑法高强,身手矫捷,待她那剑已刺中自己要害的时候,假如那剑刺的是翠屏上三路,翠屏猛然使一个乳燕辞巢,说时迟,那时却快,早已穿到了爱蓉的背后了。谁知爱蓉已随防她有这一手,跟着使一个猛虎大翻身,让过翠屏的剑法。假如爱蓉的剑刺向翠屏的中三路,翠屏使了一个铁牛耕地,横着秋水临风剑,要伤爱蓉的双足。谁知爱蓉早使了鹞子钻天势,让过她这一手铁牛耕地了。假如爱蓉的剑刺的是翠屏下三路,看看已刺着了,翠屏随用一个鲤鱼打挺的身法,跟着就是一箭穿心的手势,用中平剑来刺吴翠屏的前心。谁知翠屏已使了个海燕离梁,让过她这一手中平剑了。

她们的身法、剑法虽有疾雷不及掩耳之势,直似蛟龙出水、闪电临空,在旁观人看来,只看得目眩心骇,辨不出什么,其实她们各有各的招法,一招一招地,都使浑身的解数。爱蓉最是好强的人,那一支八宝分水剑使得兴发,越使越快,越快越多变化。这里翠屏见爱蓉的剑法益发变本加厉,两眼分明看见一个花爱蓉手里提着一支宝剑,哪知一刹那间,一个花爱蓉变成两个花爱蓉了,仍是一样衣装,一样身法、剑法。忽然两个花爱蓉转又变成四个人、四把剑了,就仿佛花爱蓉谙习什么神奇的法术,如《西游记》的孙行者,一个孙行者却能幻成许多的孙行者,并且一个孙行者手里,皆提着一把金箍棒的样子。

那岸上看的人也好像上下左右有许多红绿光色,闪来转去。其实在翠屏当时心理上想来,早知爱蓉身手迅快,这是功夫,并不是什么法术,她有这样出神入化矫捷功夫,剑法又神快,就摇闪得自己眼花缭乱,好像看出有四个花爱蓉、四支宝剑同时要刺得来的模样儿,料想长此和她比试下去,她的剑法仍然要步步占着上风,自己头眼又昏花,怕的内功散乱,那柔骨法有些使不出来,哪敢再比试呢?只好低头认输,向后倒退三步,吐出呖呖的声音,向爱蓉喝了声:"妹妹且请住手!"再行定神一看,只有一个花爱蓉,手里握着一支宝剑,哪里有第二个花爱蓉呢?

这时候,岸上一片喝彩的声浪,真心山摇水沸。翠屏向爱蓉笑了笑,两人回到湖岸,沈海龙和董平二人还是夸不绝口。

海龙道:"有花首领同吴首领这种了不得的本领,还不能出发到洞庭湖吗?不知可有同二位首领的本领相差无几的人,再比一比吗?"

这个"吗"字才出口,早见左队中气恼了一人。这人生得凤目蚕眉,长着五绺胡须,手里握着一把春秋大刀,说出话来,喉咙和轰天炮一般地响,正是坐镇葫芦寨第五把交椅,唤作一声雷关勇便是。

关勇当时撒开大步,提身出来,向海龙说道:"我这一点儿刀法,在陆路上才显出好的来,不过我也练习水路上随波逐流的一些本领,寨主看我可能出发到洞庭湖去?"

只是这话才说完了,登时左队中又闪出一人,这人也使得一身好刀法,听得一声雷关勇要在水面上显出他的刀法,哪里还按捺得住,早穿到海龙面前,指定要同关勇比试。海龙看这人生得身材高壮,满脸上生着横一路竖一路的麻子,一个麻子里都发出一些亮光来,认得他是满天星狄保,便和他问道:"狄首领同关首领怎样到水面上去比试呢？"

狄保道："关首领使的他关家的刀法,我狄保有我狄保家的刀法,我们两个人在太湖帮里做这种买卖,自然在水面上也练得一些本领,我请到水面上比试刀法,可好不好？"

海龙想了一想道："刀这件兵器,要在马身上才显出好的来,关首领的意思很有道理,我看兄弟姊妹们水上的飞行功,以及掀波蹴浪的各种功夫都已见识过了,倒要见识见识二位马上的刀法。我想这次在水面上会操,不是操练诸位陆路上功夫的时候,请问哪里有这两匹好马,也像陆路上的英雄,能在水面上奔驰腾踔呢？有了有了,孩子们,快调来两只飞龙,我自有方法,请二位首领到水面上比试比试。"

两人都说："使得,我们在水面上和人比试刀法,虽然也同在马身上比试一样,但终没有在马身使出来搂刀法当行出色,就因在水面上要使用一些轻功,比试刀法全是一种硬功夫,在水面上比试刀法,是看不出好的来。船的本体,虽不似一匹马,但借水面上的气势、人的威风,在船上比试刀法,同在陆路马身上比试刀法一样好看,一样地能使出硬功夫来,寨主这主见果然不错。"

一会儿,喽啰果调来两只飞龙。那两只飞龙的船式仿着龙形,船的本身瘦而长,驶在水面轻而快,那船约能容三五人坐卧而已,竟若两叶扁舟,从湖岸调得前来。于是关勇、狄保两人各跳上了一只飞龙,揭开船头间的舱板,各人都在各人船的头舱里,身子都坐在上面的舱板上,并且头舱里各有一道锚链,绕着他们的双腿。那两只船竟似两匹马,锚链绕着双腿,就像马鞍一样的得劲。

两人在船上只顾用双腿略一颤动,那两只飞龙一不用橹、二不用桨,每只飞龙上也没有第二个人扬帆牵揽,全恃着两人腿的力量，不先不后地穿到湖心。两只飞龙打了个照面，关勇使的大刀约有七尺多长，狄保的大刀也在七尺上下，两人已打了照面，两把刀就此火并起来，各拨了碗口大的花。

岸上的人只见那两把大刀兔起鹘落、翻腾上下，好似出山猛虎、入水蛟龙一样，同时又听得呼啦啦风浪作响，那两只飞龙也跟着他们忽起忽落、忽左忽右，湖心间浪花澎湃，竟若风雨骤惊、波涛夜至。两人在水面上约斗了二三十个回合，船的本质属木，水动木浮，这是自然的妙用。无如两人的力量都很高强，施展出平生的全力，都在四五千斤左右，仅能容载三五人的两只小小飞龙，哪里禁得起这四五千斤插入的压力呢？

岸上的人渐渐看那两只飞龙沉浸在波浪间了，看不见船的本体，只见两人齐胸以上，都露出水面，那两把大刀竟在浪头上翻来腾去，浪花也跟着卷起有五六尺高。渐渐看那两只飞龙，人和船都沉没在水下了，那两把刀仍在波浪中翻腾无定，简直像两条游龙在波浪间游斗着似的。水面的四围波浪约有五丈周围的一个圈子，都被两把刀翻搅得这么大的浪花，岸上喝彩的声音也像风驰浪卷的一样起劲。

这时候，只见浪花澎湃，休说看不见两只飞龙，便是关勇、狄保两个人、两把刀，连影子都没有了。那浪花的奔腾的气势渐渐波及湖滨，鼓荡得湖岸间一列的芦苇呼呼飒飒地响个不定。

忽然看见狄保人和船从波浪间向上一冒，关勇在狄保冒上的时候，似乎提防他那把刀要在波浪间刺到自己的下颏，来不及回手，船身向后一让，此时关勇也在波浪间直冒上来，人和船看已凌空，一反手，将春秋大刀要向狄保的顶门破下。关勇这一手独门的刀法，疾如鹰隼捕雏鸡的一样，狄保见他来得凶猛，人和船陡然向下一沉，已兜到关勇的船后，直冒上来。这时关勇两腿一使劲，仿佛骑在马身上的人用手牵着马缰绳兜转马头的样子，就此关勇的飞龙又同狄保的飞龙打了一个照面。岸上的人都看得十分起劲,异口同声地喝一阵彩,直似凭空打了一个霹雳。

就在这一阵彩声喝出来的时候,两人便住手了,缓缓将那两只飞龙送到湖滨,各解去腿上的锚链。那两人身上都是水淋淋的,像雨后的雏鸡一样。

早有喽啰们飞奔到葫芦寨中,取过两套衣服,给他们在船舱里换过。两人上了岸,走至海龙面前,各唱了一个肥喏。

海龙知道他们的刀法各有专长,在水面上比较起来,没有分出什么上下,当即开颜笑道:"有关、狄二位首领的好刀法,我们太湖帮中倍增了不少的光彩,不知还有没有真功夫比二位首领再好的人,到湖面上去试一试呢?"

海龙叫了一会儿,不见有人上前回话。

海龙道:"我听得黑烙铁的本领还比黑阎罗高,这两位黑首领都是太湖帮里两根中流砥柱。黑阎罗是我的老朋友,他的箭法、他的水上的功夫,我已领教过了,也算是一筹好汉。但黑烙铁这个人,在江湖上享着大名,我却没有见过他的真功夫,好像他不在这时显出一点儿来,便叫我有些放心不下的样子。"

黑烙铁听罢,早笑起来,走得上前,向海龙唱了一喏道:"寨主也知太湖帮中有一个范天虬吗?只是寨主要我显出什么来呢?"

海龙道:"他们的硬功夫费了那么大的气力,才显出他们的好的来,你能不费什么气力,把真功显出吗?"

天虬笑道:"寨主这话说得对,我平时尝有那样话,一个人练得这一身气功,用尽全力,至多不过在四五千斤以上,已惹得气吁汗流,就不若用一半的气力,转觉来得从容大方。请寨主看我的吧!"

其时,海龙坐的那只鱼身鹢首船系在湖滨,篷帆虽卸,桅杆仍高高竖在天空,早被范天虹看在眼里,当即一闪身,从平地飞上了桅杆。众人抬头看他盘膝坐在杆头上,右手张开三指,向水面抓上来、放下去,湖面的水跟着咚咚作响,又随意伸手向下一放,湖水上如同落下一块很大的石头,咚地一响,珠浪四溅,遂又将手向上一提,湖水又随手向上涌起有五尺多高。一放一提地接连玩了几次,湖水便越涌越高,竟若波浪中昂然竖起一条水龙。水龙的身围约有一尺周围,不过这是水浪涌起来的现象,并非真个竖起一条这么高大的水龙。接着玩了十次以后,竟若磁石引针相似,分明看见水已引到他的掌心了,忽然五指张开,又听得咚咚作响,船旁便溅起车轮大的浪花,好像沈海龙昨夜船泊湖心,把那重约八百斤的铁锚抛在水中一般地响得厉害。岸上人看了,都喝彩不迭。

再看天虹已从桅杆上使一个乌鸦展翅的身法,早已穿到湖滨,仍然口不喘气,面不改容,竟像行所无事的样子。

海龙便向董平笑道:"江湖上人称黑烙铁功夫了得,果然不错,这才算得是真功夫呢!真个闻名不如见面,见面胜似闻名。"

这话刚才说出,便见右队闪出三个人来。海龙看是红玫瑰关凤姐、水天夜叉铁九娘、锦上花蒋蕊香,一齐走上前来。

当由关凤姐代表向海龙道:"他们的功夫都已显过,我们姊妹不妨照着他们未曾显过的功夫,各显出一点儿来。"

海龙点头笑道:"可以可以。"

海龙才说完这句话,忽然厅上喽啰前来说:"北海龙王杨异现在厅上,有要紧话,专等二位寨主商量。"

欲知后事,且阅下文。

第七回

伏龙庵澹性证道
白雀寺杨昇寻师

原来这北海龙王杨昇，是北海地方有名的水盗，据说他本是有钱人家小姐的私生子，出娘胎就被接生婆捏死了，紧紧扎在一个包裹里，令人悄悄送到海中。谁知那人才到海滨间，一时海潮陡峭，见有东一簇西一群的虾精水怪在波浪间结队游行，海中心天连水水连天的海潮，凭空翻腾有三丈多高。那人吃惊不小，忙将这小孩儿的包裹抛在海滨，即转身回去。

隔了三天，潮水退落了，总打算这小孩儿已经随波逐浪葬在鱼腹中了，谁还破工夫再到湖滨去查看呢？

光阴好快，风驰浪卷，转瞬已是五六个年头，海岸的人家时常看见海中有一个寸丝不挂的小孩儿，随同一队的大鱼，在波浪间打挺。众人见了，都称奇道异，以讹传讹，都说海中发现孩儿鱼。

就有许多在海滨间取鱼的人，趁在风平浪静的时候，扬帆张网，要取这一个孩儿鱼。谁知不想取这孩儿鱼便罢，若要想取孩儿鱼的渔家，不是失了风人船落水，就是被孩儿鱼同一队的大鱼穿破他们的渔网，那孩儿鱼再也取他不住。海岸的渔家因想取孩儿鱼遭下飞来横祸，十家倒有九家。

偏是隔岸有一个伏龙庵的住持老和尚，法名唤作澹性，是个极有道行的高僧，时常令火工道人挑着一斗米，由澹性泼着米，到海边喂鱼。

那时,有一位保镖的达官,名唤惊虎胆杨武的,做保镖生意发了财,归家享福,因慕老和尚的道行高洁,常到伏龙寺中,听老和尚讲经说法。

这日,杨武闲着无事,看老和尚在海泊间拿了一根长约三丈的木篙,在海水里搅动,口中好像打着外国的梵语。旁边有一个道人,挑着一斗米横在那里,有许多的大鱼在荇藻间穿来游去,煞是好看。澹性念过梵语,便见那衔头接尾一队一队的大鱼游得前来,澹性左手按着竹篙,右手泼着米,都激在竹竿那边。那许多的大鱼好像通了灵气的一般,都由竹篙这边在水面上横身一跃,一尾一尾地跃到竹篙那边吃米。在吃米的时候,又向那和尚昂头打挺,像似表示十分感谢的样子。

杨武见了,便知澹性是个神人,只是不明白如何能叫那些鱼都有灵性,看澹性仍抓着米,往海中木篙那边撒下,撒一把米,便有一队鱼向他昂头打挺。

看那袋中的米将要撒完了,澹性忽现出很着慌的样子说道:"劳杨居士在这里久待,怎么他的缘分还没有得和杨居士有会面的时候呢?"

杨武也辨不出老和尚这是说的哪里话,只是这话才说完,看那许多的鱼俨若排班迎接贵客似的,左一排,右一班,在木篙那边穿踯,都张着阔嘴,向着海心嘘气。海面上蒸腾的气,都由那许多鱼腮嘘出来的,那嘘气的形势,仿佛如人说话一样。一会儿,便见海心间波浪鼓荡,就见有一队较大的鱼游泳而来。那个孩儿鱼紧紧跟着大鱼后面,仿佛督官队押着一队兵士的样子,渐渐游到海滨中来。

老和尚又撒了几把米,那一队较大的鱼吃着,也像前一队的鱼向着老和尚昂头感谢。老和尚口里说了声"善哉善哉",接着又打起他的外国梵语来了,随手一挥,那些吃米的鱼都纷纷散去。只见那个高约三尺的小孩儿,缘着老和尚的木篙上岸,向老和尚叩头礼拜。

杨武看那孩子,丰颐大耳,广目修眉,一切无异生人,身上也没有鱼鳍、鱼鳞、鱼尾,这分明是个人生父母养的小孩子,哪里像似什么孩儿鱼呢?

老和尚遂带着孩子,吩咐道人挑着空布袋,同杨武回到伏龙寺来,一齐走进方丈。

老和尚便指着小孩儿向杨武笑道:"老僧平时知道居士没有儿子,这孩子原是富贵人家的私生子,抛弃在海滨间,居然能在水中养得这么大,并且同居士有父子的缘分。居士休得小觑他是个私生的小孩儿,他的来历很是不错,天赋的水上功夫已非同小可,便不再习练武艺,一般水上的英雄再也及他不上。如果凭他夙根,将来皈依三宝,他有法力,竟能降龙伏虎,现今放入人寰,也可以做出掀风破浪的一番事业。居士有缘得这小孩儿为子,这都由居士平生修来的造化。"

杨武听了,只目不转睛地向小孩儿打量,很显出欢天喜地的样子。那孩子只依依立在老和尚膝下,口里唤了一声:"爸爸!"

老和尚哈哈笑道:"老僧出家人,没有子女,你可不用唤我爸爸。好孩子,你快来向他叩头,这位才是你的父亲呢!"

小孩儿仿佛不敢违拗老和尚的话,走过来向杨武叩了好几个头,很亲热地叫了一声:"爸爸!"叫得杨武笑起来了。

老和尚道:"你也见过父亲、叫过父亲了,你父亲姓杨名武,是一个仁义过天的英勇之士。我可怜你出娘胎即遭水厄,应受鱼龙涵育,非为鱼产。此刻你的水功已够应用而有余裕,从此就随着你父亲回去。老僧给你个名字,就叫作北海龙王杨昇。你的造化,将来还比老僧高,愿你好自为之,不可迷了来时的路。"

小孩儿听完这话,点了点头,像似很能领会的样子。老和尚便请杨武在伏龙寺中勾留两日,给杨异做了一套新鲜衣服,才放杨武带领着杨异回到他家中去。

杨异虽是在海水中长大的幼孩儿,未经人世,但他根器甚深,对于杨武夫妇都能恪尽人子之道。初到杨家,反觉得衣履束缚,很不自由,时常赤着身躯,到海中游泳。渐渐他的年龄长大起来,杨武又教他马上马下各种陆地的功夫,杨异也很苦心习练,不上数年,儿子的本领居然大过老子。他凭着自己的本领,虽在幼年,却很做些侠义的勾当。

杨异长到十八岁,杨武夫妇死了。那时澹性老和尚已游方到别处去,就有杨武一个堂侄名唤杨进的,要想平分杨异的产业。

杨异听得这样风声,说:"很好,难得他是个老成人,能维持先父家产。我挨苦着终日求田问舍,闹得头昏,不若索性都让给了他吧!"拿定主意,自己分文不要,单身脱离了杨家,凭着他一腔侠义的心肝、一身惊人的本领,闯荡江湖,结交天下英雄之士。就有许多人请他继承父业,到北京去开设一个镖局,专押水路上的镖银。

杨异道:"像我们这样子人,偏是闲得没有事做,不是枉生在世界上吗?我父亲保镖,我虽爱我父亲,但我不能说保镖是我们有本领的人做的事,这是什么话呢?因为有本领的人就当驱用没本领的人,如果被没本领的人驱用,岂不是笑话?替人保镖,是有本领的人做没本领的人的看财奴,受没本领的人驱用,就不若以北海去做个水盗。"

杨异转动这个做强盗的念头,又转到北海,终日在海间游泳。他这个做水盗的也有他的规矩,虽一般在海面上剽劫银两财物,却有许多禁忌,不似那些绿林中的好汉,见钱眼开。正正当当的商人拿出血本,在海面上做买卖,就有三万五万,他这个做独行盗的,连眼皮也不抬;读书行善的人,雅文和蔼,有诸内必形诸外,他不问这船上有多少油水,也不去劫取的;就是平日在

46

奸商污吏身上所搜来的钱财，随手搜来，又随手用去，都用在周济贫苦上面，有时不曾打听明白，鲁莽行事，事后觉得劫错了人，仍旧将原赃一大拢，暗暗退回事主。

其时，北海一带地方很有几个绿林好汉，没有个不佩服杨昇的心肝，没有个不畏怯杨昇的本领。说起太湖帮中那个独臂龙董平，当初也在北海地方做得一次买卖，不过这买卖做得不大正当，杨昇便去找他说话，劝他将赃物仍然退还人家。董平是南方的大盗，不知道北海地方有这个强龙，三言两语不合，同杨昇在海底下动起手来，被杨昇用刀砍掉他一只右臂，重重教训他一番，立逼他将原物退还原主。董平受了杨昇的这番教训，不但不怨杨昇生事欺人，反感激杨昇教训他的话，像煞很有点儿道理，便欲归附在杨昇门下做徒弟。

杨昇是何等心胸的人，哪有轻易收人做徒弟的道理，便一口拒绝了。后来董平常对人说，同杨昇酣斗七昼夜，被他砍去一条膀子，他把杨昇的本领揄扬起来，才显得他自己的能耐也很不小，不是败在没本领的人手里。

杨昇也常对同道说："董平这个人，经我那一次教训以后，脾气要变好了，不过还未到山东沈海龙那样地步。看他的水功也很不错，能在海底下同我鏖战七昼夜，虽被我砍掉一只膀子，这不过是我的本领比他稍高几招，他能同我在海底下鏖战这么久的时间，也算是数一数二的功夫了。"

董平揄扬杨昇的本领，不记前仇；杨昇揄扬董平的好处，心里虽不肯收董平做徒弟，表面上却又说他的本领不错、脾气也变好。在事实本来是这样的，但也许是他们江湖上好汉爱识好汉的一种手段。董平在去年秋间，做了太湖帮的首领，杨昇也亲自到太湖来过一次。董平看他的路径，不愿做太湖帮的第一把交椅，也就用不着拿现今巴结沈海龙的手段先来巴结杨昇。在真人面前，做什么假人情？

　　杨昪看太湖帮的人物，水上的功夫，除去董平以外，要数玉牡丹狄月娥、水天夜叉铁九娘、水蜻蜓诸葛兰、锦上花蒋蕊香这四位红粉英雄，着实为太湖帮中生色不小。说到急脚鬼黄霸、肉团鱼干鲸，本领虽远不及山东穿星胆沈海龙，但同董平比较起来，也只略差一招，只是这种没有定性的汉子，怕有些靠不住。

　　杨昪心里有这个意思，也曾向董平揭说出来。董平也觉杨昪的话，一句句都嵌入自己的心坎里。

　　在这近几日时间，董平打听得杨昪已不在北海那地方了，究竟杨昪是到什么地方去了，就因他的行踪令人不测，不容易打探出来。及至沈海龙破发黄霸、干鲸的罪案，董平心里好生难过，并非仍然要姑息他们一死，想到结义的情分，在自己虽不忍亲自锄杀他们，但他们又犯下这样滔天的罪，难得沈海龙认真起来，砍去他们两颗脑袋，这并没有什么难过。董平心里所以难过的缘故，就因杨昪在先对他曾说过那样的话，想到自己一个铮铮的铁汉，心肠怎生得这样软，竟致念私情而忘大义，放着他们在外面淫盗不法，却等沈海龙主寨太湖，才破发他们的罪案，总觉这件事太软弱无能、太没有面子再见杨昪。

　　如今陪同沈海龙在湖滨看演太湖帮一众男女英雄水上的本领，准备出发洞庭湖去，同金眼神鳌窦鸿藻拼个死活，好把金刀诸葛梅从水牢中解救出来，这才算得太湖帮中同患难、共生死的义气。不料一众男女英雄的本领还没有陆续演完，便见厅上的喽啰前来禀报说："北海龙王杨昪现在厅上，有要紧话，专等二位寨主商量。"

　　董平听说杨昪驾到，脸面上不由现出很仓皇的颜色。

　　沈海龙同杨昪都算在江湖上享着鼎鼎大名的人物，彼此虽未会面，提起姓名来，谁都知道谁，谁都佩服谁。于今听说杨昪到了，早又喜得五脏神要笑出来，早同董平及一众男女英雄回到聚义厅上。海龙和杨异见面之下，彼此谈了许多倾慕的衷曲，即率领一众男女英雄，罗拜在杨异面前。杨异也还礼不迭，大家就此畅谈起来。

杨异问："怎么不见黄霸、干鲸两人？"

便由董平对杨异陈述一遍，说到黄霸、干鲸挪劫诸葛鹤一种缘故，一时汗流浃背，脸上红得像个小阳春天的雄狗卵子。

杨异笑了笑，说："还好，你现今已让穿星胆做了太湖帮的寨主，使太湖帮的气象平增不少的光彩，总算你自己有眼力识得好汉。据你方才如此这般说的一篇话，你们要知道我这次前来的缘故，正为金刀诸葛梅那一回事。"

一众男女英雄听到这里，各运注全神向下听着。偏是诸葛鹗、诸葛兰、诸葛鹤兄妹姊弟三人，同诸葛梅情关手足，忍不住一齐向杨异问明。

杨异道："我因澹性老和尚久游未归，心里惦记得很，在三月以前，听我朋友说，曾在湖南白雀寺会见老和尚在那里充当一名知客师，我听了好不欢喜，便一路到湖南白雀寺去。谁知我到白雀寺的时候，老和尚已在前几日间卸去知客师的执事，游方到别处去了。我当时曾问白雀寺的和尚，老和尚究竟游方到什么地方去了，寺里和尚都推说不知道。我又在各庵寺探访了多日，恰探不出老和尚的消息。

"这日，刚走到一所庄院，看那庄院约莫有三四十间房屋，四围树木成行，团团围住了这所庄院。进庄门的一道石路，两旁并栽伞盖似的桧树，倒很像一个富厚人家的气派。我那时因天气不早，腹中又饿，就准备走进院门去借宿一宵，顺便弄些可吃的东西充饥。谁知就在那里无意间探出你们妹子失陷的消息来。"

欲知后事，且阅下文。

第八回

绿林掠红粉情海生风
血泪搵花容爱河没顶

话说杨昪接着说道："我进了那一所庄院的门,见门内空无一人,直入中堂,仍然看不见有个人影子。我心里惊讶不小,怎么这样偌大的庄院,人都死尽了吗？如果遇到我们同道中见钱眼开的朋友,见院内无人,多少也要来搜刮一些油水。看厅堂间的陈设很是雅静,并不是没有人住的样子。

"我在厅堂间东张西望好一会儿,才见厢间里有一个老仆,探头探脑地走上前来,看他面上的泪痕未干,像似很伤心的样子。那老仆见了我,便问我是从什么地方来的,到这里做什么。

"我回说：'不做什么,想到这里来借宿一宵。'

"老仆听我说的口音不是本地人氏,便向我说道：'客官要住宿,也可以将就委屈一夜。不过老奴这时方寸已乱,不能弄酒菜给客官吃,务望客官原谅我们家里遭下这样横祸。'

"我听得没有酒菜吃,说：'你家遭下什么横祸？不妨告诉我,或者也有个办法。如果老子到你这里住宿,不在这里弄些酒肉吃,难道我就不能到水里去睡一夜吗？吃酒给酒钱,住宿给房钱,只要服侍得快活,你要多少,我就给你多少。你若拿这话推辞,不弄些酒肉给我吃,看老子性起,拆毁了你这鸟院。'

"那老仆听我的话,仔细向我打量一番,把眼泪揩了揩,向我赔了个不是,便回到厨房,不上一个时辰,烫出一壶好酒,送上一大碗猪肉。其时,我饮酒食肉,看老仆服侍得很是殷勤,心里转觉有些不好意思起来,便向那老仆问道:'你们家里有什么冤苦,快把来告诉我,我好替你家想想方法。我的方法便不行,也绝不致坏你的事。'

"那老仆听了,重又流下眼泪来,说:'这件事怕是天王爷也不中用,客官哪里明白,我两家遭下飞来横祸,倒也罢了,却又惹得一位年轻的侠女替我家打这不平,一般也失陷在洞庭帮水牢里面。'

"我听他这话,骨碌碌翻起一对儿眼睛,盯在那老仆身上,又向他问道:'那侠女毕竟是谁?你家遭下怎样飞来的横祸?又说是两家都遭下飞来横祸,这话实在令人莫名其妙,还请你快些明白宣示出来。'

"那老仆又沉吟了一会儿,说道:'好在客官是北方人,同那位女侠毫无瓜葛,并且客官也是热肠子人,断不至将这件事到人面前宣扬,老奴只得实说了。'

"我听到这里,更是惊诧不小,心想:那位女侠既然肯替他家打不平,为什么连女侠的姓名都不肯轻易说出?这其中自然也有一个缘故。心里这么一想,接二连三地向那老仆催促道:'快说快说,我的口是紧得很,绝不致坏你的事。'

"那老仆只得把这其中的缘故,逐层逐节地告诉了我。"

做书人与其说这件事仍由杨异口中道来,一支笔只怕写不出两面的事情,不若由在下变换局势,且将这件事叙个明白。

原来这庄唤作卫家庄,家主人唤作卫玉林,夫妇年已半百,膝下只有一个女儿,名唤素文,真生得花一般的才貌、铁一般的心肠。卫玉林有个姨侄,就是坐镇洞庭帮磨盘寨的金眼神鳌窦鸿藻,本来卫玉林一位老君子,看窦鸿藻当初的路数不正,亲戚之间早已断绝往来。窦鸿藻也负气得很,宁可东飘西荡,誓不认这一家有钱的亲戚。

及至窦鸿藻坐了磨盘寨中第一把交椅,卫玉林格外怕起来。一则畏怯窦鸿藻记恨当初的嫌隙,看那时嫌隙的深浅,定这时报复手段的轻重,他是一个磨盘寨的寨主,存心要来为难,哪有招架的能力?自然要受那倾家荡产送命伤生的祸。再则又怕地方上的地痞地棍到官里去告发,自己是窦鸿藻的亲戚,官里的兵力捉强盗本领是没有,若存心要和小百姓为难,小百姓也没有招架的能力,自然也要受那倾家荡产送命伤生的祸。哪知地方上地痞地棍并不到官里去告发他,窦鸿藻也不前来报仇,反让着卫玉林过着安稳的岁月。卫玉林打算从此延挨下去,一般也就可以没有事了。

这一天,忽然有两个行装模样的人,带着一封信,到卫家来。卫玉林看那来人的言语之间非常客气,不像似含有恶意的样子。及至拆开信封一看,只见那上面写道:

枝姨父母大人尊鉴:

前几月间,贵处有人到侄儿这边来,曾说两位老人家步履非常康健,大妹妹也知孝顺,好女儿真个比儿子还好。

我的脾气有点儿蛮不知理,这是两位老人家所知道的,总望看亲戚分上,我们都算是姨叔侄,只消在那生气的时辰,少骂得侄儿一二句,正不用这番如此害怕。从古帝王,宋祖刘裕、明太祖朱元璋,不是同侄儿一样的出身吗?侄儿相信这些事业都要出在我们这一班草泽英雄手里。海内的豪杰把侄儿抬到极高,两位老人家却将侄儿作践得稀烂。

想起当初的事情,好不愤恨,但侄儿是干大事业的人,哪里还惦记这种仇隙?不但不惦记大人的前仇,且要同大人商量一件正事。

大妹妹今年已是十八岁的人了,侄儿比她大得十岁,大妹妹至今还没有配亲,岂独两位老人家凤愿未了,便是做侄儿的,毕竟也有些放心不下。侄儿的意思,现在想娶大妹妹做一位压寨夫人,将来还要抬举大妹妹做一位正宫皇后,亲上加亲,这不是一件极好的事?大人怕将大妹妹嫁给了侄儿,便有官兵到府上懊恼吗?这倒是大人一件很可以放心的事。大妹妹一到了侄儿这里,两位老人家本来不肯远离大妹妹的,就请到磨盘寨来,官兵能怎样两位老人家吗?

像我们这样人物,胸怀洒脱,要做哪样事,立刻就做哪样事,从来不信什么年成月将,又不信世俗间纳彩订礼,种种无味麻烦。俗语说得好:"拣日不如撞日。"在今日,就是今夜三更,由侄儿亲自前来,迎接大妹妹到寨中吃一席交杯酒,便成了婚了。

这是正正当当的大事,两位老人家切不可推托,推托也没有用处。

此上

叩请金安

      姨侄窦鸿藻上

卫玉林看完这信,只吓得面色如土,口里对喽啰只说:"遵命!"

喽啰去后,玉林拿着信走到后堂,一眼便见素文在那红纱窗下,面前放着一盆木兰,用手指轻轻剔着枝上的蛛网。卫夫人坐在一旁,展然微笑。玉林看这光景,好不觉心酸肉痛,扑地走到那里，哽咽得说不出话来，只顾向素文望着。

素文是何等敏捷，约莫猜着这其中的变故很与自己有关，失声惊问道："父亲是怎么样？"

玉林便将那封信掷在素文面前，更忍不住，简直放声大哭。

素文看完了信，猛不防一个转身，晕倒在地。卫夫人只不知其中的底细，忙着去扯素文。此时家中的佣妇都闻信而至，忙将素文小姐救醒过来，大家问明缘故，才知是窦鸿藻要在今夜三更时分前来强抢素文小姐。

本来卫玉林夫妇的志愿，没有儿子，打算将素文招赘自己的外甥许腾达，以娱晚景，想不到窦鸿藻听这里地痞地棍传说，便要来抢劫素文做压寨夫人。

卫素文正是初开的一朵鲜花，她见许腾达温文尔雅，风度翩翩，并且已中了一名秀才，听她父母的语气，很愿将腾达招赘在家，但因腾达的年纪比素文小两岁，才将这句话游移下来。她父母已有这样的志愿，她心里虽肯，毕竟这件事有些羞人答答，不便说出。但她这颗热辣辣的心早已印上腾达的一个小影了，自命将来生是许家的人，死是许家的鬼，哪怕就有人品貌比腾达生得俊，人才比腾达来得聪明，央媒前来说合，她总准备一口拒绝。料想父母总未必陡然变卦，打断了她同腾达一段良缘。不过她想父母亲纵有这样好的意思，腾达的性格终是靠得住的。但在少时她同腾达童年卯角，两小无猜，一个扮作新郎，一个扮作新娘子，这本是孩子们游戏的一种，她父亲却说内中本寓有天赋的真情，当场向她母亲说笑，说腾达可是素文的新郎了，她母亲笑了一笑。这些话分明喁喁贯入她的耳朵，点点记在她的心头，不图在这近数年来，反把这头亲停顿下来，所怕就是红颜命薄，好事多磨，也许要偏生生岔出一个人来，硬拆散这一对儿比翼鸳鸯，那么事情就糟透了。

于今做梦想不到那个无恶不作的窦鸿藻,苍蝇也想要钻到了梅花心里,竟来强迫这一头亲事。她看了窦鸿藻的那一封蛮不讲理的信,事先未尝不可躲在别人家中避一避风头。但因窦鸿藻信中的意思,这周围的一班地痞地棍总算做了窦鸿藻的眼线,早防备有这一招,便是躲避也没有用处。即令今夜她纵能侥幸躲避,或者一死以谢许郎,那窦鸿藻也会把她父亲捉到磨盘寨去。她是何等孝友的人,知道她父母在她身上还有极大的希望,怎忍心见父母不但不能偿还夙愿,反被捉到强盗寨中去受苦呢?

她当时觉得一死既不可,躲避又不能,总算她的一生幸福完了,前途已黑暗得不堪闻问了。她看完了那封信,神经上震裂不小,一时气涌痰塞,便像似已经晕厥的样子。当经众人将她救醒过来,她在这时候早直走近玉林夫妇身边,哭说道:"我看了那东西的一封信,我这手腕频地颤了,如今我想到我心中的难过,我的心碎了,我的肠断了。但我有一句话,多久要对爷娘禀说,总觉这些话不配在女孩儿口中说了出来。事情已糟到这一步,孩儿还怕害羞吗?尤其是现今在我爷娘面前,如何还再避忌什么害羞的话?许家兄弟,他能体贴孩儿的心境,爱友之情,差不多同一娘胎里生了出来,孩儿打算终身已有了着落了,不料爷娘在这近几年来,绝不提起,便将这事耽搁下了。现今孩儿想将许家兄弟带过这边来看一次,孩儿岂不知道于事无济,不过想同他再会一面,以了结我们当初友爱之好。"说完这话,不由一把握住她母亲的手,又像有些要晕厥的光景。

卫夫人流泪道:"我儿不必气苦,事已如此,哭也无益,我们多久就想将腾达招赘在家,不过因他去成亲的年岁太远,有意无意间将这婚姻停滞下来,也断不料现今出了这样变故。我想腾达今天总还在家,许家村离这里只有三十里路,即差卫福去叫他前来,他们读书人,或可以给你想个法子。"一面说,一面叫一个佣妇传话出去,叫老仆卫福立刻到许家村去,请许相公前来有话说。

那佣妇刚要领命出来,这时候,见老家人卫福领着许家的老苍头,匆匆忙忙走进内堂,便向卫玉林叫了声:"不……不……不好了!"

说到这个"了"字,那舌头短进去足有三寸,再也接说不下。

许家老苍头接着流泪禀道:"这里太爷、太太可知我家大相公已被金眼神鳌窦鸿藻在昨夜三更时分,绑到磨盘寨去砍了头了。"

卫玉林忍泪问道:"许贵,你怎讲……讲些什么?"

许贵道:"太爷、太太可知,我家大相公已被金眼神鳌窦鸿藻在昨夜三更时分,绑到磨盘寨去砍了头了。"

卫玉林夫妇陡听得这一派轰雷惊电的话,那眼中的泪珠儿早已滔滔汩汩地滚下来了。再看素文粉面上现出一层灰白的颜色,一口气接不上,早又晕倒在卫夫人怀里。卫夫人眼中点点滴滴的泪珠都滴在素文的腮鼓上,再摸着素文的双手,已是冰冷冷的,又用手插进素文胸膛间一摸,尚有一丝的温气微微跳动。

卫玉林夫妇知道素文这一次晕厥比以前格外厉害了,一面忙着扣口摘发,一面令仆人早备上一碗参汤。众人忙个不了,好容易才又将素文小姐救了过来。当由卫夫人劝着素文哺过参汤,将她扶到房中睡着。

玉林问那许家的老苍头:"你家相公怎知绑到磨盘寨砍了头呢?"

老苍头流泪回道:"昨夜相公在小书房里读书,因一时头昏脑涨,早已睡了。昼间大家起来,不见了相公,整整闹了半天。直到午后,便由磨盘寨的头目前来说道:'你家那个肉票,已被窦寨主杀了头,用不着去寻他了。有银子就得多多地献出来;没有银子,就得限你三天,放你家一把火,烧毁了这座鸟村。'那头目说完这话,其实并没有怎样逼献银两,便扬长着走了。我们周围数百里地方,大约都知道洞庭湖强盗的手段厉害,看头目走的脚步比飞的还快,还不是白白看他走去,谁敢怎样地对付他呢?"

玉林听完这话,好不伤痛,也将窦鸿藻准备在今夜三更抢亲的话告诉许贵,请他转达许家。

自许贵回去了以后,其时天色已晚,卫玉林夫妇看他女儿像发了疯魔似的,劝她吃参汤她也吃,吃过了便哭,只没有一点儿眼泪。问她这事究竟怎样办,她总是回答一句:"到了临时再说。"

约莫到了一更时分,忽听得屋上瓦声作响,接连便觉有个人影子闪进素文房里来了。众人估着是窦鸿藻前来,却不打算他来得这样快,都不由大吃一惊。

欲知后事,且阅下文。

第九回

李僵桃代女侠扮新娘
雨覆云翻美人遭毒手

　　话说那人并不是窦鸿藻,却是金刀诸葛梅。作书人在先不是叙过的吗,诸葛鹤曾在他兄长诸葛鹗、姊姊诸葛兰面前说他这四妹妹金刀诸葛梅,自从诸葛鹤、诸葛兰到了太湖帮,诸葛梅每在夜间到外面去探消息、打不平。她每夜忙着打不平的事,都在三更以后,为什么今夜到卫家庄来得这么早? 其中还有一重关键,不妨待在下交代明白。

　　原是诸葛梅在江湖上奔走了一年,早知洞庭帮中磨盘寨主窦鸿藻是地方上的一匹害马,江湖上时常发现奸淫恶杀红刀子案,都由窦鸿藻干了出来。

　　诸葛梅在未到卫家庄的前几夜,三更时分,就想瞒着诸葛鹤,单人直入到磨盘寨去哨探一番,准备乘机行事,好下窦鸿藻的手。心里有了这个计较,尽藏了一把单刀,一路到洞庭湖来。

　　诸葛梅娴熟水路上飞行的功夫,但在陆路上全仗恃马上步下的刀法,运气飞腾的功夫也有几成路数,不过还未好到怎样地步。在陆路上也走有两天的工夫,都在夜间向前走去,日间怕露出自己的本相,就拣一家大户人家的天花板上睡歇,准备睡到晚间再走。

　　偏巧这一天,诸葛梅在天光未亮的时候,走到卫家庄地方,鸡犬不惊,飞也似的悄悄上了屋脊,蛇行雀跃,绕到后堂上面,揭开屋瓦,便在里面天花板上睡定。刚睡得十分沉重,模糊间隐隐听出女子的哭声,蓦地惊醒过来,见天色已经昏暗,但因那哭声简直不会停止,忍不住侧耳细听,越听越觉得甚是凄惨,别人伤心,竟使自己这一颗心也别别地跳动起来。

一会儿,那哭声忽然停止了,就听得下面的人声嘈杂,原是卫玉林夫妇同一众婢女在房里窃窃私议。按照许、卫两家所发生的祸事,你一言,我一句,都被天花板上那一位红粉英雄听在耳朵里。他们又说到窦鸿藻手段太毒,欲强劫小姐,又杀了许家的相公,躲避既没有用,眼看窦鸿藻已快要来了,怕是天神菩萨也不能救得小姐性命。

他们那一番怨怒悲骇的论调,便是铁石心肠的人听了,也不由怦然心动。

诸葛梅当时兀自出了天花板,在屋面上愣了一会儿,暗想:窦鸿藻这厮,委实恶毒已极,看这卫家的小姐,一死固没有要紧,好好女孩儿的身体,胡乱给一个无恶不作的强盗采了花,岂不是糟透了吗?有了有了,我何不如此这般地相机行事,一则保全这卫家小姐清白身体,二则也是我锄杀窦鸿藻绝大的机会。

诸葛梅心里一想,其余的祸福匆忙间也就不暇顾及,早从屋瓦上轻轻落下平地,飞一般快地闪到素文房里来。

卫家的人先前猛然间见一个人影子闪来的时候,总怕是窦鸿藻来了。及见来的是一位紧衣窄袖的俊貌女子,大家还疑这女子的装束比强盗还怕人,又疑惑她是窦鸿藻帮中的女强盗,不由都吓得直抖起来。

诸葛梅便从容说道:"怕什么?我是窦鸿藻的对头星,也是你家将来的救命主,方才你们在房里的情形,没有一些我不明白。你们问我是谁,唤作金刀诸葛梅便是。"

卫家的人听完诸葛梅这话,又向她打量了一番,看她眉目之间,妩媚中露出十分英锐的气概,察言观色,便估着她并非洞庭帮的女强盗。彼此谈说一番,才知她是准备到磨盘寨去,想乘机锄杀窦鸿藻,无意间在这上面的天花板上睡了一日,听得房中的一番论调,特地要来打这不平的。

当时诸葛梅曾说:"为今之计,要给你家打这个不平,锄杀了窦鸿藻,你们有什么法子,可帮我筹划筹划?"

众人听了,便你想我说,都觉那法子行不去。

诸葛梅想道:"大略不用我这条计,窦鸿藻断然不易锄杀。如今事出无奈,也只合走这一招了。"

当时且不向他们说明,转望着素文问道:"小姐究竟也有了一个法子吗?不妨说出来,大家参详参详。"

素文恨恨地回道:"事到临头,便没有姐姐帮助我,我自有我的报仇方法。"

诸葛梅已猜着她心里的意思,不由摇头说道:"小姐准备走上那一条险道,容容易易地随从窦鸿藻到磨盘寨中,好乘间下他的毒手,替许相公报仇吗?不行不行,看小姐这般风都吹得倒的样子,如何是那东西的对手?他们做强盗的,是何等机警,看那人的举动,便什九猜中那人安着什么心眼儿。小姐的心计虽工,但不是江湖上人,没有江湖上人那一种诱人的手段,哪里能逃得窦鸿藻两个金眼?我想扮作小姐的模样,让我到磨盘寨中,照着小姐心里的步骤,大同小异地走一招,料想我行径,不容易在他面前露出马脚来。凭着这一点儿本领,相机而动,未尝不是他的对手,能够天从人愿,我在今夜锄杀了窦鸿藻,把洞庭帮的强盗镇压下来,这岂不是一件快心的事?"

说到这里,忽然想起一句话来,不由叫了声:"哎呀!我听大家的论调,窦鸿藻不是小姐的姨兄吗?"

素文道:"他在十年前便不到我家门上来,我还在五六岁时看见他的。"

诸葛梅道:"照这样说起来,不是旁人飞短流长,他还不知小姐生得如何俊美,也就不转这个恶念了。还好,小姐的身材面庞同我相差无几,他在近几年来又没有见过小姐,我这次冒充小姐,扮着新娘的模样去哄骗他,大略还可以哄骗得去。不过我总是个千金少女,做出这件事来,能够大功告成便罢,如果另生枝节,横起波澜,外面人又是一番论调,料说这件事不是女孩儿随便做的,岂不是大笑话?也罢,只要你家严守秘密,不轻易向人胡说乱道,我也顾不得许多了。"

大家就此又商量一阵,果然金眼神鳌窦鸿藻在这夜三更时候,如约而来,匆忙间把新娘捆缚起来,系在肩背上,便使用陆地飞行功,两足一蹬,全身已经凌空。

磨盘寨离卫家庄约有三百里之遥,却不上一刻时间,窦鸿藻早回到寨中,将新娘安置在一座很精致的房里,解去新娘身上的绳缚。他这结婚的大礼很是简慢,也不用做那拜堂的麻烦,寨中的头目前来拜贺,多是一口谢绝。匆匆回到洞房,给新娘去了盖头,窦鸿藻在灯光之下,看这新娘的容光,美不可状,就在洞房中开来晚膳,就只新郎、新娘两人,共桌而食。窦鸿藻几番想同新娘说几句体己的话,看新娘的桃花面上泛出朵朵红云,怕她害羞,待要说什么话,可是话又吓得退回喉咙里去了,只得陪着新娘吃酒。新娘的酒量大得骇人,同窦鸿藻各吃了十来盏回龙酒。窦鸿藻仿佛已觉有十分的醉意,新娘仍像行所无事的样子,只顾左一杯右一杯地陪着窦鸿藻吃个痛快。

窦鸿藻忽然呢呢喃喃地说道:"酒我是不吃了,就请大妹妹上床去,救我一命。"

这几句话,转说得新娘的脸上又是红一阵白一阵,红得比玫瑰花还红,白得同珍珠射出来的宝光一样白。

窦鸿藻看她这样光景,又不敢多说什么。丫鬟会意,撤去杯盘。

窦鸿藻见丫鬟很是知情识趣,快活得四万八千毛孔都要钻出一个快活来,连忙关了房门,回头看新娘低头坐在床上,便又呢呢喃喃地笑道:"我是几生修来的好造化,竟同大妹妹成了眷属。只望大妹妹不嫌我粗俗,我将来就做了皇帝,也不愿再娶那些庸脂俗粉,摆着三宫六院的架子。大妹妹怕我们做强盗的,和你们女孩儿的性格有些合拢不来吗?我对外是一只虎,什么人都畏怯我,不知什么缘故,一见了大妹妹,却又像一只小绵羊了。"

窦鸿藻旋说旋走近床沿,同新娘并肩坐下,便觉得那一阵脂香、粉香、酒香,以及女孩儿身上所特有的一种香气,沁人心脾间,更觉心旌摇荡不定,同雪狮子向火一般,所有的骨节都融化了,便一手弯拢过来,将新娘抱住。

新娘慌忙撑拒,吐着本地的口音,呖呖莺莺地道:"你怎么竟粗暴到这样地步,不怕人难为情吗?你这人太也不知人心。"

窦鸿藻本是一个有名的巨盗,在绿林中的威风真有"喑唔则山岳崩颓,叱咤则风云变色"的气象,不知怎么样的,于今听新娘吐出的字眼儿如同吹着笛子一般,清音宛妙,一面说,一面又用手这么一撑拒,窦鸿藻不由心里一软,两手自然松放了。

新娘低头道:"小绵羊有你这样狂荡吗?依我的意思,今夜是不能同你睡,你一个人睡一夜吧。你也不图一个忌讳。"

窦鸿藻听新娘这话,有些不懂,不由又向新娘笑道:"大妹妹好狠心,怎忍叫我一个人独睡一夜?"

新娘欲回答窦鸿藻这话,又像有些害羞的样子,实在怕窦鸿藻厮缠得开不了交,只得低声说道:"你们男子汉,哪里明白我们女孩儿的痛苦?就是你要我的命,缠住我不放,你触了忌讳,又岂是当耍的事?你不相信……"说到这里,便又低下头来,不接着向下说了。

窦鸿藻虽然已有了十分的醉意,心地却是明白,知道她话里有意思,也就估着她的月信适至。他们绿林中采花的强盗,最忌讳的是月信适至的女子。如今偶然听新娘露出这样话来,不由身子冷了半截,撒了新娘的手,倒在床上便睡。

　　一会儿,新娘听窦鸿藻鼻息如雷,仿佛喝醉酒的人已经睡了的样子,但见他目张口开,闪着圆圆的金珠,露出巉巉的黄牙,又不像寻常人睡时的状态,便用手抱着他的头轻轻一摇,还没有将他摇得醒来,才拿稳他真个睡熟了。

　　新娘这一喜非同小可,暗想:这是他的时候到了。看窗外天光未亮,寨中的气象分明刁斗不鸣、鸡犬无惊,连忙一手翻起裙带,取出光闪闪、寒灼灼的一把单刀,左手撩开帐门,右手握刀指着窦鸿藻的脸,低低的声音,却很斩截地说道:"你这个恶强盗,不知侮辱多少我们女子的人格,宰杀了多少我们女子的性命。我听你这样地行凶作恶,时时刻刻恨不得吃你的肉。你这东西真该万死,近来又转动卫家小姐的念头,竟用一把刀杀了她的意中人,她的怨恨也就到了极顶,难得有我诸葛梅前来下你的手。你从前专喜欢杀人,此刻怕也轮到你的头上来了。我若不将你杀掉,如何能给未经被你侮辱宰杀的女子除害,已经被你侮辱宰杀的女子报仇?"

　　"仇"字刚才出口,单刀看似已刺到窦鸿藻的咽喉上,谁知窦鸿藻近来练得一种罩门的功夫,只有他龟头上那一个小孔里,就且把锥子刺进去,无论如何,算是刺中了他的罩门,再也不能保全性命。除去龟头上那一个小孔的地方,无论你有绝大的本领、通天的手段,要处置他的死命,怎奈他的身体四肢之间,不拘哪一块地方,刀刺不伤,剑斫不入。便是有精通气功的人,放出三昧真火,也休想能烧去他的一毫一发。

　　在先窦鸿藻在昏昏沉沉之间,觉得早有人将他的头摇了一摇,昏糊中并不曾摇醒,如今似乎在蒙蒙眬眬之际,又觉得有一把很锋利的东西在咽喉捅了一下,不由蓦地惊醒过来,从床上一跃而起。

诸葛梅觉得那一刀刺在窦鸿藻的咽喉,如同刺在一块比矿铁还坚硬的东西上,心里已着了慌,把刀抽回了,不防窦鸿藻在床上一跃则起的时候,两眼早看见新娘手里握着一把单刀,禁不住陡然生起一把无明业火,两眼忽然露出凶光,射在诸葛梅身上。忽见诸葛梅用一个中平刀法,向窦鸿藻刺来,窦鸿藻也不用闪让,趁在她一刀刺到胸脯的时候,窦鸿藻伸着两个指头,在诸葛梅肘弯里捏了一下。说也奇怪,诸葛梅被窦鸿藻捏着的那条胳膊登时只觉伸不得、缩不得、上不得、下不得,单刀仍然握在手里,不由运用她的气功,想把周身的气分布到胳膊间,总该立时就可以伸缩自如了。谁知诸葛梅不运用她的气功也罢,一运用她的气功,不但不能把周身的气分布到胳膊间,反觉胳膊间的麻痛格外厉害,单刀扑地横在地下,立刻间麻痛牵及全身,头不能转移,腰不能伸缩,四肢也不能动弹,如同触了电一样。虽然她心里恨不得将窦鸿藻剁成肉酱,只是自己已成了这样光景,眼睁睁望着窦鸿藻翻起一对儿眼睛珠子仰头狂笑一阵,自己一不能动弹,便一点儿还手的法子也没有。也想到这是被窦鸿藻点中了穴道,可恨自己只就没有研究过点穴的功夫,也不明白窦鸿藻这是点的什么穴道,用什么解法才能恢复过来。

看窦鸿藻狂笑了一阵以后,忽然目不转瞬在她面上瞅望,说:"你是什么卫素文,素文有你这样的本事吗?哎呀!我看出来了,你这副脸蛋子,有些像小卧龙诸葛鄂的模样,你敢是诸葛鄂的妹子吗?"

正说到这里,忽然寨中鼓角齐鸣,好像哪里来了兵马,杀到洞庭湖一般。

欲知后事,且阅下文。

第十回

负蚌壳暗渡鹊桥仙
陷机关巧救云中凤

话说窦鸿藻猛听得寨中的鼓声齐鸣,忙开门走出房外,看天光欲曙,远远有几个丫鬟走得前来,先向窦鸿藻道了个喜,说:"寨中的头目都起了一个大早,齐集在飞虎厅上,大吹大擂,要到娘娘房里来闹三朝,先令小阿奴等向爷爷通知,不知娘娘还起身也未?"

窦鸿藻道:"快去叫他们且慢闹三朝,留待明天再闹吧!"

有一个极伶俐的丫鬟向窦鸿藻瞟了一眼道:"爷爷怎说要待明天闹三朝呢?"

窦鸿藻急道:"你们哪里明白?今夜谁还脱一脱衣服,便是你的女人!"

那丫鬟扑哧地一笑,说:"爷爷不要玩笑,小阿奴能有女人,也不是个女人了。"

窦鸿藻才知适才的话说错,便凑近一步,咬着那丫鬟的耳朵,唧唧哝哝,如此这般地说了一阵。

那丫鬟听了,又笑道:"原来是这么一回的大笑话。小阿奴在夜间还向姊妹们说,爷爷和我们做下人的在一块儿玩笑,就过了河会拆桥。今夜得了这一位神仙似的娘娘,不知要怎样盘肠大战呢!姊妹们对我说,必是通宵达旦,战个人不离甲、马不停蹄,你明天一早讨出喜帕来,才知爷爷这一夜鏖战得厉害,还是娘娘的弓马生疏呢。做梦想不到是这么一回事,空闹了一夜的把戏。爷爷吩咐我的话,我们就去转告各位大小头目,叫他们且缓着到娘娘房里来胡闹一阵,闹翻了爷爷的脾气,须不是当耍的事。"一面说,一面领着一众丫鬟向飞虎厅去了。

不上一刻时间,天光大亮,厅上的擂鼓也就寂无声响。

再说那时窦鸿藻回到房中,指着诸葛梅冷冷地笑道:"你若是寻常与我无关的人,明瞒暗骗,到我这地方来下我毒手,依我使起性子,随便怎样,都可以了你的账。无如我这时已看出你是诸葛鹗的妹子了,毕竟比较寻常人家的女子,还要留一些情分,只要你弄假成真地随我谐了百年的花烛,连带将你哥哥都带到我这里来,我绝不同你一般见识,忍心取你的性命。"

诸葛梅听他这话,真是柳眉倒竖、杏眼圆睁地怒道:"不错,我是小卧龙的妹子诸葛梅,夜间是你自己瞎了眼,竟把个杀人不眨眼的女红线,当作一位温柔无能的卫素文。我不能伤害人铁性命,总算是你的造化。如今你已睁开眼来认一认我,既已看出我是小卧龙的妹子了,还想真个弄假成真地要我做你的压寨夫人,自然我已陷落在你这种猪狗不如的地方,你要怎样地摆布我,还不是听你怎样的摆布?不过你也有两个耳朵,知道我哥哥的大名,须不是好惹的。你若有畏怯我哥哥的意思,就得从此改邪归正,放我出去,什么话都可以收拾起来。你若执迷不肯放我,随杀随剐,任凭你怎样摆布好了。"

窦鸿藻听了笑道:"我不过看你哥哥也是朋友,你又装着卫素文到我这里了,搂腰握手,多少也有一些缘分,所以我才金眼相看,开脱你一条生路。你想拿你哥哥来吓我,是吓不倒的,你这副贱骨头,现现成成的压寨夫人不做,偏是活得不耐烦,做我的刀砧肉、釜底鱼,还敢对我扭一扭吗?你要明白,我金眼神鳌窦鸿藻乃是洞庭帮中一个探花的太岁,便是天上的玉皇娘娘,我看上了她,还想去亲热亲热。若说洞庭湖远近的地方,一班的年轻小儿女,谁不想沾一沾寨主王爷的福气,要求我看她一眼尚不容易,难得我有眼看中了你,不惦记你的仇恨。偏是你生成这副贱骨头,若不结结实实地弄你一个下马威,你也不知我的手段毒辣,看你绑到那神仙凳上,还敢咬着牙关装好汉吗?"

诸葛梅听完这话,转念一想:不好,我如今已被他点中了穴道,一些抵抗的方法也没有,他要怎样,还不是听他怎样吗?杀头我是不怕,如果把父母给的清白的身体给强盗白糟蹋一场,就有人前来解救我脱险后,再有何面目见我哥哥?和这吃人不吐骨头的强盗硬来是不中用,在势又不免要吃他的眼前亏,不若向他软求,或者能保全女孩儿的清白身体。

想到其间,不由泪流满面地哭起来了,接着说道:"你这强盗,本领真了得。我上了卫家的当,牛替羊死,把自己的性命、名节都看得一文不值,居然要在如来佛面前翻起这么一个筋斗,如今已是懊悔不来了。但你既承认我哥哥是你的好朋友,你又算得是个大英雄、大好汉,怎的关起大门,专欺辱好朋友的妹子呢?你不等我哥哥前来,请出人来,向我哥哥做媒说合,你有势力,只能侮辱我的身体,不能买我的心,你不想买我的心,就只强逼迫我,又有什么趣味呢?"说到这里,那两行珠泪越发像流水价地滚个不住。

从来一等硬汉,禁不起女孩儿的三句软话,窦鸿藻当见诸葛梅说这话的神气,越显出她女孩儿所特有的一种愁态美,反把心肠一软,那燎天的气焰登时也挫息了一半,当即向诸葛梅平心静气地说道:"我若不爱你,叫你死在刀上,你怎敢死在枪下呢?既是爱你,口里虽是这么说,却如何忍心逼迫你呢?无论怎样,要想将你的心买转过来,但你那位哥哥,我前次曾请他到寨中来,他尚且不答应我的话,现今若请他前来,也很是一件不容易的事。不过我总有一个计较,或者将来能把他请到这里来。于今我限你三月,在三月以内,你哥哥肯来,自然依照你的意思做去;三月以后,你哥哥没有前来,你的心又不肯卖给我,到那时候,就怪不得我的心肠狠毒。"旋说旋转到房门口,在门槛上按捺了一下。

接着听得叮叮当当地连声作响,早见有十多个喽啰拥进房来,问:"寨主有何使唤?"

窦鸿藻道:"快去取那东西来,将这位诸葛娘娘送到水晶宫里。"

喽啰答应一声,早抬来一个木质漆油的大蚌壳,看这蚌壳里可容得一人坐卧。喽啰将诸葛梅装进了蚌壳,忽然呀地作响,那蚌壳吻起来了。诸葛梅蜷伏在蚌壳里面,黑暗暗不见什么,心想:听那厮的语气,未必便立刻结果我的性命,还我一个清白女儿身,我只打算他真是我命中的魔鬼,想不到他陡然间又掉变了计,竟将我送到水中,纵然一死,也保全这清白身体,总是我祖宗的阴灵保佑,不至坍尽我家十七八代的面子。心里如此一想,也只得听从他们摆布。

那一众喽啰抬着蚌壳,前呼后拥地出了磨盘寨,约走有百步远近,那经过的道路渐走渐窄,但到一株枫树跟前便转弯,约兜转有数十个弯曲,方才现出一条大溪,两岸的芦苇萧萧瑟瑟,一望无边,那一片一片的芦花,漫天盖地地堆着。那十个喽啰就此咻溜溜、呼嗨嗨地打了几个哨子,好像传播消息似的。

这时,诸葛梅也仿佛被他们抬到一个处所,接着依稀听得棚棚的风声,船底的水声低低作响,顿觉身体如飞箭般地直飞前去。接着约有一刻时辰,又觉身体在船上摇了几摇,便不动了。

诸葛梅到这时候,便估着她的死期已在眼前了,这时候不禁心思扰乱,想起自己凭着这一身本领、一副侠义心肝,到头来只落得如此结局收场,转不禁暗暗弹了几点眼泪。

果然没有片刻时辰,陡觉身体向空一掷,诸葛梅打算这一抛,自己已跌到水晶宫里,一身本领没处使,又蜇伏在蚌壳中,势必随波逐流,饱葬湘鱼腹中了。谁知却是不然,并不是喽啰将蚌壳抛入水中的,是由那船上的头目负着蚌壳往前一纵,大约已纵到一个湖泊上面。诸葛梅接着听得履声橐橐索索地微微作响,早知是被一个人扛在肩上行走,走的脚步好像有飞的一样快,接着又觉自己的身体陡然向上一抛,同凌云相似,这回却估着是被人扛着她跳上了一道高墙,约莫又在高墙上飞走了一会儿,陡又觉得身体向下一沉,如在高山坡上跌下峻谷的样了,接着又听得呀地作响,那蚌壳便分开了。

诸葛梅放眼一看,众喽啰已不知到哪里去了,但见面前站立一个彪形大汉,相貌也生得比窦鸿藻狰狞可怕,那一部络腮胡须如刺猬一般,脸部像煮熟了蟹壳似的。他的模样虽然凶恶,但两眼光焰不足,实则没有窦鸿藻那种逼人的威风。看他把自己从蚌壳拉出来。

这地方原是一座客房,陈设却一无所有,那汉子拉着诸葛梅的衣袖站定,呐一声哨,仿佛听得一阵苍老的声调应了那一声信号,接连便见一个老头子从外面走进来,向那彪形汉子各说了几句听不懂的话。老头儿接说两个"是"字,那汉子便自去了。

老头儿从容向诸葛梅上下盯了几眼,便摇头叹道:"好个女孩子,如今一般也押到这里来,真觉有些可惜。"

说罢,又长叹了一声,接着说道:"想白日鼠周奎,在这地方看禁这样的好孩子,已有十来个了,却有此俊美,没有这样英锐的气概。窦寨主,你枉坐洞庭帮中第一把虎皮椅子。"说完这话,仍然扬长着出门去了。

诸葛梅看这周老头儿说话的神气并不像含有恶意似的,仿佛周奎出门的时候,在门外台基上虚踹了一下,猛觉石壁摇动,砉然一声响,那地板上忽地裂开一条缝来,猛然间从地缝中裂出两个铜人,各人手里提着两柄短斧,要向诸葛梅砍来。

诸葛梅在仓促之间,也不禁吃了一惊。幸亏那周奎是司空见惯的老手,在那两个铜人冲出来的时候,周奎又用脚在台基上向前一垫,说来很是奇怪,那两个铜人就自由自性地向后退转,退转的脚步如同冲进来的一样迅快。

诸葛梅只觉室中天旋地转般,两足忽然落空,向下坠有三丈多深,以为这一坠落下来,势必粉身碎骨,谁知却坠落在一件很绵软的东西上面。放眼一看,自家是仰卧在一张床上,床上的被褥也铺设得齐齐整整。接着又听得霍地作响,上面的缝隙已自由自性地掩盖起来。

这地方是一个地下室,室内床、桌、椅、凳俱全,室门敞开着,光线也充足,室外的一片污水作灰黑色,有许多大蛇毒蟒昂头掉尾,游泳其间,潺潺作响。再一侧耳细听,好像室外四面都有流水潺潺声、蛇蟒游泳声。室中四壁都用铁板包着,上面也蒙着一层很尖锐的铁丝网。休说诸葛梅已被窦鸿藻点中了要穴,身体麻痛,一时间不能恢复自由,论你具有天大的本领,陷落在这水牢里面,也休想越过雷池一步。

当时诸葛梅才想到窦鸿藻将她押到这种地方,什么是水晶宫,这分明是一座水牢。想这水牢暗伏着许多机关,如何能逃出这龙潭虎穴?我先在外面打不平,锄杀了那么多的强梁恶霸,何尝落过人家的圈套,难道今死生皆有定数,我的命该当死在这里?

诸葛梅想到其间,又联想到卫家素文小姐,觉得自己死在这里没要紧,那窦鸿藻一天不死,一天也会把素文绑到磨盘寨来。那时候,我生死都陷落在这种地方,哪里还有人解救她呢?

凡人在危难的时候，不涉想到什么则已，一涉想到什么，心思未有不扰乱的。诸葛梅在那里想了有一昼夜的工夫，她被窦鸿藻点中的穴道便没有人会用怎样的解法，但经过一昼夜的时间，自然恢复原状。诸葛梅那时觉得筋络渐渐活动，心里转是一喜，一起身，已从床上直拗起来，渐渐手足也能动弹自如，只是腹中饥肠辘辘，好像有许多蛔虫在里面开着聚餐会。肚中一饥饿，四肢转又觉得疲软不堪，不由神思困倦，不知不觉地入了睡乡。

在睡乡也不知经过多少时间，蓦地醒来，忽见床上多了一个人，也是新娘的装束。看那人鼻息无声，仰卧在那里，摸着手足已是冰冷，什九像个死尸。诸葛梅在匆忙间，便看出她并不是卫素文，但见她那眉、口、鼻之间，露出一种天然姿态美，比卫素文还生得俊。诸葛梅心想：大略这位也是我的同志，冒充卫素文，做一回新娘子，一般也被窦鸿藻押在这里。不过见她这模样儿，像似死了一般，这大略是窦鸿藻把个死尸送到这里，叫我知道他手段毒辣，这死尸前头的样子，便是我后头的鞋子，拿她来恐吓我，勒逼我服服帖帖地降服了他。岂知我心如石，若能侥幸有人救我脱险，固是我的造化，没有人救我脱险，我也只有一死。

心里如此一想，伸手插进那人的胸膛间一摸，尚有一些的温气，才知道这人原是昏晕过去的。因俯伏在她的身上，用手指捺她上下嘴唇，口对口地度气。似这么度了一会儿的气，即听得她喉咙咽地作响，接着仿佛觉得她两手、两足颤动了一下，那人已醒转过来，忙推开诸葛梅说道："诸葛小姐，你害得我好苦也！"

诸葛梅猛听那人是男子的声音，一颗心几乎要吓得跳出口来。

欲知后事，且阅下文。

第十一回

密语话囵圄郎心似水
情天增怅惘妾意如云

　　话说诸葛梅猛然听那人是男子的口音，一颗心几乎吓得跳出口来，只是勉强极力镇住，表面只当作不曾识破的样子，向那男子低声说道："我是你救命的恩人，怎么你说我害了你？并且我与你素昧平生，何以知道我的姓氏？"

　　那人笑道："不错，你是我救命的恩人，你明白我这性命毕竟是断送在谁人手里？你与我素昧平生，我同你会面也是第一次，我说你害了我的话，其中另有一种缘故。我这次是奉师门的命令来会你的，我师父自己水陆功夫不待说，已是登峰造极，并且他自信有绝大的神通，能知人过去未来的事。若得他老人家前来救你，真是不费吹灰之力，他老人家知道你困在这种地方，不亲自来救你，为什么令我这个小徒弟前来呢？就因这洞庭帮的强盗，虽然妄作妄为，但来历很是不错，他们都是南海醒菩提白眉和尚的门下。白眉和尚门下的人犯了滔天的罪，如果有官兵前来同他们为难，白眉和尚并不多说闲话，但一听得我师父出头，他们同党的怨毒便不问曲直，不论情由，早结到北海伏龙庵的门下来了。我师父预知你要失陷在这地方，待要出面救你，就是怕同白眉和尚结下不解的仇；待要不救你，又违反了他老人家欺强扶弱的夙愿。

　　"再三一想，说我在师门年纪最小，没有闯荡江湖，少有认识我知道我的有名好汉，出头到洞庭帮来，或能瞒过江湖上的耳目。

"我一听这话不好，虽说我在江湖上没有声名，出头到洞庭帮来，或可以瞒过江湖上的耳目，但我的本领很有限，恐怕这番到洞庭湖来，空伤坏了自己的性命，仍然救不出小姐。从井救人的事，我很愿做去，但要救得好，才算无过；救得不好，反给那人加上一道紧箍咒，这又何苦来呢？

"我师父看我面上那时现出很为难的神气，遂哈哈笑着说道：'你当初若肯削去头发，我今天也不令你去会一会金刀诸葛梅了，你这三千烦恼丝没有斩去，凡事就不能避免烦恼。这时你虽不能救出诸葛小姐，但诸葛小姐终须要救在我们北海派人手里。老僧这话断没有差错，你尽可放胆做去。'

"我听师父这话，连忙问道：'在师门中没有名气的人很多，师父为什么不令那些师兄、师弟走一次呢？'

"我师父听罢，不禁正色说道：'这话是你说的吗？你不去救诸葛小姐，谁可去得？如果到洞庭帮救的另一个人，我门下没有名气的徒弟很多，谁不可以去得？无如失陷在洞庭水牢中的是诸葛小姐，休说你拼着性命终须也能将她解救出来，就是前面有座刀山，你忍心看诸葛小姐死于非命，不到刀山上去替她一死吗？你要明白，你的将来、你将来的事业都要成全在诸葛小姐身上，这点点辛苦都不去吃，你好忍心，怎对得起诸葛小姐？'

"我当时又向我师父问道：'徒弟向在师门，师父叫我水里水去、火里火去，这身体纵送卖给了师父，只怕徒弟这番到洞庭帮，这身体已不是师父所有的了。只是师父打算叫徒弟如何去呢？'

"我师父又正色回道：'你这话像煞很有点儿道理，你既会见了诸葛小姐，这身体还算老僧的吗？你问老僧叫你如何去，定

法须不是法,你在临时自然会想到一个计较。'

"师父已对我说这样话,一路到洞庭湖来,就听说这金眼神鳖窦鸿藻奸淫好色,不知蹂躏了多少好人家的女子。我偶然触动灵机,想借机混进磨盘寨中,打算同窦鸿藻亲近,便能探出小姐的消息。只要拼命能救出小姐,吉凶祸福都在所不计。这是什么话呢?就因我生来性格,师父不要做那件事便罢,既答应师父做那件事,只要那件事做得不辱师门,生死亦复何计?并且当初这身体原是卖给师父的,如今师父转叫我将这副身子交给诸葛小姐,绝对小姐的人格不在我师父之下,小姐不是女中的豪杰,怎当得我师父如此倾倒呢?我这身子不交给小姐,还愿交给谁呢?我不救出小姐,还到江湖上再做什么事呢?能救出小姐,固是你我的造化;不能救出小姐,我只有一死以谢小姐,这是我自己应该顺受处罚。我既不能救,又不能死,终觉我自心里难过,对不起小姐。

"我当时想了那个计较,便装作走江湖卖艺的女子,混到磨盘寨来,先向磨盘寨的大小首领打招呼。

"窦鸿藻见我这脸子生得还不错,已现出垂涎三尺的样子。及见我使出来的功夫虽没有他那样高强,还可以看得去,他更垂涎得了不得。寨中的头目卖出心巴结窦鸿藻的,生拉活扯,要我做窦鸿藻的压寨夫人。

"我听了暗暗好笑,便向窦鸿藻及众头目低头说道:'服侍大王爷爷,不是一样的吗,何必如此?'

"这几句话说得大家都笑起来,你说寨主的眼力不差,他说老大哥的艳福极大,当着我面前,把窦鸿藻恭维得四万八千毛孔,一个毛孔里好像真的开了一朵鲜花。就有众丫鬟把我簇到新人房里,居然打扮得新娘娘的模样。

"窦鸿藻不待天晚,便关起房门,交杯酒落了盏,那东西在无意中,便向我说起小姐给卫素文打不平,扮作新娘的一回事来。他说:'该当你的造化大,来做我的压寨夫人,如果诸葛梅顺从了我,就算你来迟了一步,岂不是白白地屈辱了你?'

"我当时陡然讶道:'寨主讲的是谁?可是那个金刀诸葛梅?她和我原是同盟的姊妹,你可能看我分上,先饶了这人一条生路,我便死了也感激你,可不知道你究竟爱我不爱我?'

"窦鸿藻见我那种娇媚的神情,不由将我一把抱住,口里还不干不净地说:'好心肝,我告诉你,我爱你比爱做皇帝还高兴十倍。不过你要我放出的是诸葛梅,缚虎容易放虎难,有诸葛梅在我这里,我不怕什么小卧龙诸葛鹗;若放出了诸葛梅,那诸葛鹗虽然手无缚鸡的力,并不是一个好惹的东西。一百件人情都可准许,你要放诸葛梅,没有这般容易。'

"我听得他说出这样的话,脸上不由涨得通红,忙把他身子推了推,笑道:'呸!你不放诸葛梅,你就不可怜我,我也不是容易好说话的。'我说到这里,转有些盈盈欲泣的样子。

"窦鸿藻忙向我招赔道:'好心肝,你不知道,除了你更配谁替她来讲人情?也罢,就看你分上,明天一早,发一支令箭到水牢去,赦她回去吧!'

"我当时又流泪说:'今天同寨主谐成白头鸳侣,但我的性情,不听自家同盟姊妹失陷的情形便罢,既听诸葛梅失陷在寨主的水牢里,寨主一刻不赦免了诸葛梅,我心里一刻不安。请寨主立刻将诸葛梅提出水牢,到我房里,重叙旧好。好在天时尚早,我送她出磨盘寨,劝她以后不要遇事生风,并托她转劝她哥哥不用跟寨主为难,多一事不若少一事,寨主又何必枉结冤家?我送同盟姊妹出寨以后,那才是我开心的时候呢!'

"窦鸿藻听了,摇摇头说:'今天是不能,绝对不能赦她。'一面说,一面又凑近我的身边,露出十分轻狂的样子。

"我一时情急智生,软骗他是不中用,就准备先下手为强,后下手遭殃,打算趁那厮不备,先将他结果了。洞庭帮要数窦鸿藻是个蛇头,若斩断了这个蛇头,蛇无头不行,就不难趁势降服了他的党羽,救出了小姐。我一面想,一面抱着自己的两边腮鼓道:'我不要你哄我,我不要你哄我,今夜不救出诸葛小姐,看我这一个耳光子打过来。'说到这里,就出其不意,反手一巴掌,打在窦鸿藻的脸上。

"我是练得一手千金闸的功夫,这种千金闸就是重拳法的路数,并非是硬功夫,乃是一种法术,不过不容易学成了功,学成了功,同硬功夫一样,随时随地都可以使出来,哪怕一尺来厚的石碑,运用千金闸一掌打去,能立刻把石碑打得炸裂开来,我的手掌红也不红一点儿。不论有多么凶顽的狮虎,一遇这一手千金闸,就立刻筋断骨碎,死于非命。本人坐在船上,也可用千金闸的身法,压沉了船。千金闸这种法术,实在大得不可思议。总打算我出其不意,使用那千金闸的软功夫,扬手一巴掌,要把窦鸿藻打了个扁。想不到他的本领比狮虎还凶狠,他的皮肉比石碑还坚固,千金闸这样功夫既不能伤害他。他当时仿佛也知道我那一手的手势来得沉重了,早已松去了手,用三个指头来搷我的腰眼。我慌忙一闪身,一个乳燕辞巢身法,闪过他那一手,跟着就变换一个二龙抢珠的手法,直挖他的双眼。他没有防备我有这一招,来不及闪让,总打算他两个金眼已挖到我的手中了。不料他两个眼珠比铜浇铁铸还坚强,不但没有捣瞎了他两个眼珠,我左右两手中指反捣得有些生疼起来。看他的两眼瞬也不瞬,我这时早惊得六神无主,才想到他是学过罩功的,又不明白他的罩门在什么地方,简直一些摆布他的方法也没有,总怕他还手打过来,我这性命便保不住。

"只见他向我冷笑一声,退出房外,恶狠狠地说道:'看你有什么本领能逃出我这地方一步！'一面说，一面在房外不知怎样地按捺一下，接着噼啪响了一下，房门关了。

"我看那门板上用铁皮包着，满竖着很锋锐的尖钉，接着四壁上下也响了一声，就看四壁和屋梁上面都包着铁板，铁板上也都满竖着很锋锐的尖钉。我登时好生诧异，知道这房里设着了许多油经机关，我的本领再大些，也是打不开、冲不破、逃不出。如果他再来同我为难，叫我如何能抵挡他呢？心里就焦躁起来，在房里出了会儿神，暗想：我师父有这神通，能算得准诸葛小姐失陷在窦鸿藻手里，却不能算准我的能力能不能救出诸葛小姐，竟把我葬送在这里，还以为有我到此地来，都可以救出了诸葛小姐，想我师父的算法也有不灵验的时候了。我不答应师父的话，师父总可以另派一个师兄弟来救诸葛小姐；我既然答应了师父的话，师父总以为有我前来，可以救出诸葛小姐，也不用再派第二个人了。

"如今我既被关在这种地方，无论在势不能救出诸葛小姐，并且同她会面的机缘也不可得，我心里总埋怨我师父，既然知道金刀诸葛梅是个女中豪杰，偏偏硬派我这个不能救的人前来救她，这都由我的死期到了，诸葛小姐也该当丧死在水牢里，所以师父糊糊涂涂地竟好像似痰迷了心窍。我更埋怨我自己听师父说的那番话，诸葛小姐是何等重要的人，前来救诸葛小姐是何等重要的事。我若不领命前来，师父派另一个有能耐的师兄弟前来，什九也可以救出诸葛小姐。如今都算我自己误了诸葛小姐的事，哪里还有人再来救诸葛小姐？我凭着自己的天良，总觉有些心里难过，对不起小姐，那么我也只有一死以谢小姐。

"我在气功上很下过一番苦力，若在提升气功的时候，要练成金刚不坏的身体，的确是一件很不容易的事，如果要坏这身体，就把自己周身的气一步一步地向下逼着，却是我们练习气功的人绝妙的一个死法。我既想到有了这样死法,可以谢一谢小姐了,就将周身的气一步一步地向下逼着。只不上顷刻的工夫,好像魂灵已脱离了躯壳,在空中飘荡有多久时间,忽然又走回来的样子,并不知窦鸿藻怎么将我葬送在这地方,小姐是怎样救了我,一些也不明白。论理小姐救了我,总该千恩万谢,拜谢小姐的救命之恩,并且我自己知道寻的这个死法,如没有人解救,绝不会自由自性活过来。看小姐方才的情形,便知是小姐救我的。又看这地方活像一座水牢,便知小姐是诸葛小姐。

"我怎么一开口便说小姐害了我呢?就因我这回到洞庭湖来,不能救出小姐,反误了小姐的事,我一死以谢小姐,自己心问口、口问心,什九可以对得起小姐了。小姐一将我救醒过来,我自己不能救小姐,小姐又救回我的性命,我仍是束手无策,不能救出小姐,叫我哪有这张脸见小姐呢?我见小姐是这样血热的一副心肝,你越是救我,我越是望你速死,我越是束手无策,不能救出小姐,越是望我速死。唉!老天老天,我却恨你无端地会捉弄我,连一死以谢小姐都有意同我云中凤周锦为难,叫我无颜见诸葛小姐,真比拿刀割我的心肝还痛。

"我眼看诸葛小姐失陷在这猪圈不如的地方,活过来仍没有方法救出诸葛小姐,我的心仿佛被你那把刀已刺得粉碎,这是你有意害我,我何能说是尽怪诸葛小姐呢?"说到这里,咽喉已咽住了,一言不发。

诸葛梅听他的话,又是羞惭,又是悲恨,心里正说不出来的那种烦恼,忽然听得铃声作响,仿佛又有人到水牢来了。

欲知后事,且阅下文。

第十二回

奇女子多情恋凤
小英雄有意求凰

话说周锦、诸葛梅猛听得一阵阵摇铃的声音,仿佛有人到水牢里查看似的,岂知并没有人前来,原是从外飞进一条绳链,绳链中间兜住一个台盘,台盘里盛着十来个馒首,热气腾腾地放在床上。

诸葛梅当时取出台盘,还未分吃,接着又听得一阵铃声,那绳链已收回了。

诸葛梅侧耳而听,以后却听不出一些声响,便低声向周锦说道:"我们的性命,若该丧在此地,烦恼有什么用处?若不该丧在此地,窦鸿藻能怎样地奈何我们?但是你师父是谁?你家里有多少人口?你是配……哎呀!我们腹中也有点儿饥饿了,我料想这馒首并没有毒药,请你看在我的分上,吃些点心好说话。"

周锦道:"我何尝没有脱险的一种希望,不过这种希望,像似大海里随风漂泊的一叶扁舟罢了。你的腹中饥饿,我不用几个馒首充饥,你一定是不肯吃,叫我心里更觉难过。"

他们就此一面吃着馒首,一面谈心。

周锦又说道:"小姐问我师父是谁,但我师父的为人很秘密,北海那一带地方,知道他的本领甚少,门下的徒弟多轻易不肯在人面前说出师父的姓名来。大略除去白眉和尚这一班人,谁知北海那一座伏龙庵有个澹性老和尚呢？我在小时候，就丧去母亲，父亲又不知流落在什么地方，被澹性老和尚收在身边，晚间和他同床而睡，平时跟他练习本领，不许我出静室一步，说我是他的外甥。其实我是孤独独一个人，哪里有这位老母舅呢？"

诸葛梅听说周锦是个独身的少年，脸上不禁红晕一阵，一颗心更禁不住簌簌地跳。究竟这一种缘故，连她自己也分解不来。

吃过馒首以后，看天色已暗，牢中的光线也就昏沉沉的，但对面还看得清。两人对面坐在床上，周锦忽想起一句话来，便向诸葛梅问道："小姐是怎样救我性命？我在先曾问及小姐，却没有回答我，不妨请你明白宣示。"

诸葛梅听他的话，早羞得低下头来，噤住了一言不发。

周锦不由急道："我又不是个猪狗，我说话你怎么不答应？我何尝不明白你的苦心，有些碍口不便说出，但我不因为你，何苦要追问这句话？哎呀！救我的是你，我羡慕你感激你的地方，一死不足以谢。只是你这人的心，恐怕再没有比你生硬的，我存心把你看作是第一知己，连师父的姓名都告诉你，你反把我不当人看待，有意想推掉我，我究竟不知道哪一种缘故讨你的厌，你有什么话对我不能公开？你越是这样推掉我，我越是望你我速死。我的心这时也说不出是什么道理，你只算是我的亲姐姐吧！好姐姐，你快将救我的方法告诉兄弟，叫我放下这条心，你不告诉我，我便要死在你的面前。人心是肉做的，我那样地认你是第一知己，你连这句话都对我要守秘密，看你那一颗心可对得起我？"

诸葛梅听了，才哽咽着回道："你望着我说，只算我是你的亲姐姐，毕竟你终算是我的兄弟，呸！你们这些人，真是奇怪极了，我在这水牢里，承你把我当作第一知己，拼着性命来救我，你我都死了,我也欢喜,这回倒是我救了你,后事茫茫,安知不因我救了你,你才得救了我?你师父的话,未必没有一些把握。你心里只想着你来救我,不辜负我救你,何必这样地啰唣?请问那些话,叫我如何说得出口?你这人真个不知人心。"

诸葛梅虽对他这样说,只是被他厮缠不过,也只得半吞半吐地说了。

周锦听罢,不由仰天而笑,说:"好了好了,照这样讲起来,我们终有脱险的希望了。喏喏,我师父不是对我说过的吗?'如果到洞庭帮救的是另一个人,我门下没有名气的徒弟甚多,我自己虽不便出头,他们谁不配去得?无如失陷在洞庭湖水牢中的是诸葛小姐,你忍心看诸葛小姐死于非命,不去救她吗?'还说:'你的将来、你将来的事业,都要成全在诸葛小姐身上,这点点辛苦都不去吃,你好忍心,怎对得起诸葛小姐?'师父说这样话,分明一句句都嵌在我心坎里。如今听姐姐又说是这样救我,我不知这颗心何以有些热辣辣的,就无怪师父单令我来救姐姐。虽同姐姐没有订下了终身伴侣,但照你的话参详起来,又未尝没有一些缘分。我就想到师父的话也绝不会差错,好像预先看见这回事的样子。师父对于这件事已有先知之明,总算他老人家的神算并没有不灵验的时候,我们如果没有脱险的一日,师父空把你我葬送在水牢里,这又是何苦来呢?"

诸葛梅听他说了这一大篇的话,把个脸掉过来,狠狠地说道:"话到了你们这些人嘴里,再也说不断绝,你再说这些肮脏话,我就要恼了。你这人实在看不起我,不是白瞎了我这颗心?"说到这里,不由眼圈儿一红,用衣袖蒙住了脸。

周锦急道:"难不成你真个恼吗?这件事本是天造地设,人生的一重关键,你着恼什么?我同你说这话,不是有意轻薄你,我若安着这坏心眼儿,天打雷劈,叫我不得好死。就听你说这些话,便看出你这人的心原来比生铁还硬。奇怪,我自己的心要解释你,我自己也不相信有什么解释的话,叫我怎么说法呢?"

周锦说到此处,也就泪痕满面。

诸葛梅又转过脸来,用手揩着眼泪说道:"讲正经呢,我们就多谈一会儿,如果再像方才胡说乱道,我可不依了。"

周锦又流泪道:"可不是的,这分明是正经话,只因为姐姐说是不正经,倒反难坏了我了。"

一面说,一面看诸葛梅两眼的泪又流个不住,不禁用手替她揩拭。自己也心酸一阵,那眼泪点点滴滴,不知不觉地流满了襟袖。

诸葛梅看周锦来替她揩拭眼泪,忙用手推拒道:"好兄弟,请你放尊重些。"

口里虽这样说,眼里看周锦两眼角上流得像潮水一般的快,却不禁用手在周锦眼边弹着。

周锦也不知不觉地说道:"姐姐,请你放尊重些。"

吓得诸葛梅把手缩回了,就想到周锦的师父虽有这样话,究竟我们能够脱险尚未可决定,不能脱险,我又不是辜负云中凤这一副血热的心?他的将来、他将来的事业,如何能成就在我身上呢?想到这里,只顾愣愣地望着他。

周锦也想诸葛梅可算得我的知己,师父的话绝不会差,但不知是什么道理,她一哭,哭的是我的眼泪,我一哭,哭的是她的伤心,这道理叫我如何推测?心里这么一想,也就圆睁两眼,呆呆地不住看着她。

四只眼睛碰个正着,好像触了电一般。两个人虽分坐两边,可是他们两颗热辣辣的心多久就厮并起来,直待室内的光线看不清什么,他们才各自含住眼泪,唧唧哝哝谈了一个整夜。

诸葛梅第二放心不下的,就是卫家村下那个素文小姐,她因许腾达被窦鸿藻结果了,她心里的难过比我还来得凄惨,纵然我扮作新娘,替她到磨盘寨中报仇,空自闹了一场把戏,没有伤害窦鸿藻的一毫一发,窦鸿藻一日不死,她的磨蝎一日未消。如今不知她究竟在什么地方,没有被窦鸿藻捉去也还罢了,如果她再落到窦鸿藻手里,不知她要苦恼到什么样子,却很有些替她担惊受怕。

周锦也听诸葛梅说过卫素文那一件事,自己与诸葛小姐这时虽没有脱险,尚有侥幸的希望。素文的未婚夫婿早丧死在窦鸿藻手里,想起素文一生的幸福完了,便是铁石人听了,也不由凄然心痛。窦鸿藻这个蛇头,平白无故地想占人家的妻子,先杀了人家的人,他的行径比虎狼还不如,他的手段真要比姜椒还辣。这件事不落到我云中凤周锦耳朵里便罢,我一听到这样不平的事,我不能给人家打这个不平,不是枉生在世界上了?但我经过窦鸿藻的本领,凭我们点点的功夫,这不平又如何打法?一阵想起来,就恨得咬牙切齿,心里便不禁有些疼痛起来。同诸葛梅谈到这一件事,两人都不禁替素文扼腕。

这时候,天光已亮,两人谈得有些疲倦下来,各自倒在一头,都觉一时间心绪如麻,有些睡不着。两人刚合上眼,便见有个女子血肉模糊,向着他们啼哭,并说:"诸葛小姐同周少爷真好福气。"

诸葛梅便指着那女子向周锦说道:"你听素文这话,就知她心里的苦痛了。"

周锦听罢,愣住了好一会儿,转翻起到电而有光的眼珠,死盯在素文身上,说:"天地之大,竟没有卫素文这个弱女子容身所在,真是糟了糕了……"

一言未毕,耳朵里仿佛有人向他唤了声:"锦儿!锦儿醒来,醒来!"

周锦不由蓦地惊醒,一个转身,他的两条腿无意在诸葛梅的粉嫩雪白的小膀子上甩了一下,连带也将诸葛梅惊醒过来。

诸葛梅看是白日鼠周奎站在周锦面前,面上显出很惨淡的神情。周锦看这个老头儿,怎么得到这水牢中来?不过因这老头儿的神气之间,并不像似凶神恶煞的样子,只顾在白日鼠周奎面上不住打量着。

周奎未开言先流下泪来,说:"锦儿,你须仔细认一认我。"

周锦听他的话,就更诧异不小,好像他的面目似在哪里看见过的,一时间实在又想不出来,只顾愣愣望着周奎,半晌间回答不出。

周奎不由叹道:"你真个不认我吗?这也难怪,你出娘胎才三年,我就在湖南地方犯了案,被官兵捉住,由水路解往长沙。幸得当初坐镇磨盘寨的寨主倒海龙孟宝同得了这个消息,哪里还肯怠慢,立刻带领水路上几个有名的头目,早把那一班押解的官兵杀了个落花流水,把我劫到磨盘寨中,坐一把小小的交椅,安心在这里混了五年,才回家探望一次。谁知你的娘死了,你被澹性和尚收在身边。我曾到伏龙庵去请澹性长老,还给我周家的一脉宗支,哪知澹性长老对我说的那一派话也很有点儿道理,他说:'这孩子的根底很好,若由你讨回去,恐怕屈辱他的根底,白埋了他的灵性。不如由老僧带在身边,教给他向做人的道路上走去,他将来造成了一个人才,儿子还是你的儿子,干吗你要将他带回,你能造成他什么根器?'

"我听长老这话,明知长老暂时不放你回去,多说总是废话,只求长老唤你出来见一见。长老摇了摇头不答应,说是将来有你们父子会见的时候,不过这时机缘还早,老僧若违逆天数,唤他出来见一见你,难道他还肯安心住在老僧这里吗?

"我心里一想,你若随我而去,反正不过造成一个强盗,难得长老看得起我的孩子,肯引你归入正路,不如就委曲顺从了吧。我当时便辞别长老,回到寨中来。不料我那最相契的寨主孟宝同死了,继孟宝同做洞庭帮寨主的,就是这个金眼神鳌窦鸿藻。他因我脾气爽快,说话会得罪人,就将我罚在这地方看守水牢。昨天窦鸿藻差人送来一个女尸,我想这女子已死了,要把她送到水牢里干什么呢?谁知我今天送馒首到牢中来,在暗中听得你和诸葛小姐谈说起来,我心里就有些疑惑。适才你在沉沉睡去的时候,我悄悄走进来,看你发际边有一颗小小的朱砂红痣,不是我儿是谁呢?就更信长老不打诳语。直到今日,我们父子才有会面的时候。"说到这里,早不禁流下了几点老泪。

周锦听他的话,更不怠慢,立刻翻倒身躯,向周奎拜个不住。

诸葛梅神色不动,转一把将周锦拉着,说:"你须仔细,没的吃人家骗了,被人家笑话你。你想天下哪有轻认人做老子的道理?"

周奎当时也把自己发际里面一颗小小的朱砂红痣给他们验看,诸葛梅方才满心欢喜,复询问这水牢中的机关。

周奎道:"这水牢中的机关共有七种,我只知道三种,这三种就是送进、送出以及传递饮食衣服一种,三种以外的机关,另有游行太岁解保把守。我若知道这三种以外的机关,多久就不肯安心住下,想去另寻门路了。就因那四种的机关不得明白,要想出这地方,比登天还难,所以我也没有方法能解救你们脱险,我心里好不凄惨。"

正说到这里,蓦地又是一阵阵摇铃的声音,接连便听得上面有人喊:"周老头儿!"

周老头儿不由吓得面色如土,急向周锦、诸葛梅跌脚道:"怎好怎好?解保来查看诸葛小姐了。原是每逢三、八日,他到水牢里查看一次,想不到他今天来得这样早。若被他看出我儿还没有死,我父子的性命都保不住了。"

三人同时都不禁仓皇失措起来。诸葛梅也顾不得什么,将周锦拖入床下,叫他逼定气功,仍装作死人的样子。恰好安置妥当,便见水牢外面闪进一个人来,真是横眉竖目,显出凶神恶煞的样子,就吓得周奎直抖起来。

欲知后事,且阅下文。

第十三回

空花烛难为三度新郎
恶姻缘了却一名闺秀

话说诸葛梅认出那人面皮,像似煮熟了的蟹壳,生就刺猬也似的一部络腮胡须,越显他凶神恶煞的样子,分明就是前日把自己押到这里,交给周老头儿看守的一个强盗。但见他雄赳赳、气昂昂地向周奎发话道:"哎!怎的你这老猴,打算我今到水牢里巡视,也不赶一步来迎接?你是什么东西,吃了洞庭帮的饭,不懂得洞庭帮的规矩,敢是这吃饭的家伙要保得不耐烦了?"

周奎抖抖地回道:"小……小……小老儿实在耽搁住了。"

游行太岁解保又冷笑道:"奇呀!你怎的装出这种怪样儿?敢是乘个空儿,溜得前来,想寻诸葛小姐开一开心?你定然是干什么歹事。"

周奎又抖道:"这……这……这个,小老儿不……不……不敢。"

不说周奎同解保百般支吾,且说周锦装着死人,躲在床下,他在那时听解保向他父亲发话,不禁冲起心头之火,再也按捺不住,早脱口骂出一声:"混账!"

这时候可把诸葛梅要急死了,悄悄腾过一只手,按着他的嘴,不容他丝毫出气。

周奎耳边仿佛也听出周锦在那里发话,不过声调太低,辨不清说些什么,越发吓得真魂出窍。幸喜那解保只顾摆着上峰官责备小老爷的架子,左一句右一句的,听他的声调,同戏台上唱大花脸的差不多,还不曾留心听得床下死人说话,骂了周奎一顿,说:"你还不快陪我到聚义厅上,准备吃我窦老大的一杯喜酒。"

周奎也不知要吃什么喜酒,却巴不得有这一句话。早听得又是一阵铃声作响,解保、周奎都闪出水牢去了。

诸葛梅好容易听见上面静寂无声,便不禁在床上顺手将周锦一把拽起,指着鼻子,鼓着腮笑道:"好险好险,你几乎弄出岔儿。"

周锦也不由失口说道:"看这东西,人头像个狗卵子,依我使起性子,就得三拳两腿,打发他回老乡去,看他还敢向我父亲发话!"

诸葛梅听他说着这话,早不禁涨红了脸。

周锦也觉得自己鲁莽,忽然想起一句话来,向诸葛梅惊讶道:"姐姐你想,窦鸿藻今天做什么喜事,要吃什么喜酒?"

一句话提醒了诸葛梅,不禁又吓得花颜上有些红一阵白一阵的。

周锦也流下泪来,说:"小姐,我怕那东西今天想强迫你,先令人吃你一杯喜酒。你是个什么人,心里虽不愿意听那东西摆布,但你又有什么方法能避免这个不愿意呢?"

诸葛梅急顿足道:"哎呀!我好苦呀,我好恨!"

周锦道:"姐姐的苦恨,同我是一样的。"

诸葛梅道:"我苦的什么?只苦我是个女孩儿家。我恨的什么呢?只恨窦鸿藻不把你这脑袋割了去,像卫素文的表兄许腾达一样地结局得快。我要死就死,虽有兄姊,原没有什么牵挂。但你有一口气,我就瞎不断这一条愁肠子。皇天菩萨,这是怎么好?"

周锦道:"你的话就同在我口里说出来的一样,老天生下了我,又为什么生下了你?我不是因为你,不待和我父亲会面,便在那寻死的时候,有人将我解救回来,我又何惜一死?现在是不能了,但我只望你我速死,便是死了也要化成血、化成水,不留点滴在人间,倒觉得十分干净相。哎呀!我的心是到哪里去了,我的心是到哪里去了?"

两人谈说了半天,就不禁都有些昏昏沉沉起来。不防又听得上面铃声一响,门外又有个人闪得前来。

周锦刚要躲避,原来却是他父亲周奎。他望着周锦笑道:"好厉害的解保,大不了他会拍着窦鸿藻的马屁,要把威风都使尽了。方才解保不是领我到厅上去吃喜酒吗?我想留心探看他把守的那四种机关,却看不出是什么道理。既看不出是什么道理,告诉你们也无用,不告诉你们反慎重些。我随解保拉着我的手,出了那四道机关,他说领我到厅上去吃窦老大的一杯喜酒,岂知喜酒倒没有吃,倒探听得一个喜信。"

周锦、诸葛梅齐声问道:"你老人家是探听得什么喜信呢?"

周奎道:"听说窦鸿藻今天差人到小姐家中,限定三月以内,如果令兄小卧龙肯到洞庭帮来便罢,倘若小卧龙在三月以内,不肯到洞庭帮来,就实行撕去这个肉票。照他信上的意思,厅上的头目纷纷议论,总算窦寨主不愁没有美貌女子做压寨夫人,不过想拿小姐做押当,令兄决定要以洞庭帮来,肯入帮伙便罢,不肯入洞庭帮坐一把交椅,那时候只有拔去这两眼的疔疮也不为迟。厅上的头目是这样地纷纷议论,可见小姐的性命迟延一日,总可想一日的方法,这可算得是个喜信了。"

诸葛梅道:"你老人家打探的消息不错,窦鸿藻早对我说过这样的话,不过我这时总有些悬心吊胆,怕他这话靠不住。"

一面说,一面想问周奎,解保领周奎到厅上去吃窦鸿藻的喜酒，还有些过虑又要是吃自己的喜酒，只是这句有些碍口，说出来难为情。心里一想，便向周奎问道："今天敢是窦鸿藻的生辰吗？庆生辰要吃寿酒，怎么说是喜酒？"

周奎道："哪里是那厮的诞日，请问小姐是替谁人打不平改装到磨盘寨来的？"

诸葛梅道："敢莫是窦鸿藻准备领你老人家前去闹三朝吗？哎呀！卫小姐，你那瘦怯怯的样子，居然又落到仇人手里，这不是要急死人吗？"

周奎道："怎么不是？听说窦鸿藻空做了两次新郎，连闹了两次把戏，连昨夜共是第三次了。缘由窦鸿藻见锦儿寻了自尽，他不料着锦儿在水牢里已被小姐救醒过来，却没有地方泄气，打算把锦儿送到水牢里，指桑骂槐，叫小姐见了害怕，好知道他手段毒，不是看令兄将来入伙的分上，锦儿便是小姐的一个榜样。他将锦儿发付已毕，接连空做了两次新郎，画虎不成，反要惹人笑话。这时候便想到卫家的小姐来了，正待派几个有能耐头目到卫家村去，想不到卫家村的一班眼线打探得素文小姐躲藏在家，前夜扮作新娘娘，被窦寨主带到寨中去的那是个冒牌，并非卫素文小姐，就悄悄将素文搜抢出来，并同玉林夫妇，绳捆索绑的，凭着他们水上的功夫，借着一帆风力，连夜将卫玉林一家三口解到磨盘寨来。

"窦鸿藻听说素文到了，好不快乐，居然又做起一回新郎来。无如素文小姐真是个铁石心肝水晶人，叫她换装她也换，叫她吃交杯酒她也吃，只是新娘还未上床，窦鸿藻已吩咐喽啰们：'将新娘捆起来，解到聚义厅上。'一面又将玉林夫妇绑到素文面前。窦鸿藻指着玉林夫妇向素文说道：'倒看不出我这大妹妹，不是我有点儿本领，寨中用不着忙喜事，转要给我办丧事了。如今我最后还要看在当初亲戚的分上，大妹妹肯同我把以前的事一笔勾销,亲上加亲,还有一番热闹。如果再执迷不悟,看我把姨父母的两颗心肝取出来下酒,那时候看大妹妹还有你执拗?'说到这里,又令喽啰取酒上来,把玉林夫妇上衣解开,绑在两边将军柱上,旁边都摆着一碗冷水,两个喽啰执刀在手,做出要抓心下酒的样子。

"素文见她父母双泪齐流,好不怨苦。窦鸿藻高叫了一声道:'我是实意想娶大妹妹做压寨夫人,不料大妹妹要抓我肾囊,下我的毒手,我实在没有法子,才忍心用这种毒辣手段,还望大妹妹看你父母命在呼吸,慨然承认我的话,不要再三心二意地要我的命。如若大妹妹有半句支吾,看这两柄钢刀立刻将你父母心肝取出。大妹妹还忍心看你父母一死不救?'

"素文听了,仍然咬定牙关,一言不发。

"窦鸿藻又大喊一声,众人跟着一声吆喝,仿佛暴雷似的震响。早见行刑的喽啰各竖起一柄钢刀,各呷着一口冷水,向玉林夫妇胸间喷去,接着那光闪闪、明晃晃的两把钢刀要搋到玉林夫妇胸脯上。

"正在这一发千钧的时候,素文忽然唾破喉咙,高声喊道:'无论如何,须请松开绑来,从长计议!'

"窦鸿藻才转换笑容,行刑的喽啰也就看风停桌。窦鸿藻亲自来替素文解去绑绳,回到椅子上坐定,立候素文回话。

"素文又高喊了一声道:'爷娘呀!如此世界,虽死犹生,我们和许郎一同去吧!'一面说,一面猛向丹墀一头碰去。

"喽啰待要上前拦住,已是来不及了,看素文已碰死在丹墀下,霎时脑浆迸流,可怜可怜。

"窦鸿藻在先绑起玉林夫妇,做出那凶神似的模样,不过强迫素文,想饱偿他的兽欲。于今见素文已死,当真立刻就将他姨父母心肝取出来下酒吗?但窦鸿藻既不能得素文做压寨夫人,转要在玉林夫妇身上想发二十万银子的横财,就一面先将玉林夫妇押到柱死城里。

"那柱死城也是一座水牢,但形式比这水牢略小,押进柱死城的人,罪苦比这水牢格外难受。窦鸿藻既将玉林夫妇押到柱死城了,就连夜差人到卫家村去,告诉卫家的老仆卫福,说玉林一家三口都看护在水寨子里,有二十万银子前来赎取,当然完璧交还,没有二十万银子前来赎取,也限定三月以内,同诸葛梅一齐绑出辕门。那时候,将玉林夫妇及诸葛梅四人剁成肉酱,以后便有二十万银子,连死尸也赎不及一个了。

"窦鸿藻差人去对卫家仆人这样说,哪知差人刚才动身,柱死城中监守的人早仓皇无主,跑到厅上来,说:'启禀寨主,卫家两个肉票不知怎么样的,双双触墙死了。'

"窦鸿藻听报,冷笑了一声道:'不打紧,有这两个肉票,可以得卫家二十万两银子;没有这两个肉票,也可以得卫家二十万两银子。反正不过想得他家二十万两,他们的死活有多大关系,用得着这样地大惊小怪?只要我们帮中的人不在外面漏出这样消息,料想卫家也无从将这消息打探出来。'

"窦鸿藻说过这话,便退入后房,寻着那些不尴不尬的小丫鬟们鬼混去了,直睡到今天辰牌时分才起身,着人寄信到诸葛小姐家中去,这都由我在厅前探出来的实在情形。可笑那个游行太岁解保,昨夜得到窦鸿藻同素文已成眷属的信息,不明白这其中发生了许多变卦,还要在今天一早领我到聚义厅上闹三朝,想吃窦鸿藻的一杯喜酒。"

诸葛梅、周锦听周奎说着这话,知道卫素文一家三口都已死于非命,他们都想素文同许腾达自幼儿是何等亲爱,月下盟心,花前誓志,这婚姻已算十拿九稳,转不料凭空地攒下了这一天祸事,偏生岔出窦鸿藻这个吃人不吐骨头的魔君来,硬拆散他们这一对儿同命鸳鸯。想那素文小姐在自尽的时候,看她父母都绑在将军柱上,她心里的痛苦当然像似一个毛孔里搁了一根针。当初听得腾达遇害的情形,并同洞房复仇的苦心,也就像一根根针在她一根根毛孔里乱钻乱动。凄凉魂梦,罗刹姻缘,好好的一对儿玉人,都已被窦鸿藻弄得夫亡妾殉;好好的一份人家,也就被他闹得烟消火灭。虽然他们这一对儿可怜人生前不能谐成连理,灵魂有知,死后也许缔成良缘。然而那冷月凄风、锦衾角枕,又有什么生趣呢?

两人同时不约而同地想到这断肠之处,那眼中的英雄泪都潸然不已。

周奎看这一对儿小儿女的神情,听见人家的凶变,竟伤痛到这种光景,不知当时那个卫素文小姐,身受者又当怎样?暗暗叫了声:"窦鸿藻,像你这样做强盗不失脚,除非是天上没有菩萨!"

不表周奎存着这样愤恨的心思,单说诸葛梅当初想起一句话来,哽咽着眼泪,向周锦问道:"你在夜间,曾梦见那个卫素文小姐吗?"

周锦听说,便揩拭着眼泪说道:"可是那个圆圆的脸、弯弯的眉、盈盈的眼、深深的腮窝儿、血肉模糊的那个可怜人?"

诸葛梅流泪道:"奇呀!一点儿不错,难道你也在梦中看见她的?"

周锦道:"我岂但看见她,并见她向你我啼哭,还说什么诸葛小姐同周少爷真好福气。你当时也曾指着她向我说道:'兄弟听素文的话,就知她心里痛苦了。'我在梦中听你这样说,一时心血不宁,如火之焚,如鱼之跃,不禁翻起一对儿眼珠,死盯在素文身上不放,你看我这话是错不错?"

诸葛梅听了,暗暗纳罕,不禁又流泪说道:"一些也不错。

我不料梦中见素文向你我流泪的时候,正是她在飞虎厅上一痛自尽的时候。精诚所感,鬼神为通,我们万一脱险后,无论如何,总要给她报复这样仇恨,好安慰素文在天之灵。"

两人谈了一会儿,从此周奎便留心暗探水牢外面四种机关,预为大家脱险的准备。

作书人趁周奎在暗探机关的时候,一支笔却要回写到卫家的老仆身上,再兜转一个弯,写出一番惊人的历史,然后归结到第六回的事实上去。

欲知后事,且阅下文。

第十四回

金眼鳌怒斩韦虎林
北海龙威慑窦鸿藻

话说卫家的老仆卫福得了消息,真当作老主人、主母、小姐三人都没有死。

原来窦鸿藻不仅垂涎小姐的姿色,还想发二十万两的横财。论卫家的财产,一共搜刮起来,连田地、房产、衣饰变卖,估量也值二十万两。无如卫玉林本人既不在家,变卖房产的事要由卫玉林出头做主,才有买主认买;若论老仆卫福,无论没有这担当给主人变卖房产,且在匆忙间,哪里便寻到个合意买主呢?只得仍请那些地痞地棍到磨盘寨去,求减至十万两。

窦鸿藻回是少一两不行,多一两不要,有二十万银子,才得赎回肉票。岂知卫福虽请一班地痞地棍向窦鸿藻那样说,便连十万两也无从措办。那一班地痞地棍又在卫福面前扯着谎说:"不能交割十万两,便是五万两也使得。纵窦寨主不肯答应这件事,保险承全在我们身上。"

卫福听说肯减至五万两,心里一喜,便由五万两又求减至二万两,将家里的现银连同衣饰典换得来的钱,一共凑成二万两,交给一班地痞地棍手里,打算二万两已经拿出,老主人、主母、小姐都可以安然回来了,连同那个诸葛梅小姐也就有要一并释放。嗣后再一打听,这二万两完全纳入一班地痞地棍的腰包,那班地痞地棍可用危言恫吓卫福,摊分这二万两,不许卫福在外声张,倘若去给磨盘寨主知道了,就放他一把无情的火,烧毁了卫家这个鸟院。

可怜卫家也是个名门富户,就有许多亲戚朋友,却因卫玉林平时有钱有势,得意过分了,不大把亲戚朋友看在眼里,如今卫家遭下飞来的祸,有谁肯借钱呢？便是许腾达的父亲,也是生成田舍翁的顽性,却因腾达之死,反迁想到素文小姐身上,以为窦鸿藻若不垂涎素文的姿色,绝不对腾达下这样毒辣的手段,自己的痛恨还没处发泄,哪里肯替卫家维持这样风险呢？

卫家的老仆卫福急得走投无路,又怕那一班地痞地棍手段太辣、耳朵太长,他是一个没有大担当的人,就空自一筹莫展,坐在家里。又因诸葛梅扮作新娘,人家是个千金幼女,帮我家小姐的忙,这次先失陷在磨盘寨中,也还有些给她捏着一把冷汗。如果轻易说出人家这回事来,不但无益,反给人家把这种声名扬出去,那还了得？

光阴好快,转眼已是蟾圆两度,这两个月中间,卫福如坐针毡,还望本领比诸葛梅再大的人肯拔刀相助,到磨盘寨去走一遭看。果然在今天碰到北海龙王杨异路过卫家庄,见他家这样的凄凉院落,向卫福问及这其间的缘故。卫福便告诉他一大篇,但完全根据卫福得来的消息,至于素文、玉林夫妇之死,卫福不知,就没有向杨异言明,杨异也就无从知悉。

单说杨异当时听完他的话,气得头上一根根毛发都要直竖起来,用手拍着大腿嚷道:"世界上竟容得这样歹人横行不法,什么奸淫无理的事都做得出,真是反了反了！窦鸿藻这个囚娘养的,我初到湖南来,就打听他在洞庭帮自大为王,扰乱得地方上鸡犬不宁,不过他在南方,我在北方,江湖上人须要会清了脚步。他在南方是主,我到南方是客,强龙不压地头蛇,没有法子,也只好放他一脚。照这样讲起来,这东西残暴不仁,好像不是人生父母养的,我去除杀了他,只当作是除杀了一狼一虎,还讲到江湖上什么客气话?你放心是了,我有本事救出诸葛小姐和你家主人、主母、小姐,去把那囚娘养的牛黄狗宝掏出来,叫他认得老子杨异的手段。"

卫福听他的话,吓得大惊失色,慌忙向杨异阻止道:"哎呀!人家不过同爷爷说些苦恼,怎么你就乱嚷起来?若被洞庭帮的眼线听见,我们这庄院真个要卖到火星菩萨面前去了。"

杨异笑道:"不打紧,我没有那么大的手段,怎好说出那么大的话?我凭着这身本领,为地方上除败类,为国家除祸乱,怕什么?"

卫福道:"爷的话虽有理,但爷肯拔刀救助卫家,请爷爷同窦鸿藻去理论。至于地方上的地痞地棍,随处满眼皆是,爷如何除得尽?"

杨异道:"你的话很有道理,要铲除这些地方上地痞地棍,务要铲净,有一个铲除不尽,还不是给你家妄结冤仇?我又不能常在这种地方,那时候真个有人前来烧毁这个庄院,更有谁来解救呢?我因你说着这话,就不由转念一想,便是那个金眼神鳌窦鸿藻,也用不着小题大做,要同他怎样为难。窦鸿藻虽然脱不过我的手,窦鸿藻的党羽在势也不能除净。我去以后,还不是又给你家结下一重怨毒?我只好到磨盘寨去,出面教训他一番。大略有我出面,想把诸葛小姐同你家主人、主母、小姐讨回,他不理我,这篇账是不行的。他这副眼睛,也就不配在绿林中厮混。有好酒好肉,你只管拿上来,须给我吃个痛快,好去到磨盘寨中,显出我这一身的本事。"

卫福听了,更不怠慢,但去拣上好的酒、上好的菜,堆盘满盏地摆得上来。

杨异一口气喝了一坛曲酒,尽性吃着肴肉。不多一会儿,酒也干了,肉也完了,心上便有些朦朦胧胧上来,一屁股坐不稳,从椅子上倒下来,不省人事,就在地上打起呼声来了。

卫福想将他拖到床上去睡,看他睡得像死猪一般,用尽平生气力,哪里能拖动分毫?挣了好半会儿,便听得一声呐喊,有许多明火执仗的汉子,一窝蜂从外面拥进。

原是卫家庄周围的一班地痞地棍,晚间见有人到庄中来,兀自放心不下,啸集了一班猪群狗党,悄悄分一半人埋伏村庄前后,一半人暗暗伏在屋上窥探。早被他们探出是如此这般的一个人物,便到庄后会齐,大家公同议决,不由分说,从前门拥进来,看杨异睡在地上,眉目怒张,只有你望着我,我望着你,谁也不敢向前动手。

又延挨了好一会儿,大家不由呐喊了一声,看杨异还是酣睡不醒,遂一拥而上,任你杨异再厉害些,一吃醉了酒,已是英雄无用武之地了。那些地痞地棍好不欢喜,便将杨异绳捆索绑,一直解送到磨盘寨飞虎厅上。

其时,天光大亮,窦鸿藻听说由卫家庄解来一人,连忙升坐大帐,一众的大头目都在两边交椅上坐定,那些地痞地棍也就掺杂在一班小头目中间,在两边排列着,现出雄赳赳、气昂昂的样子。

偏巧在这时候,杨异听得一阵阵嚷闹,方才从睡梦中惊醒过来,睁眼看自家被绑在这种地方,不由一使劲,那周身的绑绳便分裂开来,光翻着眼,向窦鸿藻面上望了望,兀自跳起来,指着窦鸿藻笑道:"好一副光闪闪、黄灼灼的眼珠,我杨异正想来会一会你这个金眼神鳌,偏好那厮们乘我吃醉了酒,送我到这里。你我相见,很算是一件不容易的事,只是你想我要怎样,你自己心里就怎样办。"

窦鸿藻听说是"杨异"两字,这一惊非同小可,你道是为何呢?

原来杨异的声望遍天下,绿林中的好汉提起他老人家的大名,没有个不畏惧的。窦鸿藻的耳朵甚长,知道杨异的脾气须不是好惹的,这回被卫家庄左近的一班眼线得罪了这一尊大佛,乘他老人家喝醉了酒,解送到寨中来,格外是一件可怕的事。

窦鸿藻当时表面上仍装着行所无事的样子说:"是谁呀?杨异这个人,耳朵里也仿佛听得,不知老兄是哪一个杨异?"

杨异道:"你不要向我瞎扯淡,老子既到你这地方来,由你瞎扯淡就行了吗?我就是北海龙王杨异,好汉做事须爽快些,你打算我心里要怎样,你就打算怎样办。"

窦鸿藻听罢,不由喝令:"孩子们,快将韦虎林一路的眼线,动手摘下一个一个的脑袋瓜子,拿来见我!"

真个令出如山,那一众喽啰齐齐答应一声,好像凭空响了一阵大雷,不由分说,就将卫家庄一路的眼线,并同那为首的韦虎林,一同绑出辕门。只不消顷刻工夫,喽啰送上十来个金漆台盘,每个台盘里面放着血淋淋的一颗人头,由窦鸿藻请杨异验看。喽啰都闪一闪腰,各把台盘在杨异跟前打了个照面去了。

杨异暗想:我听卫福的话,本不愿寻着这些地痞地棍了账,偏是他们居然看上了我,也有这一日结果收场,可知天道好还,丝毫不爽。

不表杨异心里这么想,且说窦鸿藻那时向杨异抱了抱拳说道:"好朋友,你看这些东西不错杀吗?"

杨异听他的话,理也不理。

窦鸿藻又说道:"杨大哥,你看这些东西,可错杀了没有?"

杨异才向窦鸿藻点了点头,冷笑一声道:"错是没有错杀,只是你心里打算对我怎样办?"

窦鸿藻不由焦急起来,只得向杨异说道:"不论有天大的事,有你老大哥出面说话,做兄弟的如何敢回一个'不'字?"

杨异听他说到这里,暗暗点头,心想:能在立谈之间,可以救出四人,看窦鸿藻也还漂亮,用不着怎样动手了。想到这里,面上不禁现出欢天喜地的样子。

那时,窦鸿藻说到这一句,便不好向下说了。

杨异道:"既是你这样说,凡事斩截些,就得将诸葛梅同卫家三人一齐放出来会一会,只要你向后懂得人事,我去转劝那小卧龙诸葛鹗不惦记你的前仇。凭我这一点儿面子,没有办不到。不过你再违犯绿林中的规矩,我听得一次,便要立刻前来教训你一次。那个太湖帮中的独臂龙董平,便是你现成的榜样。"

窦鸿藻听他的话,不由涨红了脸,只得极力按住了胸中气恼,仍向杨异赔笑说道:"真菩萨面前,用不着烧假香,既有你老大哥出来,兄弟何敢违拗老大哥的金面?且请大哥在这里吃一杯酒,有话也好慢慢商量。"

杨异听他的话,哈哈一笑说:"酒,我从今便谢绝了,俗语说得好:'做过不如错过。'我昨晚多吃了一杯酒,险些把自己性命断送了,若再不掼摔这酒杯子,把自己这样有用的身体转断送在无用的小辈手里,那就更不值得。并且我在这里,就是要斩斩截截地听你对我怎样办,用不着怎样商量。"

窦鸿藻仍赔笑道:"并不是做兄弟的胆敢违拗老大哥的尊意。"

杨异陡听得这句话,便勒着眼睛问道:"你是怎讲?"

窦鸿藻又赔笑道:"兄弟若有半句在老大哥面前扯谎,叫我娘陪你睡觉。老大哥哪里明白,卫玉林一家三口都已死在这地方了,叫兄弟实在对不起老大哥。便是那个金刀诸葛梅,兄弟本有意放她,随老大哥带去,所怕就是那个小卧龙诸葛鹗,他的脾气绝对不肯听老大哥的劝谏,少不得要同兄弟懊恼,这一刀一枪,是免不了的事,兄弟何能放诸葛梅,为敌人平添羽翼,自己拿什么押当去掣肘他们呢？事情已做错了,懊悔也懊悔不来,兄弟也只有准备兵来将挡、水来土掩。所以兄弟的意思,不论是什么事,既有老大哥出来,都可以一了百了,一百件都可依得老大哥的命令,偏是这一件事依不得,分明事实上叫兄弟不能依得。老大哥如能体贴兄弟的苦情,大家桥不管桥、路不管路,总算得是个好朋好友。倘是老大哥绝对要同兄弟动手为难,兄弟也没有法子,人有交情可讲,拳腿刀枪都没有交情可讲,看老大哥打算要怎样就怎样。不过兄弟自量本领及不上老大哥,总望老大哥看我师父南海醒菩提白眉和尚分上,大家就此开交了吧！"

杨异听他说着这话,暗想:不好,卫玉林一家三口都已结局,这个囚娘养的又不肯放出诸葛梅,反抬出白眉和尚的大名,要想吓倒我。这东西蛮横极了,老子不拿些厉害给他看,他也不知道老子的手段。心里这么一想,不禁气得龙眉倒竖、龙眼圆睁,指着自己的鼻子向窦鸿藻说道:"你看老子可是怕那个老秃驴吗？想用白眉和尚来恐吓老子是吓不倒的。老子向来没有领教白眉和尚门下的功夫,谅你既是那秃驴的门下,必不在乎我这点儿本领,随你陆路水路,同老子会一会。老子避你,须不是好汉；你避老子,也不是好汉子。"

窦鸿藻听完杨异的话,早想怕事的是不中用的,听得他的水陆功夫都还了得,要在陆路他会使用运气功夫,便仗着寨中暗设许多机关,他的相貌虽然粗莽,但他的心思很是精灵,料想他必不容易陷落机关。就不若同他在水路会,我有一身的罩功,又有一众兄弟帮忙,纵不能什九料定打个胜仗,也许要同他称一个半斤八两。

想到其间,便也向杨异怒道:"好个不识抬举的东西,居然在老子面前放肆！也罢,听说你是个私生子,在水里养大的,想你的水功自然是你本身出产的东西,我们就到水路上去会吧！"

欲知后事,且阅下文。

第十五回

洞庭湖英雄显身手
观音寺和尚现神通

话说杨异听窦鸿藻骂他是私生子,这一句分明是有意挑着了他的眼花,几乎把杨异的胸脯都气破了,但表面上只好装作没有听见的样子,当即向窦鸿藻冷冷地笑道:"你要在水路会,我们就一起到水路去吧!"

窦鸿藻便走下厅来,同杨异一齐出来,不由咔咳了一声。厅上的头目听得窦鸿藻这一声咳嗽出来,估着他的意思,想合大家替他壮一壮声威,便是不幸被杨异打败了,大家也好上前混斗一场,便暗暗齐向鸿藻打了一句口哨,以表示都已遵命而动。这一来,窦鸿藻的胆量就愈加壮了。

两人走近湖岸,窦鸿藻看杨异行路的时候,总和他走得不前不后,两脚竟若风扬蜻蜓,约离地有三寸多高,像似如履平地的样子,已看出他的运气轻功非同小可,心思更是机警非常,便是同他在陆路会,绝不易令他失了脚,踏中下面的油线机关。

两人走近湖岸,窦鸿藻便指着湖心说道:"你看这汪洋浩瀚的一片湖水,好像是天造地设,预为你我争雄的地方,快一齐跳到湖心去斗个三百合吧!"

杨异忽然向四面望了望,扬着膀子说道:"且慢且慢!"

窦鸿藻不由现出惊讶的神气道:"难道老大哥已回过意来,就此同做兄弟开了交吗?这倒是兄弟心里一件很愿意的事。方才的话，总怪兄弟唐突，得罪了老大哥，务望老大哥仍看在我师父分上，包涵一二。"

杨昇不由扑哧地一笑，遂指着岸上十来个大头目说道："干吗他们这十来位也到这里来，你们洞庭帮中是什么规矩？"

窦鸿藻道："那都是帮中的从兄弟们，因知老大哥的本领，听得兄弟要同老大哥在水里会，特来见识见识老大哥水上的功夫究竟好到怎样。"

杨昇笑道："话虽如此说，但我看他们的神气，不是专为见识我的本领前来，简直同下围棋布定子的着数，等待彼此到水里去动起手来，准备一拥而上的情态。所以我不得不预先说个清白，好汉比斗，无论在水路会、陆路会，总须捉对儿厮打，方才可以见个高下。如若你们洞庭帮的规矩，向来和人比斗，要用十来个杀一个人，也要先向我申明一下，没有要紧。我姓杨的自己知道自己，估量能杀得过，就是孤身一人，同你们混杀一下子；若怕是杀不过，就不妨且退后一步。不过我的意思，总把你姓窦的当作一个好汉子，谁知你这形同暗算的东西，哪里称得起是好汉子？这是什么话呢？你想好汉同人家比斗，多是捉对儿厮杀，用不着第二个人出场帮助，要人出场帮助的，你还算得是什么好汉？既非好汉，老子便杀死你们成千上百，也只当踏死一群蚂蚁。好汉不去寻好汉较量，专同贪生的蚂蚁一般见识，老子也不能算是一筹好汉了。"

窦鸿藻听罢，脸上不由红得像个小阳天的雄狗卵子，勉强向杨昇笑道："你这是哪里话？谁要他们出场混杀一阵？你既怕我仗着人多势众欺你孤身一人，我禁止他们不许帮助好了。"

说着，便向那十来个大头目挥手道："你们虽不是前来帮助我，他却怕你们形同暗算，笑话我洞庭帮人好不懂得江湖上的规矩。你们不要惹他疑心，谁出场来帮助，我就砍下谁的脑袋。"

杨异笑道："对了对了,我看那些汉子都是些笨重不堪的东西,断没有什么惊人的本领,便再来几个,又有什么用处?空伤了自己的性命,坍倒磨盘寨的台面。在你姓窦的没有多大干碍,我是个什么人,怎肯同这些蠢牛角斗呢?"

那一众头目听完这话,一个个都气得三尸神暴发,恨不能把杨异活吃下肚子去,但是见窦鸿藻已对他们说出那样的话,只得各自勉强按住了心头之火,且看杨异与窦鸿藻到水路上怎样地动手。杨异早使了一个乌鸦展翅的身法,一翅展到湖心,接连窦鸿藻也使个海燕凌风式,跟得前来。再看杨异已不见了,原来杨异已蹿到湖底间了。

窦鸿藻生就一对金眼,在水里观物,如同鸬鹚在水波上观鱼的一样,低头向水底下四面望了望,仍然见不到杨异在什么地方。窦鸿藻好不惊讶。

忽觉头脚陡然向上一腾,凭空已腾有五六丈高。这并不是窦鸿藻在水面上使用什么纵跳的功夫,原来窦鸿藻那时虽看不出杨异在什么地方,好像看见脚下有一个人在水里倒竖着,匆忙间只当作自己的人影,却不料是杨异。说时偏迟,那时却快,杨异在水底一个翻身,双手托住窦鸿藻的双脚,向上一抛,同凌云相似。

那时湖心的浪声腾沸,窦鸿藻在抛上去还未落下来的时候,杨异已从湖水间直冲上来,双足腾空,转势已将窦鸿藻轻轻提住,两人如老鹰抓雀似的,在空间扭结,打了几招。只听得扑通一响,两人一齐跌落水底。窦鸿藻的顶心发却仍被杨异提住不放,但杨异觉得窦鸿藻顶发如同一根根钢针相似。

窦鸿藻在水底间乘杨异的不备,一个连环腿,向杨异两腰眼里踢来。岂知杨异一个筋斗,他本来仍抓住窦鸿藻的顶心发,打起这一个筋斗,闪过窦鸿藻的连环腿,连带也将窦鸿藻翻转过来,却仍和窦鸿藻打了一个照面。两脚还没有站定,跟后用那双手使了一个箭钻心的架势,来点着窦鸿藻的锁心穴。窦鸿藻也不用闪让,接着又是一个连环腿,向杨异两膝骨飞踢起来,杨异也翻起一个筋斗。

似这么兔起鹘落地在水底下斗了好一会儿。杨异暗想:我分明已点中了他的锁心穴,论理他被我点中了这个穴道,立刻就把他押到阎罗老子面前了,然而他不但没有死在我手里,尚有还手的力量,估着他也许学得一身罩功,又不知他罩门在什么地方。看他在水里闭着嘴不说话,有些疑惑他的罩门在嘴里舌根上。

接着便听窦鸿藻同他打话了,说:"姓杨的,不打不相识,我们就此开交,有话再讲吧。""吧"字未完,杨异趁他在说话的时候,摒着那只手两个手指,向窦鸿藻的舌尖上只一戳,分明已戳中了,却看窦鸿藻陡然将嘴一抿,不是杨异的手缩得快,几乎被他咬伤了两个手指。

窦鸿藻不由哈哈一笑说:"姓杨的,你真是个傻子,我的罩门若在口里,同你角斗的时候,还敢冒昧向你说一句话吗?"

杨异听他的话,一时间实在看不出他的罩门究竟在什么地方,料想自己在水里长大的,便在水里和他厮斗三年六个月,不算是一回事。窦鸿藻虽谙习水功,纵能鏖战十朝半月,若同我再延长上去,无论他的水功鏖不过我,并且我在水中喝几口水,便可充饱,他在水中一二日不食,便一些气力也没有了。等他困惫下来,我总有制服他的手段。只是心里虽这么想,事实上如何办得到呢?

洞庭帮的一大众头目见湖面上的浪花澎湃,知道窦鸿藻、杨异两人在水底下杀得厉害。他们本来都晓得杨异水性厉害,所怕鏖战的时间太长,窦鸿藻断没有不吃亏的道理。窦鸿藻先虽迫于杨异的话,曾向他们说,谁出场来帮助,就得砍谁的脑袋,这不过是一时敷衍场面的话,如果大家竭力给窦寨主解围,怕他当真要砍去谁的脑袋?

大家商议一阵,磨盘寨中有的是藤牌手、弓箭手,藤牌是用不着,就把那一班弓箭手挑得前来,以为窦鸿藻练过罩门的功夫,什么兵器都不易伤害他,杨异没有练过罩门的功夫,他的血肉之躯怎当得无情的水箭?遂一声令下,那一班弓箭手显出神气十足的样子,一个个拈弓搭箭,如同吴越王当日射潮光景,一时箭如飞蝗,向那湖底浪花澎湃处乱投乱射。

杨异也在陆路上练过童子功,一身的筋骨比金子、石头还坚硬,寻常的弓箭本不能伤他分毫,但看洞庭帮的人仍是这样地形同暗算。倘若有如太湖帮黑阎罗徐武那样好的箭法,便练过童子功的人待怎么样,一箭射来,还不是个漏洞?本来他的意思,要同窦鸿藻走这一招,能将窦鸿藻除杀了,洞庭帮的党羽不难一鼓而平;不能将窦鸿藻除杀了,也许得在水间将窦鸿藻制服下来,如同当日在北海制服董平一样的步骤。诸葛梅可望生还,卫玉林一家三口,在窦鸿藻虽说是自尽死了,这还是他一句过门的话,诸葛梅既可望生还,卫家又都可以保全生命财产,这主意也还不错。

没想到洞庭帮的一班王八羔子,任你说出一部天书,仍是这样形同诡谲,专用暗箭伤人。无论自己的生命怕发生危险,窦鸿藻这一班囚攮,又比不得董平好说话。

心里这么一想,只得松开了手,向窦鸿藻笑道:"好好,你是个好汉,停一些你看老子再来会会你们洞庭帮的好汉罢了。"说完这话,便同游龙一般的快,顷刻已游泳得不知去向。

窦鸿藻才从水底出来,他曾说谁出场帮助,就得砍去谁的脑袋,这句话他也只得说说罢了,好汉放一个屁,不比他说这句话还响亮些。他不但不究办出场帮助的人,反夸赞那一班头目很是知情识窍。但因杨异的来头太硬,他说停一些再来会会你们洞庭帮的好汉,这句话说得太响亮了,须比不得走江湖拆场子的朋友,说着这类的下场话,好遮掩他自己的颜面的。料想他此一去,绝不肯轻易甘休,益发觉得戒备要加重森严。那个金刀诸葛梅,既不能伤,又不能放,只有等待杨异一班人前来便了,于今按下慢表。

且说杨异那日在洞庭湖中游泳了一会儿,料知这地方已离磨盘寨有多远的路了,便从水底下跃到湖岸,看那一色的芦花萧萧作响,太阳斜照在芦花上,微风摇曳,那芦花白得比飞絮还白,知道天气已是将近酉牌时分,便在芦荫下面把身上的水汽抖了抖,运用着内功,放出一把三昧火,将衣服炕干了。再看快要淹没到地下去的太阳已被面前一座山峰遮掩,看前面山间有一座小小的山村,便向那山村走去。只见茅屋瓦舍,相连有三四十户人家,一家家的天窗上冒出炊烟,有好些在田里做农工的人,各自肩着农器,缓步回家。杨异看他们日入而息的安闲态度,忽然想到自己风波劳碌,全是为自己一副侠义心肝所驱使,只要平复了洞庭帮,救出诸葛梅及卫家三人,再在江湖上奔波一二十年,也好安分守己,做个农人,不用再出头讨烦恼了。

心里这么一想,随意问及一个农人:"你们这村唤作什么,离磨盘寨有多远的路?"

那农人回说:"这村唤作田家村,离磨盘寨有五百里水路。"

杨异有意无意地说道:"你们这村中人好乐呀,不怕磨盘寨的强盗来懊恼吗?"

那农人一面走,一面说:"田家村有我们佛性女菩萨,哪怕什么磨盘寨的强盗?"

杨异待要向前抓住那农人询问佛性有多大的本领,不怕磨盘寨强盗,看那农人已转入村中去了。

杨异转念一想,也不用去再问别的农人,大略佛性是个尼姑,便到村中去,自然会得见她,好去寻她帮我一臂的力,铲灭了那个磨盘寨。一面想,一面走进村中,看东南角上露出绿荫荫、黑压压的一座红墙,近前一看,庵门已经关闭,看那门额上写着"观音禅寺"四个金字,杨异便不由将门搭敲了一声,里面便有人答话,不像似尼姑的声音,问道:"谁来叫门?"

杨异回说:"是我。"

里面的人又问:"叫门是什么事?"

杨异回说:"要见一见佛性菩萨。"

里面的人又问道:"你是从什么地方来的?"

杨异绝不思索地回道:"是从磨盘寨来的。"

里面的人听杨异是从磨盘寨来的,说话的腔调又不像湖南的土音,好像非常惊讶似的回说:"师父不在寺里。"

杨异只得对门内的人从实说了。接着听得呀的一声,庵门开了,见是一个华服翩翩的少年,手里握着一支宝剑,领着杨异到一座禅房外面,便兀自停住了脚步,好像要窃听什么似的。

杨异走进禅房,只见禅房里点着一盏灯,一个四十来岁的尼姑同一个六十多岁的老和尚对面谈话。杨异看那老和尚的面貌,千不是万不是,正是北海伏龙庵的澹性老和尚,暗想:踏破铁鞋无觅处,得来全不费工夫。原来他老人家也到了这里。这尼姑大略就是佛性女菩萨了,看她并不像似有本领人的样子,但田家村的农人既那样地推崇她,老和尚又不拘一格,肯同她对面谈心,自然她也值得我一拜了。

心里如此一想,便走上来,先向佛性见礼,然后才向澹性见礼。正要开口将到湖南以来的种种情形向澹性禀明,澹性已点了点头笑道:"何用你说,老僧已明白了。"

佛性笑道:"劳居士此番到磨盘寨去,虽没有救出我的徒儿,但贫僧不仅佩服居士的胸襟,也还佩服居士的胆量。"

这几句话,把杨异说得万分惊诧起来。

欲知后事,且阅下文。

第十六回

玉蝴蝶孤身入虎穴
水蜻蜓一怒责英雄

话说佛性当向杨异笑道:"有劳居士此番到磨盘寨去,虽没有救出我的徒儿,但贫僧不仅佩服居士的胸襟,也还佩服居士的胆量。"

杨异听她这话,登时惊诧不小,光翻起一对儿眼珠,在佛性面上打转。

接着又听澹性老和尚说道:"异儿若能救出诸葛梅,那么我的徒儿也可以连带被异儿解救出来。无奈数由前定,异儿纵有那样的胸襟胆量,也不能减免他们这一番磨蝎。"

佛性道:"澹公的算法真不错,适才同贫僧谈说这样话,他的徒儿不到龙潭虎穴去,如何将来能救出我的徒儿?我的徒儿若不先救了他的徒儿,如何使他的徒儿将来会救出我的徒儿呢?"

这几句话说得杨异更觉纳闷,心想:如果诸葛梅是佛性女菩萨的徒儿,想她的能耐很大,如何自己的徒儿在难中将近一月,并不去解救呢?并且诸葛梅又没有落发出家,听说诸葛四杰各人的能耐都得自仙传,佛性女菩萨也是个人,怎么说诸葛梅是她的徒儿?澹性老和尚是个道法很高的老僧,他在伏龙庵所收的徒弟都是没有辫子的和尚。说到那些和尚,只会念几句《法华经》,拜一拜《梁王忏》,毫没有一点儿惊人的道法,且不明白什么是本领。澹公老和尚难道就放着那些不中用的秃驴去救金刀诸葛梅吗？

杨异心里正自这般疑惑，忽然看见那个翩翩华服的少年从门外走进来，看他手里的一支宝剑已佩在身边，进门便走到佛性面前，双膝跪下说道："徒弟在门外听师伯、师父那样说，师伯令他老人家的徒弟周锦到磨盘寨去救师妹金刀诸葛梅，徒弟多久想在师父面前请示，好去救出我的师妹，怕师父不肯准我的话。现今又听师父说，周师兄此去尚未能救出我的师妹，徒弟再不到师父跟前请示，徒弟本来的性格原没有这样的凉血。"

佛性道："诸葛梅不该救在你手，你的本领就比周锦高强，也不能冒昧令你前去。诸葛梅合该救在周锦手中，哪怕周锦一点儿本领也没有，此去也绝对成功。他虽不能救出诸葛梅，我如今已同他师父讨论过了，却要你这回到磨盘寨去，准备将来救出一人，并且这人和你关系不小，五百年前结下未了的缘，五百年后应当偿还这未了的债。我吩咐你几句话，你照我的意思做去，是不会错的。"

那少年忙起身凑近一步，佛性低声向他说了好一阵。那少年听了，不由喜上眉梢，口里连称遵命，并说："照这话讲起来，不但徒弟不配去救诸葛梅，连师父也不该冒险救她。师父却令徒弟去救那人，徒弟敢违拗一句吗？"

那少年即此退出禅房，自然遵着佛性所吩咐的话，准备救出那人去了。

毕竟那人是谁，少年又唤作什么，佛性是怎样地吩咐他，后文自有交代。

于今单说佛性当即向杨异道："你看见的吗？你心里的疑虑，这时也应该解释了。诸葛梅自有解救她的人，这倒不用你焦急。若说到卫玉林一家三口，人已死了，无论有什么好方法，也不能挽救。只可恨老僧同佛菩萨知觉这消息太迟了，如若在他们未死的时候,我们就算到那样的事情,倒情愿费些精神气力,或者能收万一的效果。事后再想方法,有什么用处呢?不过我也要交代你几句话:你一方面去告知卫家的家人卫福,叫他不用空费银两;一方面去告知太湖帮的人,叫他们大众赶快出发到洞庭湖去,只许同洞庭帮的人交战,不可到水牢去救诸葛梅。如果再有人失陷水牢,那么事情就糟透了。诸葛梅自有解救诸葛梅的人,旁人只算帮助那人的一臂之力。便是你虽不算我的徒弟,然而若不是我,你也无从得知人道,也算得是我们北海派的人。这回太湖帮同洞庭帮厮杀,用不着我们北海派人明目张胆地出头帮忙。等待南海派人出来帮助洞庭帮的人,要和太湖帮为难,我们北海派人虽拗不过白眉和尚的颜面,但没有见他猖獗得不成模样,不去明助太湖帮的道理,那时才是用着我们北海派同南海派显然为难的时候。我对你说这样话,你千万不可违拗,若违拗一句,那么你就该死了。"

杨异听完这话,连忙换过口来说:"师父言言金石,徒弟敢违拗师父吗?"

澹性听杨异唤他一声师父,笑逐颜开说:"你算是我的徒弟了,你就此可想到我的徒弟很多,伏龙庵那些头上没有毛的东西,如何能称得起是我的徒弟呢?我看你的福分不小,将来还有得传我衣钵的时候。不用延迟,你去吧!"

杨异才想到他师父澹性和佛性这一类人,道法、剑术都很高强,明知他老人家要说的话已经说过了,不要说的话多问也是无益,立刻拜别了澹性、佛性,连夜去告知卫福,把经过的情形说了一遍道:"你家主人、主母、小姐都已死于非命,你去告知卫家的同族,把这份家产俵分同族,只留一半为你主人、主母、小姐的香火田,这才是你赤胆报主的作用。"

卫福听罢,好不伤痛,只好照着杨异的意思办理,这也不在话下。

单说杨异在卫家说完这话,便回到太湖来,向葫芦寨人禀说一番。杨异不由一喜,暗想:有穿星胆沈海龙坐太湖帮的第一把交椅,自然比董平要高十倍,从此太湖帮有了好主子,便是汪洋浩瀚的太湖秋水,也添了不少的光彩。便吩咐喽啰们,把沈海龙、董平、诸葛鹗等一众英雄从湖岸中请回到聚义厅上。因为那些话已在第一卷书中表叙过了,这回也不用铺张扬厉。

当时杨异便对他们把在湖南种种经过的情形说了一大篇,并说:"这件事我不敢违我师父的法令,再出头给你们帮忙;你们也不用违拗我师父的话,偏要到水牢里去探救诸葛小姐,自有救诸葛小姐的人。你们只要帮助那人的一臂之力,各自做你们的事。若违拗我师父同我师伯的意思,无论你们不能到水牢里救出小姐,看你们万一再失陷水牢,还有谁人到水牢里去解救你们呢?"

沈海龙等一众英雄听完这话,他们虽没有和澹性、佛性在先会过一面,但他们平素都相信杨异太深,料想他说这样话,断没有差错。

诸葛鹗曾习得金钱神算,曾用三个金钱,在神前默祷一番,占了一卦,看这卦里的意思,益信澹性、佛性的话很有点儿道理,并非杨异给方外人瞎吹牛皮。偏是诸葛兰有些疑惑杨异,毕竟不是太湖帮人,不肯给太湖帮人十分出力。

杨异去后,众英雄还勉强挽留一番。

诸葛兰忽扬手说道:"杨大哥要回北海去,自然让他回北海去,大家要明白,失陷在洞庭帮水牢的人不仅是我四妹妹一个,可是也有他们北海的人。杨大哥并不肯再冒险去救出北海派人,怎肯拿这性命去救出我的四妹妹呢?我们幸有沈、董二位寨主主持太湖帮的全权,如果杨大哥做我们太湖帮的寨主,除去自家的手足,杨大哥肯放谁去救我四妹妹?杨大哥曾说佛性的徒弟在佛性面前说自己本来的性格原不像这样的凉血,我看杨大哥向来的性格也不像这样的凉血。"

诸葛兰话才说完,诸葛鹗忙向杨昇招赔道:"二舍妹失怙恃太早,我兄弟平时又不善训教,冒昧得罪了老大哥,望大哥包涵则个。"

杨昇哈哈笑道:"先生说哪里话来？同是自家人,谁也能谅解谁的苦衷。我杨昇若有一些芥蒂,我就是混账。只要先生明白我杨昇这回的苦恼,并非懊恼你家这个贤妹妹,我只恨我不敢违拗我师父的话,这一场厮杀没有我出来壮威,我想到那时在洞庭湖底向窦鸿藻说停一些再会的话,这回就好像对你家的事不关痛痒,我总觉闷得难受。"说到这里,便向众人唱了一个肥喏,仍回到他的北海去了。

这里沈海龙升坐大帐,急吩咐短命鬼褚通、三角菱尤昇为第一队,每人各带领二十只飞龙,向洞庭湖进发；分水龙汪宁、铁叫子许广泰为第二队,各带领二十只飞龙接应第一队,向洞庭湖进发；女朱武张剑娘、癞头鼋萧达为第三队,各带领二十只飞龙,接应第二队,向洞庭湖进发；一声雷关勇、满天星狄保为第四队,各带领二十只飞龙,接应第三队,向洞庭湖进发；一枝花苏丽云、水仙花潘翠姐为第五队,各带领二十只飞龙,接应第四队,向洞庭湖进发；一丈红花爱蓉、赛木兰吴翠屏为第六队,各带领二十只飞龙,接应第五队,向洞庭湖进发；海龙同董平、诸葛鹗、诸葛兰、诸葛鹤共带领六十只飞龙,在后督队,向洞庭湖进发,却令红玫瑰关凤姐留守本寨,权理太湖帮的全权。

凤姐道:"妹子的威望、本领都不及月娥姐。"海龙便转请月娥暂时主堂洞庭帮的全部事务,凤姐辅助月娥,算是留守本帮临时的副寨主,一切条令,如同海龙订立的一样。令水天夜叉铁九娘主理帮中水路上的关防,黑烙铁范天虹主理寨中陆路上的设备,锦上花蒋蕊香参赞本帮的军务,黑阎罗徐武招徕远近的宾朋,便是翻江蛟潘丹、水里鳅余猛,也提拔上来,巡哨葫芦寨本部留守的各号飞龙。

海龙一一调拨已毕,连同董平,连夜督着六队飞龙,直向洞庭帮取路进发。一路上也遇有多少留守的官兵,都看似若干艘小渔船向前进发,一则因为这许多小渔船用不着过来盘查,便来盘查,也哄诈不到多少的油水。就有人知道这许多的渔船上怕是太湖帮的强盗,他们都是吃饷不会打仗的家伙,平时又知道太湖帮的强盗须不是好惹的,又何必舍却性命,要同强盗为难呢?也就把这些贼船当作小渔船一样看待,用不着前去盘查。

最后沈海龙坐的那只鱼身鹚首船,他们也只当作是一艘大官船,像这类大官船,在江湖上行驶的,到处皆有,便看出这船上坐的是强盗,不是官儿,又敢怎么样?一路的关防,哪里还向这鱼身鹚首船上的人盘查扣留呢?又因这许多的船在水面上行驶得太快,便有胆大敢向前盘查的人,已有疾雷不及掩耳之势,何况船越行驶得快,他们越发觉得船上有了不得的人物在内,更越发怕得厉害,能有几个冒失鬼敢拢近船边去下面子呢?所以太湖帮的船,一路沸沸扬扬,向洞庭湖进发。官方机关都不能羁迟他们进行的时日,他们由太湖自上海,由上海自宜昌,经过黄冈、黄石港、宝塔洲、新堤、沙市各长江流域,便穿进了洞庭湖口。

离磨盘寨北去一百里地方,沈海龙一声令下,各队的飞龙早在湖岸两旁泊定,最后他同董平、诸葛鹗、诸葛兰、诸葛鹤等坐的是那鱼身鹚首独队船。看湖间的水逆流如箭,前行是极不容易的,海龙却不用人在舵后推着船向前走,转挑选几十个喽啰,各背着牵板,一个个弯腰曲背地向上拉,船随湖转。

刚转过一个湖湾,便听得一阵呐喊的声音,同湖水奔腾澎湃的声音相酬答,一若有千军万马从前面杀得来的样子。海龙举眼看时,原来上流有一艘大洞庭船,比鱼身鹚首船要大得数倍,顺着急流冲下,比箭镞离弦还迅快。看那大洞庭船上的人不少,一个个都持着兵刃,都直冲而下的一条航线,只离鱼身鹢首船有五十步远近。那船不偏不斜,正迎着鱼身鹢首船的船头,两岸飞龙上的人和岸上拉牵的喽啰见这光景,不由都鼓噪起来。

两船相隔很近,对面一碰,鱼身鹢首船比较洞庭要小得数倍,又在下流,如何碰得过那洞庭船呢?说时偏迟,那时却快,正在这一阵鼓噪的时候,沈海龙早已从舱里跳出来,他的身法是何等迅快,一个箭步,早已穿到船头,右手已擎起船头上的铁锚,这铁锚约重八百斤,一经海龙的千钧神力使用起来,铁锚的力量就在千斤左右。海龙擎起铁锚,对准那洞庭船的船头送过去,只听哗啦啦一声巨响,那洞庭船就同触在山岩上一般,就势向后倒退有三十步远近,倒退的时间比前行的一样迅快。接着听得这鱼身鹢首船上砰的一声响,还不曾了,便见浪头上奔腾澎湃,顷刻间那大洞庭船又撞得前来。

海龙待又要擎起铁锚,向那大洞庭船对头撞去,恰见得水中冲上一个人来,只听洞庭船上咔嚓一声巨响,原来洞庭船上木头粗细的篷绳已被割断了,那篷帆便直卸下来。那洞庭船六丈多高的桅杆上站着一人,手里执着一把明晃晃、光闪闪的大刀,抱住桅杆头摇摆无定,那船也就跟着摇摆无定。

海龙便把锚链绳向左一擎,鱼身鹢首船早从大洞庭船左边擦过去,只是把岸上拉牵的喽啰都拽得立脚不住,歪歪倒倒地都跌了个寒鸦扑水。这鱼身鹢首船就同走着顺风的一样,逆流水打在船头上,浪花溅起有五六丈高。拉牵的喽啰到这时才看出是海龙的神力,又见大洞庭船上,一个女子早从桅杆上一个乌鸦展翅的身法,接着便见那女子已飞到湖面上了。喽啰有认出那女子不是别人,正是水蜻蜓诸葛首领。

欲知后事,且阅下文。

第十七回

爱水养情花刀边伴侣
神功使鬼斧袖内机关

话说那洞庭船的船头上站立一班武装的汉子,见这鱼身鹚首船上男女两位英雄,不但神力惊人,并且身手迅快,就吓得你望着我、我望着你,从前那般威风凛凛的样子,一些也没有了。

内中只有一位少年,这少年生得唇红耳润,眉目间显露出异样的精彩,手里也握着一柄宝剑,态度很是从容,没有一些凶恶的气概。他当时见鱼身鹚首船上出来这么一男一女的两个人物,就估量那男子便是什么穿星胆沈海龙,女子的面目好像同舱里小卧龙诸葛鹦一样,回头又见那沈海龙因他自己的一只鱼身鹚首船已在这大洞庭船左边横插过去,从容将手中的锚安放原处,仍吩咐岸上的喽啰各背着牵板,一步一步地向前拉。

那少年不由自主地脱口叫了一声好,只这"好"字才叫出来,却好像又自悔叫得孟浪,忙掉过脸来,恰觉得自己的船停在湖心动也不动,船四面的浪花奔腾溅泼,气势十分雄壮,觉得这船进又不进、退又不退。那少年问明船上的人,才知湖面上那个女子一头钻进湖底,大略已钻到船底,不知她谙习什么法术,竟把这么大的船稳住了动也不动。

那少年笑了一笑:我何不如此这般的,怕她不认得我玉蝴蝶狄万春吗?主意已定,忙将浑身找扎一番,一头跳下湖心。船上的人觉得船身渐渐向后退了几步,再看狄首领在船头水面上张开两臂,紧靠着船头,一步一步地向后退,就和寻常走着顺风船的一样,逆流的浪花只打得呼啦啦地响。

忽然,船身渐渐退得快了,只见水里冲出那个女子,从狄首领靠身左边冲出来。狄首领猛然间一腿飞起有一尺多高,仍然收回了这一腿的架势,背靠着船头,一步一步地向后退。这一来,船身更退回得加倍迅快了。船上的人才恍悟到在先船身不能移动分毫,却是这女子在船底上紧紧托着船底下的划水板,看她两手的神力可也不小。不料狄首领的力量还比她高强,大略她见狄首领两臂背着船头,她便将这船身稳得住了,就转换了一个计较,想用手中的刀冷不防来取狄首领的后三路,恰被狄首领飞起一腿,她又闪到湖面上来。在先觉得船身退回的力量陡然迅快的时候,便是这女子松手没有托着划水板,前来给狄首领一个冷不防的时候。忽地又觉船身陡然又向前展进了,在船身展进的时候,便见那女子同狄首领在船身旁边湖面上打了个照面。

其时那女子半身以外在水面上,一把单刀也在波浪间摇闪无定,真似柳眉倒竖、杏眼圆睁,向那少年怒道:"呸!别人看你这船没有什么本领人在内,我却看出你这船上有你这个囚攮,在一班喽啰当中,要算得个鸡群之鹤,只是凭你这样本领,什么地方不好去,硬要做金眼神鳌窦鸿藻的走狗?要在我们沈首领面前摆威风,也许碰到我的手里,却饶不得你。快通个姓名来,须知我这把刀下很不愿意砍杀无名之鬼。"

那少年听了,也就厉声回道:"你问我吗?也好,我告诉你,叫你死了也做个明白鬼。我在窦寨主的名下,做了磨盘寨的第二把交椅,唤作玉蝴蝶狄万春便是。你这丫头,赶快也把你的姓名告诉了我,才是道理。"

诸葛兰听说"狄万春"三字,心里陡然一愣,你道是什么缘故?

原来诸葛兰在葫芦寨中，同玉牡丹狄月娥两人的性格十分投契，好得了不得。狄月娥时常向诸葛兰说："我有一个兄弟，名唤万春，在五岁的时候，某月某日，有一个二十来岁的尼姑到我家来化缘，向我父母硬要化我这兄弟做徒弟，我父母不肯化给她，谁知尼姑去后，当晚万春便失踪不见。至今我们同胞姊弟，可怜没有会面的时候了。"

　　狄月娥平时对诸葛兰已说过这样话，现在诸葛兰听少年报出自己的姓名，说是玉蝴蝶狄万春，又觉这狄万春面貌，眼中谁没有两个紫棱棱的瞳仁子，但仔细看他的眉、鼻、口、耳之间，无一不神似狄月娥，面容又极鲜艳夺目。有狄月娥那样的姐姐，才觉得狄万春这个俊人的确是她的小弟弟呢。

　　诸葛兰心里虽什九猜着狄万春是狄月娥的兄弟，面子上仍装作行所无事的样子，也向狄万春报出自己的姓名来。狄万春却暗暗叫了声：哎呀呀！我师父吩咐我的话，于今也有一半灵验了。她在观音庵中附耳对我说："窦鸿藻很知道我们师徒的能耐，时常要拜我做个挂名徒弟，这东西真是想空了心，看我这个不大出名的人，却没有糊糊涂涂地误认人做徒弟的道理，却被我用好言拒绝了他。于今因为要令你到磨盘寨中诈降窦鸿藻，将来好乘间救出太湖帮中一位奇女子，这女子同你有夫妻的缘分，千万别要错过那时候的机会。你要明白，这女子是谁呢？便是诸葛梅的姐姐诸葛兰。"

　　我那时领受我师父的命令，到磨盘寨中见了窦鸿藻，说我师父差我前来拜见老大哥，如果老大哥肯承认兄弟是个朋友，便做师兄弟看待怎样？窦鸿藻听我的话，这一喜非同小可，他看我是佛性的徒弟，平时他很明白我师父是湖南省中的一尊大佛，那田家村的左近地方，他从来不曾去骚扰过，且要拜我师父做徒弟。于今我投到他那里入伙，真是喜出望外，请我坐磨盘寨中第二把交椅。如今窦鸿藻听探子报说,太湖帮的各队飞龙已穿进洞庭湖口了,我借势在窦鸿藻面前讨了一支大令,来劝沈海龙,就此同洞庭帮人和平了局,却暗暗探着沈海龙的本领是怎么样。想不到太湖帮的人物,果然名不虚传,沈海龙固然能在帮中坐第一把交椅,就如这个诸葛二小姐,水上的功夫也还不错,无怪我师父要玉成我们这一段良缘。

想到这里,两人通着名姓,都在湖心间愣住了,一言不发,也没有见他们怎样地动手。

沈海龙这时船已拢岸,站在那船头上,目不转睛向他们望着。董平、诸葛鹗、诸葛鹤也走出舱来,各用两手比目,看他们这回神气之间,并不像要在水面上拼命的样子。两岸各队的飞船,船多人满,各号飞龙都有十多双眼睛,没有一双不注视到他们的水线上。便是那大洞庭船上喽啰们,看狄首领和诸葛兰的神态,都像疯了一样,在先那种雄赳赳、气昂昂的路数一些也没有了。

大家正自惊讶无定,这时候才听狄万春向诸葛兰笑道:"我们洞庭帮的人,由先首领孟宝同撑着磨盘寨局面的时候,本同你们太湖帮守望相助。现今我们窦寨主执掌寨务以来,也同太湖帮人各干各的买卖,井水不犯河水。即为金刀诸葛四小姐,这回在我们窦寨主面前闹出那一件乱子,这也由四小姐有意懊恼窦寨主,并非窦寨主有意要寻四小姐为难,江湖上自有公论。

"兄弟这次前来的意思,也非兄弟有意抵敌,如果有意抵敌你们太湖帮人,凭兄弟一个人前来,能干什么事呢?同是吃的这一碗江湖饭,打是打不出什么道理,凡事自有一个和解的办法,何况这件事又由我们洞庭帮人出来商量,总算你们太湖帮有了面子,用不着这样小题大做,决意同洞庭帮人为难。便是适才和你二小姐动手的时候,也由你们太湖帮人逼勒兄弟做到这一步。但兄弟这回看沈首领和二小姐本领好得了不得,休论兄弟一个人不能占着上风,便是洞庭帮的全伙一齐出来,又怎么样?兄弟自然照着本来和解的意思,要向沈首领同贤兄妹讨一份情面,万一二小姐不肯和兄弟甘休,兄弟拱手愿拜下风,还敢再在你二小姐的湖面上卖的什么水?任凭二小姐怎样动手,兄弟这回决定一不闪让、二不还手,总算兄弟已经懊悔过来,一切都已知罪了。好在窦寨主同兄弟让的是同道,还不是让的那些吃孤老粮不会打仗的官兵,这意思二小姐可明白吗?"

诸葛兰听了回道:"你还说这些怄人的话!不错,当初你们洞庭帮中倒海龙孟首领,同我们太湖帮中先首领立地太岁李星球,向来是鱼帮鱼、水帮水,我们太湖帮的人总算给你们洞庭帮人做过一次的挡箭牌。偏是现在的窦鸿藻那个囚攮,他吃的是江湖饭,一点儿不懂得江湖上的人事,想我四妹妹是给卫家打不平的,不是她有意去寻他姓窦的为难,你看将来江湖上的公论是怎么样。就如你这次前来,若然要打我们一个金钟罩,你那口大棺材要向左边开就向左边开,要向右边开就向右边开,为什么要一头便想撞到我们的船头呢?你有意挑拨我见个高下,你会说话,反说我是勒逼你做到那一步,你说这件事由你们洞庭帮人出来商量,总算我们太湖帮有了面子。姓窦的那个囚攮,侮辱了我们太湖帮的人,坍尽我们太湖帮的场面,你就不给我们太湖帮人想一想,这件事不用武力解决,哪里还有商量的地步呢?

"你说你一个人前来,不能占着上风,你几见我们太湖帮人准备以多为胜的神气?像你们洞庭帮那个姓窦的,仗着人多势大,用暗箭想害北海龙王杨异的,那种诡计,是人干得出的吗?你见我方才问你在水面上比斗的时候,还不是捉对儿厮杀?你看我们太湖帮人可有一个前来帮助我?你要求我们太湖帮人看你的情面,总算你出来和解了,假如你们洞庭帮的人,或者是你的四妹妹被我们太湖帮人侮辱了,坍尽你的台面,你是否看我情面依不依？你要是和我硬来，我不怕你有怎样大的本领，我不杀死你不甘心。你越发说是不愿意闪让，不愿意还手，我便杀死你，可不要惹江湖上笑话我。你又说好在让的是同道，不是让的那些吃孤老粮不会打仗的官兵。我问你们洞庭帮人，这回还能说是我们太湖帮的同道吗？你们洞庭帮的强盗，不是同那暗无天日的官府一样的无恶不作吗？亏你还拿这话在我们面前说得嘴响。

"但是我看你这种人的行径，总算比较窦鸿藻好了些，你既说这样可怜的话，我们太湖帮人便不肯答应你的话，也得将你带到沈首领那里，借你的口，传几句话到窦鸿藻那里，说我们太湖帮人宁可拼却一个诸葛梅，也要替洞庭的小百姓做救命主，给你们洞庭帮做对头星。这回既已兴师动众而来，同你们洞庭帮人已是势不两立，真个不是你死便是我活，不是鱼死便是网破。"

诸葛兰说完这话，洞庭船上的喽啰们看狄首领已随诸葛兰到鱼身鹚首船前面，约离有二十丈远近，见那边舱门已关，不知他们谈些什么。

约莫谈有半个时辰，陡见舱门开放，沈海龙从舱里一手提出狄万春来，放在船头上，盛怒难犯的模样，手里握着一把单刀，好像数落狄万春的罪状。洞庭湖上的喽啰一个个都远看着万春发愣，好像说不出什么话来。再仔细看狄万春，像似触了电的一样，全身都抖个不住，却是直挺挺地站在那里，四肢不能摆动，牙齿张露在外。

却听得舱里发出打雷的声音，看似一个道装打扮模样的人，手摇羽扇，向沈海龙叫道："古来两国相争，不斩来使，请寨主稍息雷霆之怒，借他的口，传话窦鸿藻好了。"一面说，一面便走出舱来，夺过海龙手里一把单刀，说，"使不得，使不得！"

沈海龙即高声嚷道："他们洞庭帮人，却把太湖帮好汉的妹子侮辱了,他是什么天王老子,配来对我说那样话?这种不讲理的东西,我不杀灭他,如何泄灭我的心头之火?我杀死他,便算杀的是窦鸿藻。偏是先生到这时候,还对我说出这些文绉绉的话,下次可不许他再到我面前这样无礼。"

一面嚷着,一面便掼下单刀,就伸手一巴掌,向狄万春左脸打去,打得他的脸朝右边一偏,又伸左手一巴掌,向狄万春右脸打去,打得他的脸向左一偏,便抓着他的头发向上一提,双手抛燕子一样地接连在船上抛摔了几下,向湖岸上一掼,喝一声:"去吧!"

这一来,吓得洞庭船上的人一个个都同发了疟疾一样,眼见那只鱼身鹢首船扯起帆篷,渐渐行驶到对岸去了。看一队一队的太湖渔船距离这地方很远,那洞庭船上的喽啰方才一齐恢复了平时的呼吸,打算狄首领虽被摔死岸上,大家也好近前收尸。

及至众喽啰近前一看,看狄万春兀自躺在那里,动也不动,两眼的泪却流得同潮水一样。众喽啰见他眼中流出满眶的泪,这一喜,真是喜从天降。

正是:

  猜得个中情绪,漫云事变荒唐。
  打破袖内机关,请看针龙变化。

欲知后事,且阅下文。

第十八回

笑里藏刀奸雄面目
袖中怀箭名侠胸襟

　　话说狄万春当见众喽啰前来,流出满眶的眼泪。看书诸君到此,果当作沈海龙真个要结果狄万春吗?

　　海龙是何等胸襟的人,狄万春既已前来,便专为和解而来,海龙准与不准,自有他的计较,何必对前来和解的人下这样的辣手?海龙原不像一班蛮不讲理的强盗,何况狄万春这次前来,表面上虽说给两帮人讲和,其实狄万春自有狄万春来的意思。在众目睽睽之下,狄万春总有些干碍洞庭船上的喽啰们,不便显然对沈海龙揭说出来。便是沈海龙从容放下铁锚的时候,狄万春会脱口叫一声好,后来且觉这声好叫得太孟浪,若被喽啰们看出他的马脚来,回去禀告窦寨主,那还了得?

　　如今狄万春既到海龙的船舱里,舱门又关闭起来,他心腹中的计较还不对沈海龙倾囊倒箧地揭说出来?狄万春不是这样笨人,我这部湖海大侠传,也没有这样的笨笔。狄万春既对海龙把自己的来意说出,沈海龙应该喜欢无限,反做这样的圈套,来哄骗洞庭帮喽啰的耳目,这都是小卧龙诸葛鹗胸中的计略。

　　若在会看出小说的人,不待在下明白宣揭出来,早已一猜就着,并非在下会在这地方出了漏洞,究竟狄万春是什么来意,在下不曾在那时候听狄万春对海龙说些什么,也就暂时不用披露。事到临头,自然会有一个交代。

话休絮烦,且说众喽啰见狄首领并没有死,各自转悲为喜,争问首领觉得怎么样。狄万春也不回答,好容易才在地上爬起来。喽啰怕他身上受了重伤,便要向前搀扶,只见狄万春摇摇头,不许喽啰来搀扶他,爬起来便跑,跑几步又跌一跤,再爬起来跑几步又跌,没有法子,才让喽啰们扶到船上睡定。喽啰们一面摇着橹桨,准备回到磨盘寨去,一面派人前来伺候万春的茶水。

万春揩着眼泪,向伺候的喽啰说道:"在你们看起来,以为他们仗着人多势大,会侮辱我吗?在我却以为他们越是仗着人多势大,这样地侮辱我,越是瞧得起我。姓沈的那厮,休论他点了我的穴道,好叫我一些不能摆布,听凭他侮辱一番,哪怕就砍了我的脑袋,我若在他面前哼一声儿,也算不得是个汉子。在你们看我方才流泪,是不值价吗?我因为他那一手很奇怪,我没有防范他来那一手,以致受了伤,听凭他怎样的摆布。我总怕受了人家侮辱,将来没有报仇的时候,我想起来,就不由使我心里难过。"

服侍的喽啰又问:"姓沈的那厮,点中了首领哪一穴的穴道,受了怎样的重伤?"

万春摇头道:"我不谙点穴的功夫,不知他点了我什么穴道。那时我和他姓沈的在舱里谈话,他好像听我的话并不表示不满意的神态,冷不防他一闪身蹿到我的身后,我即时觉得尾脊骨中了一锥子,自己知道不妙,想拔剑转身刺去,哪里还来得及呢?浑身的麻痛一些也不能动弹,如同受了定身法的样子,任凭他将我拽出舱外,把我侮辱了好一会儿。他再一巴掌打着我的左脸,我的头才能向右边偏去,又是一巴掌打在我的右脸,我的头才能向左边偏去,我被他打了这两巴掌,头部便能左右转动了。他抓住我的顶发一提,在空间摔了几摔,我就听得我周身的骨节作响,四脚也能活动了。在他把我抛到湖岸上面,我的身体好像卸去了千斤重负,不过因为肢体骸骨麻痛的时间过久,一时不能完全恢复原状,旁的我身上一些伤害也没有。"

那些喽啰听了,也不敢再问什么,怕他面子上太难为情。

船行进磨盘寨口,喽啰看万春已经睡熟,不敢去惊动他。内中有一个最机警的喽啰夹在众喽啰当中,赶奔飞虎厅上,把狄万春前去经过的情形,一五一十地禀报了窦鸿藻。

窦鸿藻听罢,偏着头沉吟了一会儿,两个闪闪烁烁金黄色的眼睛火一般射出光来,便唤令值日的头目:"快将狄万春带到厅前砍首报来。"

那头目答应了一声,便飞步跑出厅外。忽然厅中第三把交椅上坐着一人,向那值日的头目喝了声:"且慢!"

那头目便拽住了脚步。那人唤作八卦道人邱峒元,在磨盘寨参赞军机,自比为梁山泊的军师吴学究,当见窦鸿藻大发雷霆,便起身笑道:"寨主看这件事叫人难信,贫道的主意,大略了同寨主一般无二。狄首领不是和他们洞庭帮人来同作弊,他在同诸葛兰通着姓名的时候,两颗心看似已厮并起来,就怕他们这一对儿水上的鸳鸯早已有了首尾。沈海龙原是太湖帮主寨的头脑,他的本领再好,要你洞庭帮副寨主在他面前喝的什么彩?两帮人和解的话,不论对哪一帮的人都能公开,用得着那么鬼鬼祟祟地关着舱门好谈话吗?狄首领不是毫没有计略的人,他的水陆的功夫也很了得,岂有容容易易地给人家点中了尾脊骨的道理?有了这几种缘故,可看出他已和洞庭帮人通同作弊了。看沈海龙对他的那番做作,他想反穿着皮马褂,要在寨主和贫道面前装的什么羊。贫道也想到这件事,若被他们欺骗了,叫他们见笑我们洞庭帮中无人,还是小事,其中或许发生意外的变故,看洞庭帮局势,怕要坏在狄首领手里。但贫道终因狄首领来头太大,那佛性并不是好惹的东西,杀他既不能,那么也只有等他前来,用好言以解他,回到观音庵去养伤,由他自己心里惭愧,料佛性绝不肯明知故昧,放他去帮助太湖帮的人,多一事不若少一事。寨主看贫道这意思可对不对?"

窦鸿藻听了,转不由哈哈笑道:"道长的话一句句都刺入我心坎,凡事悉听道长的主裁便了⋯⋯"

话犹未毕,早有人禀报:"狄首领已到厅前!"

窦鸿藻忙降阶相迎,见了万春,即握手道:"老弟不曾伤坏了哪里吧?我想老弟吃那厮一个冷不防,身体虽已经略能恢复过来,但尾脊骨是人身气脉命关,做功夫的人最要紧就是这个'气'字,于今气分看受了些伤,总该休息休息才好。"

窦鸿藻一面说,一面拿眼在万春的脸上不住打量着,忽然转又现出很惊讶的神气问道:"老弟为何受了这样重的伤呢?"

万春道:"说起来真叫兄弟惭愧死也,兄弟受一分伤,总算减却洞庭帮人一分的光彩,兄弟虽吃那东西一个冷不防,但这时身体上已经恢复原状,一觉醒来,就像没有受伤的样子,不知寨主这话怎么说?"

窦鸿藻道:"我几乎把老弟一片热心当作满腔凉血,老弟自己受了这么重的伤,连自己都不知道。"

万春道:"敢是两嘴巴上着了伤吗?我这时一点儿也不疼痛,如何会知道?"

窦鸿藻道:"两嘴巴上并没有伤痕,不过我看老弟的上下两唇有一点儿鲜红的颜色,如同点着朱砂的一般,老弟又没有吃着女子唇上的胭脂,不是受了重伤?老弟平时的两唇虽红,却不是这样受伤的颜色。"

狄万春听了,暗暗好笑:这分明由我同穿星胆沈大哥商量的办法,他点着我的尾脊骨是不错,在我嘴唇上用手指了一点也不错。沈大哥说,他的手指除去真练习过罩门的人,若凭他使平生的气功,点在我的嘴唇上,略显出一些红点儿,渐渐这毒发布周身各部,七日而死,这手的功夫,就唤作沾唇法。沈大哥又听诸葛先生说,白眉和尚曾暗送洞庭帮人一瓶回春夺命丹,最是沾唇法的解药。沈大哥对我那样做作,就怕洞庭帮人看出一些马脚来,不若给我带这一点儿证据回去,哪怕窦鸿藻不上我们的当。

万春心里是这么想,面子上不由现出很凄惶的神气。恰好厅前陈设着一面大西洋镜子,走至镜前,看见自己两嘴唇上如涂上了一点儿的胭脂,复转着笑容说道:"这处是什么重伤?兄弟被那厮从舱里拽出来的时候,好像他的手指在兄弟的唇上着了一下子,直到这时回想起来,也不觉有一点儿疼痛,如何寨主说我是受了重伤呢?"

窦鸿藻道:"老弟哪里明白,他这一手唤作沾唇法,江湖上人能运用这沾唇法功夫,除去沈海龙那厮,也只有个什么澹性和尚,他也不会这一手沾唇法。老弟若不相信,停会儿自然有得老弟相信的时候。孩子们,快去取一盆净面水来,老弟不妨洗一洗看,就知道这沾唇法的厉害了。"

喽啰果取上一盆净面水来。万春装作将信将疑的样子,岂知不洗也罢,万春用手巾蘸着水在上唇抹了几下,登时觉得有些热辣辣起来。再走到大西洋镜子对面一看,两唇肿得像《西游记》上猪八戒的样子,红色转变成紫色,俊男子却像个丑丈夫了。

万春不由愁上眉头,向窦鸿藻说道:"我已受伤到这一步,看是不可救药的了,我趁在这时候能说话,要向寨主拜托几句。死生总有定数,想我这次虽没有受这么大的伤,也是免不了要错的。但我先在寨主面前,请求寨主令我到沈海龙那里,说出一番和解的话。论我们洞庭帮,不是甘愿肯向人好说话的,不过我因洞庭帮、太湖帮的人同是做这样没本钱买卖,如果大动干戈,自戕同类,要惹官府笑话做强盗的毕竟不通道理。可恨沈海龙那个毒蛇,不听信我的和解办法也罢,却那样地侮辱我,又对我下这毒手。我前世不知同他结下什么不解的冤,惹得他偏要拿我和解的人泄气。我心里怎不衔恨他入骨?寨主看在同事的义气分上,能给我报仇固好,或者送信给我师父,非在百日以内,结果了姓沈的那个毒蛇,兄弟一死不能瞑目。"说罢,不由凄然泪下。

窦鸿藻听罢,忽然一定神,也不回答,大踏步便向里面跑去。

万春便又照着对付窦鸿藻的话,洒着眼泪,添枝加叶地向着邱峒元及厅上的头目说了一阵。

最后又向邱峒元作了一个兜头大揖道:"寨主若畏怯太湖帮的势派,不肯去给兄弟报仇,仍然按兵不动,不肯出磨盘寨一步,准备等待太湖帮人杀得来,好以逸待劳,将太湖帮人一网打尽,这主见固然不错。但是太湖帮离我们磨盘寨一百里地方,便好准备以逸待劳的气派,像似不肯上我们洞庭帮的大当。两下就此各取守势,不待有人出面和解,怕将来终有和解的一日,那么不能给兄弟报复大仇,窦寨主也该允许我,去通告我师父给我报此仇。他竟不应承兄弟的话,好像对兄弟这件事漠不相关,兄弟也只有含泪在泉下了。"

邱峒元听了回道:"窦寨主如何不看弟兄的义气,给你狄首领报仇?纵使窦寨主发生变卦,有我们出来说话,狄首领的大仇自然有报复的一日。但我们因狄首领受了这么大的伤,听说你师父又不在田家村那地方了,我们洞庭帮人将来纵能为狄首领报仇,却无法将首领伤痕医好,我们心里总觉难过。"

狄万春听完这话,哈哈大笑了三声,说:"死有什么打紧?我是个汉子,受了人家这样的侮辱,还要活在世界上干什么?道长只准许我将来能劝寨主及诸位伯叔兄弟替兄弟雪此奇恨,兄弟一死,也当衔环结草,含笑在九泉下了。"

话才说完,即见窦鸿藻笑容满面地从屏风内闪了出来,向万春贺喜道:"恭喜恭喜,适才听老弟所说报仇的话,我听了好不凄惨,怕面上现出难过的样子,老弟见了心里越发难过,便回到内厅。忽有一个丫鬟对我说,方才有一个五十多岁的道人,芒鞋草履,身穿青布道袍,说从武当山来,送一瓶丹药给这里狄首领的。那丫鬟说完这话,即送上一个瓷瓶。我问道人在哪里,丫鬟说:'不是已到厅上去会狄首领吗?'我听她的话,便带了瓷瓶出来,厅上哪里有什么道人呢?这必是三峰祖师赐老弟的丹药。"

狄万春听他这话,明知他也是一番做作,只得在厅前向外拜了四拜,叩谢三峰祖师救命之恩。看那丹药色香俱佳,研成细末,一半涂在唇上,一半开口度入喉咙,便觉肺腑间一阵清凉,眨眼间两唇上下肿也消了,紫也退了,就像平时一样的唇色。便在窦鸿藻下首坐定,大家讨论着对付太湖帮的计较。

窦鸿藻的本领极大,胆量极小,因为和解既不能实现,唯有仍取守势,等待太湖帮人杀到磨盘寨来,也就预备水来土掩、兵来将挡,不怕太湖帮人踏入磨盘寨雷池一步。

忽然水寨里吹起一阵呼哨,那种气势,好像太湖帮的全伙杀到磨盘寨的样子。

欲知后事,且阅下文。

第十九回

巨眼识英雄安排坑堑
热心救女侠泄露军机

话说洞庭帮的一众大小头目,听得水寨里吹起一阵呼哨,好像有敌人杀到寨中来的样子,接着便见水路上的头目浪里黑獭陈洪解来两个穿水行衣的人,带到厅上说:"太湖帮人差遣两个脓包,到我们寨中探看消息,擒来听候寨主发落。"

窦鸿藻听罢,便问两人在太湖帮中充当什么职事。

两人回说:"不充当什么职事,不过做一个通信喽啰罢了。"

窦鸿藻道:"我看你们的神筋骦骨,不像似没有本领人的样子,你们自己应该知道自己的性命并非一文不值,太湖帮的首领不将你们提拔上来坐一把虎皮椅子,竟令你们充当两名通信的喽啰,也辜负你们这一身筋骨了。今日已被我擒住,你们有何话说?"

那两个喽啰听了,都不由哈哈笑了一声说是"如果太湖帮的头目全像我们这两个不中用,也不敢到你们洞庭帮来了。我们在太湖充当两名通信兵,我们自己知道很不容易的,要死就死,哪有这工夫同你多说闲话"?

窦鸿藻说话哄着这两个人,本想从他们口里探出太湖帮的消息,无如那两个人嘴巴太强,便打死他们,再也不向窦鸿藻说一句话。

窦鸿藻不由叹道:"太湖帮中的喽啰有这样义气汉子,可见那姓沈的是不易对付的了。"

没有法子,只先将这两个喽啰斩决,便回到后厅,先同邱峒元窃窃私议一番,之后升坐大帐,便由邱峒元向厅上唤了声:"荀首领!"

早有两头蛇荀炳应声而至。

邱峒元道:"贫道给你一支大令,巡哨本寨水路正东方面,有吕首领吕大寿做你的帮手。你部下的划船由你调拨,若有敌人前来,只许退,不许进,违令可拿人头见我。"

两头蛇荀炳接过令箭,便领着三脚鳖吕大寿去了。

接着,邱峒元又唤上九尾神龟莘江、独眼猿马义,吩咐他们巡哨本寨正北方面,若有敌人前来,只许退,不许进,违令亦当以军法从事。

莘江领了令箭,调着本部的划船,同马义巡哨本寨正北方面了。

邱峒元又唤上独角兽孙超、八面风仇顺,吩咐他们带领本部的划船,巡哨寨中正南方面,只许败,不许胜,胜则亦当按照军法从事。

孙超领了大令,也同仇顺巡哨正南方面去了。

邱峒元又唤上四不像卢虬、三脚香炉韦甲,各带领本部的划船,巡哨本寨正西方面,只许败,不许胜,胜则亦砍去他们的两颗脑袋。

卢虬、韦甲也领命巡哨本寨正西方面了。

邱峒元这才吩咐半边红王亮,同着他浑家雌老虎王三娘,带领本部的喽啰,各带着铁弹石子,埋伏在本寨西岸芦苇深处,遇有敌人前来,只许胜,不许败,胜则按功行赏,败则处以死刑。

王亮夫妻接过令箭,领命去了。

接着又唤上海燕子顾同,同着河豚鱼朱二宝,带领本部的喽啰,埋伏在本寨东岸芦苇深处,各藏着一个大石灰袋,遇有敌人前来,只许胜,不许败,胜则按功行赏,败则亦处以死刑。

顾同、朱二宝接过大令,领命去了。

接着邱峒元又唤上金钟罩柏天熊,同他的妹子茉莉花柏秋香,各带领本部的喽啰,各带着一瓶熏香,埋伏在本部北岸芦苇深处,遇有敌人前来,只许胜,不许败,胜则按功给赏,败则砍首示众,没有半点儿通融。

柏天熊兄妹接过大令,领命去了。

最后邱峒元又唤上翻天印姜柱,同他的胞姊玉观音姜菱凤,各带领本部的喽啰,各带着弯弓软箭,箭头上都敷着毒药,埋伏在本寨南岸芦苇深处,如遇有敌人前来,只许胜,不许败,胜则按功给赏,败则砍首示众,半点儿没有通融。

邱峒元一一调拨已毕,只有窦鸿藻、狄万春同他自己三人留守本寨,终日饮酒取乐。

狄万春一想不好,窦鸿藻和邱峒元这两个东西,手段很是毒辣,虽然有诸葛军师在太湖帮里,纵然他急欲铲除了太湖帮,总未必把众人的性命看作一文不值,冒着这样的危险。所怕日久迟延下来,诸葛军师没有法想,他的调虎离山的计算行不去,自然要换一个不入虎穴焉得虎子的计较。他们是为什么来,讲不起也要冒着这样的危险,在此地又分不开身子来,把这消息去告知诸葛军师,这不是天地间第一糟透了的事吗?想到这里,不由给太湖帮人暗暗捏了一把冷汗。

接连过了几天,却没有见得太湖帮中有一兵一卒前来。哪知诸葛鹗已在这两天的时间,完全得闻洞庭帮的消息了。

原来诸葛鹗那日见他妹子诸葛兰将万春带领进舱,万春只对海龙、董平、诸葛鹗一班人等把他师父佛性尼姑吩咐他的话略说了一遍,却不提到自己的婚姻上去,因为这件事说出来,很与诸葛鹗的颜面有关。其实诸葛鹗在先已听杨昇隐隐约约地把这件事告诉了他,便算准诸葛兰终身问题,要着落在万春身上。

诸葛兰因狄万春是自己结义姐姐狄月娥的兄弟,他与自己是何等的关系。本来用不着避什么男女嫌疑,先到后舱去换过衣服,随后走进前舱,向万春笑道:"我起先不知你是谁,原来是狄阿哥,是做妹子结义姊姊的兄弟呢!我不见我的四妹妹,我心里是怎样的烦恼,我那月娥姐姐,将来得见你这么一位本领好、人品好的兄弟,不晓得要欢喜到什么样子。我那月娥姐姐真好福气。"

这几句话不打紧,就中小温侯诸葛鹤暗暗埋怨她,说她不该岔断狄兄的话。诸葛兰鼓着腮,转不理诸葛鹤,想起自己的四妹妹失陷在磨盘寨水牢里,生死尚未可预定,月娥姐却有得同她这位兄弟会面的时候。人家同胞骨肉生可重逢,我家同胞骨肉死不能诀别,想到这里,两个眼珠只在狄万春面庞上滚来滚去,转不禁流下两行泪来。

狄万春也猜着她心里的难过,只当装作耳无闻、目无见的样子,又接着向海龙、董平、诸葛鹤说道:"窦鸿藻那东西忒也厉害,又得八卦道人邱峒元做他的军师,好比鳖鱼头上长起两只角来。磨盘寨那地方的形势十分险固,四面近水,傍岸处的芦苇已长有一人多高。窦鸿藻同邱峒元商量,邱峒元说:'没有诸葛鹤在太湖帮里,凭他们太湖帮人的本领,总可以明枪暗箭地同他们比斗一个高下。有诸葛鹤在他们太湖帮坐了一把虎皮交椅,这话就要快点儿打消了。如果有人肯冒险前去调解,他们做得到时,诸葛梅也受过我们的欺侮了,水牢也坐过了,不过放着诸葛梅出去,说几句不费本的话,世间最便宜的事,只怕除了这两个没有了。做不到时,我们只好在水寨四面用暗箭伤他一阵,便是当初北海龙王杨异,还不是中了贫道的暗算。洞庭帮中一班人的本领,未必及得上北海龙王杨异的,看他们那些强龙,深入我们的重围,哪里还敌得我们这一班地头蛇呢?那时就用不着同他们再讲什么客气。擒住了诸葛鹤,他肯俯首帖耳地归附寨主便罢,不肯归附寨主,就先砍掉了他,再撕去诸葛梅这个肉票。

所怕就是诸葛鹤抱定调虎离山的计策,不肯深进,我们无论如何,由他在后方猖獗,千万不可上他的当,离这磨盘寨一步。'兄弟听了这样消息,便挺出身来,担任到哥们这里来调解,实则来报告哥们的消息,顺便看你们太湖帮人的本领,便用明枪暗箭,可以同洞庭帮人见个高下。不错,哥们的本领真了得,所怕就是深入虎穴,要上那东西圈套,那么懊悔也嫌迟了。"

话才说完,诸葛兰即从旁说道:"我四妹妹困在水牢里一天,我一天心里跳得慌,你说这样好太平话,难道他们不肯前来抵敌我们,我们又不能冒险进水寨中去救出我四妹妹,安心看我四妹妹坐在水牢里,再听凭那东西的摆布不成?我只当你是月娥姐姐的兄弟,同是自家人,总该费一点儿心力,快将我四妹妹救出来。我听你说这样话,倒不是个好相识了。"

万春听了,说道:"是好相识不是好相识,令兄胸中自有定识。哎呀!我听我师父说我有一个同胞姊姊,唤作玉牡丹狄月娥,你方才似乎对我说着我姊姊的话,难道我姊姊也在太湖帮中不成?可恨我这时分不开身来,不能去见我的姐姐。我姐姐可一同前来没有?"

诸葛兰道:"我若不看月娥姐姐在我们帮中做人好,你说这样话,我就老实不客气,要同你再到湖上去比一比了。你姐姐临时在本帮管理水陆各部的全权,你听了也该欢喜。只是你这人的心,好像没有一些灵性的样子,要是我,不听有人说我有个多年没有会面的姐姐在什么地方,我也不着急,一听有人说我有个姐姐在什么地方,想我得很,我就要立刻插翅飞至我姐姐的身旁,我才欢喜。其余的事,也就顾不得了。你这人真不是好相识,连自己的嫡亲姐姐,多年没有会面,你尚然视同路人一样,你好宽心,就无怪见我四妹妹陷落水牢,一些不焦急了。"

诸葛兰说完这话,诸葛鹗便向狄万春招赔不迭道:"二妹妹大有稚气,万望老兄一切包涵。"

狄万春道:"人的良心不同,有如其面,令妹的性质,虽然没有涵养,却也算得是天地间性情中人。她说的话,连她的心都有些解拆不开。"

海龙也从中笑道:"正是的,像二小姐这样性情,同狄兄比较,各有各的好处,连我也说不出是什么道理。你要想遏住她,如何遏止得住?好好!我给狄兄说一句,他哪里有丝毫怒恼二小姐的意思呢?"

两人听了,都不禁暗暗点头。自从海龙听从诸葛鹗的办法,放着万春回磨盘寨去,好在暗中帮助一臂之力,所怕就是洞庭船上的人眼睛厉害,窦鸿藻同邱峒元两人的本领已深深嵌到诸葛鹗的心坎里,就不得不做作一番,一个做红脸,一个做黑脸,发放狄万春回去。料想狄万春也很机警,必能听从他们的话,向前做去。纵然窦鸿藻、邱峒元的心思再细些、手段再灵便些,终究也打不着他们这袖内的机关。

话休絮烦,且说诸葛鹗从万春去后,又同大家商量一阵,诸葛鹗忽然低着头想了好一会儿说道:"这里的头目,没有不谙习水上飞行法的,只是谙习水陆飞行法的人尚少。快令短命鬼褚通回去调换水天夜叉铁九娘,铁叫子许广泰回去调换黑烙铁范天虬,水仙花潘翠姐回去调换红玫瑰关凤姐。"三人各运用水上飞行的功夫,赶回太湖。不上二日,关凤姐、铁九娘、范天虬已飞得前来,各归本队,听候沈海龙、诸葛鹗发落。

诸葛鹗本来到磨盘寨去过一次,寨四面的形势已经胸有成算,只估不定窦鸿藻用着什么暗箭。如今狄万春那里又没有消息前来,看洞庭帮人绝不肯轻易出那地方一步了,曾派人前去探看,却是石沉大海,影迹全无。可见洞庭帮戒备森严,委实不容易对付。

正在欲进不肯轻进的时候,忽有人进舱报告说:"有个姓崔的,唤作崔得胜,有要紧的事,请见先生。"

诸葛鹗听说是崔得胜前来,便吩咐一声:"传进!"

早有一个穿短衣的汉子走进舱来,年纪约在三十来岁,眉目间很露出些清秀之气,不像似有本领人的样子。崔得胜进舱,先向诸葛鹗对面行了礼,然后才向海龙、董平行礼。

原来这崔得胜是湖南萍乡人氏,他有一个表兄,就是在磨盘寨中的海燕子顾同,两人都是诸葛鹗的结义兄弟,在一年前听说诸葛鹗已投以太湖帮去了,两人当时也准备投入太湖帮伙,因海燕子顾同的母亲死去已过小祥,顾同在居丧时候不便出来,崔得胜也就等待顾同满服以后,两人在前十日的时间,才到洞庭湖来,打听得诸葛鹗的妹子诸葛梅失陷的事,并知诸葛鹗已入太湖帮伙,同洞庭帮人站在敌人的地位。两人想救解诸葛梅的心思十分血热,便投入洞庭帮伙。顾同曾在窦鸿藻面前显过一手的本领,崔得胜待要显出他的能耐,窦鸿藻看他这种文不像个秀才、武不像个兵的样子,只当作他没有好本领,吩咐不用试演,即令顾同坐了一把虎皮交椅,发给一百名喽啰,听候顾同调用。崔得胜就在顾同名下做一名司务。崔得胜暗想:我做顾大哥司务,也好同顾大哥亲近亲近。

两人在磨盘寨住了好几日,摸不着水牢里的机关。正苦没有法想,不防太湖帮人已兴师动众而来。

邱峒元又派令顾同、河豚鱼朱二宝伏在本寨东岸芦苇深处,专待敌人前来,准备用石灰袋向前迎敌。顾同便同崔得胜商量一阵,当由崔得胜暗暗混出磨盘寨五十里地方,才卸去身上的制服,来见诸葛鹗,将磨盘寨军事消息陈述了一遍。

海龙等一众英雄听他的话,都不由暗吃一惊。

欲知后事,且阅下文。

第二十回

诸葛鹗计袭洞庭帮
北海龙刀破磨盘寨

话说诸葛鹗当向崔得胜回道:"难得老哥到来,真是天助太湖帮人,但仍请老哥回去,暗暗向顾大哥说,照兄弟的计较做去,兄弟自信能破灭洞庭帮。"说着,又对崔得胜说是如此如此。

崔得胜欣然允诺,便起身告辞。诸葛鹗一把拉住问道:"你们洞庭帮中,这以后三五日间是什么口令?"

崔得胜便说出这以后三五日的口令。诸葛鹗都一句句记入心坎,便向崔得胜道:"老兄制服虽卸,但知道洞庭帮的口令,可以安然回去。我这里送你二十两银子,须多多购办石灰带回去,好像以此掩饰洞庭帮人的耳目。"

崔得胜说:"银子我身边是有的,凡事均照尊命办理了。"

崔得胜去后,诸葛鹗又同海龙、董平商量一阵,当命喽啰请来第一队正副队长水天夜叉铁九娘、三角菱尤异,第二队正副队长黑烙铁范天虬、分水龙汪宁,第三队正副队长女朱武张剑娘、癞头鼋萧达,第四队正副队长一声雷关勇、满天星狄保,第五队正副队长红玫瑰关凤姐、一枝花苏丽云,第六队正副队长一丈红花爱蓉、赛木兰吴翠屏。大家会议一番,即日各队领带各队的飞龙,慢慢开出洞庭湖口。

早有洞庭帮的密探将这消息去报告窦鸿藻。邱峒元在旁笑道:"好个小卧龙,竟会变用当年诸葛孔明的故智,须知我们洞庭帮的人,比司马仲达还高强百倍呢!看他这番真回到太湖去吗?不出三日,包管他杀到磨盘寨来,要尝一尝我们洞庭帮人的厉害。"

窦鸿藻也笑了一笑。果然诸葛鹗不出邱峒元所料,才到三日工夫,这一日傍晚时分,又有探子报说:"太湖帮的飞龙已回转来了,回来的时间比退回去的要快到十倍,现在只离本寨三十里地方了。"

邱峒元不由哈哈大笑,便令人开上酒菜,大家欢呼畅饮,好不快乐。席间忽不见了狄万春,窦鸿藻不由万分惊讶起来,急命厅上的喽啰分头寻找,只是寻不着。

忽见浪里黑獭陈洪匆匆跑到厅上说:"启禀寨主,不……不……不好了,诸葛梅已逃脱去了。"

窦鸿藻倏地翻身坐起,向陈洪问道:"什么什么?"

陈洪气喘吁吁地说道:"小的在水路上巡视,陡见从水牢里飞出两个人来,似乎还有一个人背负在一女子的肩上,心里诧异不小。到水牢外面一看,已见游行太岁解保血肉模糊地躺在那里,已是死去多时了。小的在牢门外高声喊着白日鼠周奎,哪里还听见周奎回话呢?想这周奎跟着诸葛梅逃得走了。"窦鸿藻不由急道:"话到你的口里,再也讲不清,你这是放你娘的什么屁?你看还是三个人飞出去,还是两个人飞出去?"

陈洪道:"两个人在空中飞着,好像在前的一人肩背上还驮着一人向前飞去。"

窦鸿藻道:"你们怎不放箭?"

陈洪道:"他们飞得太高,放箭是射不着的。"

窦鸿藻听了,向邱峒元道:"这可是那玉蝴蝶狄万春将诸葛梅解救去了,是我同道长走错了眼,毕竟猜不着那东西是个坏蛋。"

邱峒元道："狄万春虽然寨主请他坐了第二把交椅,不过拗不过佛性的面子,实则我们洞庭帮人并不把他作心腹看待,料他绝不知道水牢里七道机关,未必肯舍身去救诸葛梅……"

话犹未毕,又有喽啰来到厅上禀告说："寨主令小人们只寻找狄首领,哪里寻得着狄首领?好像见在水牢方面,半空中有一团白影,如同人物风筝放在空中一样。似乎那人背上还负着一人,只看不清是男是女。小人们看这情状,遍询本寨喽啰,也有人见狄首领在平地上飞至空间,直向水牢飞去,他们都疑惑狄首领是奉寨主的命令,到水牢里去提人的,哪里想到有这样的变故呢?"

窦鸿藻听完这话,向邱峒元道："道长听他们这话错不错?"

邱峒元忽现出很惊讶的神气说："如果狄万春救去了诸葛梅,回见太湖帮人,将我们洞庭帮现在的军情对太湖帮人说了,沈海龙、诸葛鹗既得了诸葛梅,又听我们洞庭帮人四面埋伏,绝不肯再来碰这个险,硬要和我们洞庭帮人为难。"

"难"字才出了口,穿星胆沈海龙已如飞将军从天而至,只听得咔嚓一声响,邱峒元的头颅已和他身体脱离了关系。

窦鸿藻急忙拔剑前来,忽然又从半空飞下三个人来。那一个两道眉毛,像个刀背子般,左眼角上有一颗朱砂红痣,手里执着单刀,正是红玫瑰关凤姐;那一位蓬首漆面,口角反张,她那六寸圆趺,从来不曾受过包裹,手里执着一柄七星神剑,正是水天夜叉铁九娘;那一位黑面红眼,鼻孔掀天,手里执着一柄缅铁大刀,正是黑烙铁范天虬。三人直奔窦鸿藻迎面杀来。

窦鸿藻仗着一身的罩功,力敌三人,全没有一些畏惧。那水路头目浪里黑獭陈洪太不识相,还拔出佩刀,要和沈海龙拼命,不防海龙用一个雷针劈木的刀法,已将他一颗圆头砍成了两半颗。海龙杀了陈洪,厅上喽啰见势不对,早吓得逃之夭夭。

沈海龙转不帮助凤姐、九娘、天虬三人力战窦鸿藻,便走出厅外,响起一声呼哨。陡然听得正南方冲出一标喽啰军来,一个个高声呐喊说:"太湖帮的全伙到此!"

窦鸿藻耳中听得这一声轰雷掣电的话,暗暗纳罕,仍仗着自己的罩功,不怕刀剑,不防铁九娘早从身边放出一把梅花针来,向窦鸿藻身上乱射乱投。梅花针这件东西,如果射在平常人的身上,穿衣透肉,针头都用毒药制过的,射入肌肉间乱钻乱动,委实就不易支持下去。窦鸿藻学得一身的罩门功,四肢全体都比铜铁还坚硬,梅花针哪里能射入他的肌肉间呢?但窦鸿藻煞也奇怪,不拘对方人用什么兵器来伤害他,他都当作没事的样子,所怕就是这类梅花针。因为他的罩门在龟头上面的龟眼里,刀剑如何能伤到他的龟眼,若有一根梅花针射进他的龟眼,他就要死定了。所以窦鸿藻见铁九娘放出那一把梅花针来,虽没有一根针射到他的龟眼上,但他心中却有些害怕。耳中又听太湖帮的全伙到来,料洞庭帮人绝对全局失败,这势面已算撑持不来。好汉不吃眼前亏,不敢恋战下去,早杀开一条门路,穿到厅外,两足一蹬,全身凌空。

及至凤姐、九娘、天虬赶出来一看,却见一道比电还快的光直飞向南方而去。大家看他飞行得太快,赶他不上,料知他是到南海白眉和尚那里去请救兵了。凤姐、九娘、天虬三人恰在厅外看见海龙领着一队喽啰兵前来。

海龙便指着那为首的两人说道:"这是铁关刀崔兄得胜,这是海燕子顾同。"

其时顾同手里还拎着一颗人头,向凤姐等说道:"这是河豚鱼朱二宝。"

大家倾谈了几句。事因崔得胜回见顾同,把诸葛鹗的计划约略说了一遍。就在今夜二更,顾同便给朱二宝一个冷不防,砍去他的脑袋。

喽啰们前来询问："首领为何杀起自家人来？"

顾同即向他们宣言道："太湖帮人，约我在今夜二更时分，砍去这个孽障，你们不看那天空间的几道电光，分明是太湖帮人到了。这是太湖帮第一队人，后面赶来的，一个还胜似一个。洞庭帮局势破裂，就在顷刻间了。你们顺我者生、逆我者死，大家快杀到聚义厅前会齐。"

那些喽啰看这位新首领接事以来，能同人共甘苦，不像朱二宝那样大咧咧的，眼看太湖帮的全伙已经杀到洞庭帮来，后面来的人又一个胜一个，大家都承新首领看得起弟兄们，不把他们真当作是部下的无名小卒，服从洞庭帮也好，归附太湖帮也好，反正仍是做一回小强盗，一般也有大碗酒、大块肉吃，也就异口同声地说一声好，眼前的祸福，谁胜谁败，也就不暇顾及了。

及至杀进寨中，果见寨中的喽啰兵东奔西躲的样子，就像太湖帮中有多少人马杀到磨盘寨一般，也就趁势听从崔得胜的命令，砍杀了一阵。却听得吹起一声呼哨，崔得胜便应声赶得前来，果然见是海龙，胆量格外强壮起来，吩咐一众喽啰，高叫："太湖帮人全伙到此！"

就在这时候，窦鸿藻已经被杀得逃之夭夭了。凤姐、九娘、天虬当和顾同、崔得胜相见已毕，兵分三路，分头向西、南、北三面芦苇中杀去。

于今要说磨盘寨西首芦苇深处半边红王亮，同着他浑家雌老虎王三娘埋伏在那里，早听得寨中鼓噪的声音，他们却暗伏在那地方，仍然纹风不动。接着四不像卢虬、三脚香炉韦甲，带领本部的划船，七零八落泊在芦苇以内，料知他们尚不明寨中出了变故，诈败下来，正要向他们叙话，却见寨中拥上二三十名喽啰。王亮、三娘在黑间，分不出是洞庭帮人是太湖帮人，三娘便不由咂开喉咙,喝着值日的口令,说一声:"风!"

即听寨中喽啰高高回一声:"定!"

接着王亮又叫出特别口令,喝一声:"蛇影!"

又听寨中的喽啰高高回一声:"杯弓!"

王亮才放下心肠,以为寨中虚惊,并没有什么变故,便又问上面是怎么样。

却听顾同的口音说:"寨主已从东路出去抵制敌人,你们要问明口令,才可抛掷石弹。"

王亮、三娘都说一声:"省得!"

顾同听完这话,便同崔得胜退后一箭多路,在那里按兵不动。

于今却又要转说到寨北岸芦苇深处金钟罩柏天熊、茉莉花柏秋香了。柏天熊同秋香伏在那里,听得寨中的鼓噪,也与王亮、三娘大同小异,他们都畏怯道人的军法,说得太厉害了,仍伏在那里并不摇动。恰好水天夜叉铁九娘、黑烙铁范天虬带领二三十名喽啰兵前来,天熊、秋香也因在黑夜间,分别不出来的是洞庭帮人是太湖帮人,天熊即打挪着喉咙,喝一声:"定!"

那边范天虬早已脱口叫一声:"风!"

天虬也叫作特别的口令喝一声:"杯弓!"

那边天熊早已脱口叫一声:"蛇影!"

接着便见九尾神龟莘江、独眼猿马义带领本部杀败的划船,泊近芦苇。

范天虬便高声叫道:"寨主已带兵从南路出去抵制敌人,你们要问明口令,才可焚着闷香。"

莘江、马义都回说一声:"省得!"

范天虬听完这话,便同九娘退后一箭多路,在那里按兵不动。

于今要转说磨盘寨南岸翻天印姜柱、玉观音姜菱凤了。姜柱姊弟二人伏在那里,听得寨中人声嘈杂,不当是水牢一处地方出了变故,他们各有专职,这件事却用不着过问。接着独角兽孙超、八面风仇顺带着本部的划船,一窝蜂地泊在芦苇以内,料知他们是遵守邱道长的军令,败退下来。恰好在这时候,寨中又是一阵阵鼓噪,耳朵里听到太湖帮的全伙已到,未免也有些悬心吊胆,只好硬着头皮,仍然伏着不动。

偏巧沈海龙、关凤姐带领二三十名喽啰前来,他们也因在黑夜匆忙间,辨不出是洞庭帮人是太湖帮人,便由姜菱凤传出一种呖呖的声音,喝一声:"凤!"

海龙便劈口回一声:"定!"

姜柱待要叫出特别口令,那时海龙早又脱口喝一声:"蛇影!"

姜柱便接应了一声:"杯弓!"

海龙又高声叫道:"寨主已带人从北路出去抵杀敌人,你们要问明口令,才可放箭。"

姜柱回说一声:"省得!"

海龙听完这话,便同凤姐退后一箭多路,在那里按兵不动。

接着磨盘正东芦苇处已泊近许多艘的飞龙,原来是两头蛇荀炳、三脚鳖吕大寿,逢着太湖帮人三角菱尤异、分水龙汪宁、女朱武张剑娘、癞头鼋萧达,带领许多艘的飞龙,前来冲寨。荀炳、吕大寿从着邱道人的命令,诈败下来,退进芦苇深处,不见有人埋伏在此,两人都同时吃了一惊。

接着就听得雕翎作响,太湖帮人的飞龙上,各人都拈起弓弦,刹那间便有许多的火球、火箭向芦苇乱投乱射。吕大寿来不及回身,早应箭而倒,荀炳匆忙间连中三箭,却有一箭贯入咽喉,也就倒毙那里。洞庭帮的喽啰都是血肉之躯,如何当得起无情的飞箭,还不是死的死、逃的逃。

尤异、汪宁等就此带领飞龙,泊近苇岸,一齐纵身上岸,谨记诸葛先生交代大家的话,磨盘寨中的机关遍地皆是,但遇枫树跟前便转弯。

尤异、汪宁上岸,带领本队喽啰,同海龙、凤姐合兵一处,汪宁带领本队喽啰,同范天虬、铁九娘合兵一处,张剑娘、萧达同顾同、崔得胜合兵一处,各在那里按着不动。

这时候,一声雷关勇、满天星狄保攻取磨盘寨的南岸,见独角兽孙超、八面风仇顺诈败得将本队的划船退入芦苇深处,关勇、狄保且不用暂时赶入他的窝穴,便调着飞龙,向后缓缓退下。

忽然鼓一声噪,那许多艘飞龙早又冲得前来,姜柱、菱凤远望,怕是窦鸿藻收兵回来,向来的船问明口令,便不施放羽箭,看那许多船只渐渐拢近,才认出是太湖帮的飞龙。刚要吩咐喽啰放箭,不防后面一声响动,原是海龙、凤姐、尤异吩咐喽啰放箭,一时箭石如飞蝗般向芦苇深处乱投乱射。姜柱、菱凤、孙超、仇顺还疑惑是本寨的人放箭射敌人的,正要回头问明,不防前面太湖帮的飞龙箭如风雨,姜柱、凤姐、孙超、仇顺及一众喽啰早已慌了手脚,哪里来得及有招架工夫,可怜他们同着众喽啰们,一齐受伤而死,容容易易为太湖帮人所算了。

欲知后事,且阅下文。

第二十一回

杀阵布天罗箭飞弦急
绿林识怪杰鹤立鸡群

再说海燕子顾同、铁关刀崔得胜，已同女朱武张剑娘、癞头鼋萧达合兵一处，暗伏在寨西，早见海龙、凤姐、关勇、狄保、尤异等领着喽啰衔枚前来，剑娘暗暗向他们传播几句口哨，海龙会意，便同凤姐、尤异带领各人本部的喽啰，鸦雀无声到寨北伏定。这里关勇、狄保又同顾同、崔得胜、张剑娘、萧达合兵一处，按在那里不动，恰见湖面上对直划来许多小船，约离有一箭多路，仿佛听那小船上有人远远向芦苇中喝问口令，却不听得芦苇间有人答应。

剑娘知道这是时候了，暗暗打了一个哨语，顾同、崔得胜等都吩咐一声放箭，只听得一阵乱响，那雨也似的翎箭乱向芦苇深处射去。那芦苇中埋伏着洞庭帮的人原是半边红王亮，同他的浑家雌老虎王三娘，在先见四不像卢虬、三脚香炉韦甲领着划船诈败下来，退入芦苇以内。王亮、三娘便向卢虬、韦甲说道："我们方才听得寨中一阵鼓噪，心里未免有些害怕。现在真个风平浪静，好像方才是一阵虚惊。料想邱道长的计划不错，看那太湖帮两队飞龙，见哥们诈败下来，一齐扯回篷帆，好像咱们邱军师的计略已被他猜中了……"

一言未毕，即见前面冲出两队船来。王亮、三娘、卢虬、韦甲等人纵听得那船上的人喝问口令，也料着并不是本寨的人前来，看铁弹、石子的力量至多不过打三五十丈的远近，如何能打到那许多的小船上呢？打算那许多的小船拢得前来，一时石弹齐飞，料他们太湖帮人还不是来一个死一个，却不防就在这时候，寨中箭如飞蝗般直向芦苇深处射来。

王亮、三娘这才吃了一惊，三娘便高叫一声："不好，贼人已抄入寨中来了！"

"了"字才说完，即挽着王亮的手说道："咱们快逃走吧！"

王亮道："料咱们两人的本领，或可能冲出重围，但咱们是好汉，宁可万箭钻心，也不屑给洞庭人丢脸。"

王亮才说到这里，却被三娘劈面打了一巴掌，说："干吗？你要做好汉，你不要命，咱还要命呢！"

王亮暗想：这种不值价的婆子，咱平时受她挟制也挟制得够了，看这时还要挟制咱呢，算你的威风已使尽了，用不着敌人的弓箭伤你，包管你立刻死在老子手里。心里这么一想，早取出一颗铁弹，要向三娘打来。

这当儿，似乎有一支翎箭在王亮的耳边穿了过去，王亮不由愣了愣，再看三娘已应箭而倒，喽啰们尸积如山。事情到了这种地步，要做好汉，怕也做不起来了。恰好卢虬、韦甲不约而同地向他递了一声口哨，仿佛叫他不要硬做好汉，你妻子的主见是不错。

王亮心里也不禁有些软下来了，却看卢虬、韦甲才飞出芦苇，似乎由湖面上飞来许多的羽箭，即听两人的声音同时叫了一声："哎哟！"接着又听得扑通作响，两人各中十余箭，伤中要害，倒入湖浪中去了。

王亮明知逃躲是逃躲不来，身边只剩三五名心腹的喽啰兵，便向他们吩咐道："咱们且在这许多尸首下面窜到北岸，能会见柏首领，再做计较便了。"

喽啰只得连声遵命，同王亮一齐窜到北岸去了。

这时，太湖帮抵敌卢虬、韦甲两队飞龙，正是小温侯诸葛鹤、一枝花苏丽云带领,见西岸已破,毫无疑惑,调齐两队的飞龙,拢近岸边,会关勇、狄保、顾同、崔得胜、张剑娘、萧达合兵一处,一齐转至寨北。

原来海龙、凤姐、范天虹、铁九娘、汪宁、尤异,及花爱蓉、吴翠屏两面夹攻,已破了北岸了。查点各岸芦苇中的尸骨,也有在尸骨下面翻出几名洞庭帮喽啰兵来,带到厅上询问。花爱蓉认出一名喽啰兵,却是独眼猿马义改扮的。

原来花爱蓉、吴翠屏遵从诸葛鹗的计划,袭进磨盘寨北岸,迎面在湖心间,便见有洞庭帮的两队划船巡哨前来,为首的二人通过姓名,却是九尾神龟莘江、独眼猿马义。翠屏接住莘江,爱蓉接住马义,略斗了几个照面,已听得莘江、马义口里都是唧溜溜打着哨语,不约而同地都卖了个门路,各带着本部的划船,退到芦苇以内。不防备翠屏、爱蓉所带领的各队飞龙,舱中都藏着弓箭,原是诸葛鹗在前三日时间,依副首领独臂龙董平,回到太湖葫芦水寨,带着许多的船,由那力能在顺水推舟的兄弟们推着飞龙,简直同飞的一样快,即从葫芦水寨把军械房中藏着的弓箭搬运得来,分藏在尤异、汪宁、张剑娘、萧达、关勇、狄保、诸葛鹗、苏丽云、花爱蓉、吴翠屏等男女英雄各人所带领的各队各号的飞龙舱门以内。这是诸葛鹗事先的准备,并非在下信手拈来。

那时翠屏、爱蓉觉得诸葛先生所定的计划,现在还不是开弓放箭的时候,忙调齐飞龙,向后退转了一个弯,然后呐一声喊,再将各号的飞龙冲得前来。莘江、马义退进了芦苇,即同金钟罩柏天熊、茉莉花柏秋香合兵一处,看是分明洞庭帮的飞龙,刚退转了一个弯,重行冲得前来。大家这一喜不小,以为天熊、秋香所带来的熏香,各喽啰兵身上都有,这种熏香是窦鸿藻用极神秘的药料造成的,在下也明白是用的什么药料,怕说出来被一班绿林中人知道了,那还了得?还是不说的为妙。

窦鸿藻用极神秘的药料，造成一种熏香，迥与五更鸡鸣香不同，引火烧着这样的熏香，若在斗室间，不拘什么人，闻得那一种香气，登时迷翻在地，便到五更鸡鸣的时候，也不能醒转过来。若在空气宽敞的地方，这熏香的力量飘荡在空气之间，能使距离这地方二十步远近的人，闻着这一种香气，简直同吃了催眠药粉一般，一些活动的能力也没有。逆风只能迷翻十步远近的人，一遇顺风，四五十步远近的人也都领受到这种熏香的风味。

其时天熊、秋香正待那许多艘的飞龙冲到离这芦苇四五十步远近地方，仗着天空刮着一阵东南风，准备一声令下，各人都捏着鼻子，引火放出熏香来，打算太湖帮的人，来一个要迷翻一个。看那许多的飞龙一字儿摆开，渐冲渐近，距离这芦岸只有百步远近了，忽然远远听得湖面上咕噜噜传来一声呼哨，那许多的飞龙已停止进行，泊在湖心，各人都拈弓搭箭，嗖嗖嗖一阵作响，一时箭如飞蝗般齐向芦苇深处射去。

天熊、秋香、莘江、马义及一众喽啰这才害怕起来，却不防后面海龙、凤姐、天虬、铁九娘、汪宁、尤异等一众男女英雄都吩咐喽啰们拈上弓弦，接着听得一阵阵箭弦离镞的声音，后面的飞箭又一齐向芦苇深处射来。天熊、秋香、莘江等及喽啰们中箭倒毙的，举目皆是，那一阵呼号惨痛的声音，都深深刺到他们的心坎上。

论天熊、秋香兄妹二人的本领，陆路上谙习陆路上飞行法，水路上谙习水路上的飞行功，无如一时箭势如雨，前后皆是，哪里还能有逃命的希望呢？也怪他们兄妹两人在江湖上做的红刀子案太多，死到临头，自然也有报应。天熊觉得没有脱命的了，再看秋香、莘江，各人都中了数箭，倒在芦丛间，哎呀哎呀地呼痛不止。

天熊左腿弯里也中了一箭，便向秋香、莘江苦笑道："论我们洞庭帮人的本领，不应该有这一日，论我们的行径，不应该不有这一日的下场。还好像你们这种丢脸的样子，没有被太湖帮人瞧见，免得太湖帮人笑我们洞庭帮人不值价，便是我看你们这种样子，也觉得我们洞庭帮人脸面上毫没有一分豪杰光彩，不若给我们砍去了脑袋，免得落到太湖帮人手里。"

说时，便拔出佩刀，早俯身一刀砍去莘江的首级。

秋香忙嚷道："大哥为何反杀起自家人来……"

话犹未毕，天熊已手起刀落，砍杀了秋香。

天熊当时待要寻着马义，东张西望，芦苇间光线黑暗，只看不清马义是在哪里。接连便见左边一列的死尸堆中，乱钻乱动，觉得从死尸下面冒出好几个人头来。

天熊问："是谁？"

为首的人说："我是王亮，原来柏哥这里也被敌人破袭了。"

两人略说了一阵，这时天熊已中了五箭，他看王亮也算得一条汉子，高叫一声："姓王的，现在本寨已破，我们反正是一个死路，你是值价的，就不用兄弟动手，咱们好一同去吧！"

王亮听他的话，说一声："好！"用一个手指，自己向自己的肺苗穴一点，登时痰涌气塞，一命呜呼。

接着天熊也用两个手指在自己两腰眼里只一戳，仰头打了个哈哈，便倒卧下来，动也不动。原来两腰眼的筋脉牵及心络，心络受伤，便自由自性地要打着一个哈哈。就在这一声哈哈打出来的时候，已是气绝了。

那时，独眼猿是伏在什么地方呢？原来就伏在天熊身后一堆尸级下面，像天熊、王亮当时所说的话，生死的种种情形，他都看在眼底、听在心头，因想：我平时见洞庭帮的行为，没有个看得上眼，我常劝柏大哥兄妹趁早回头，大家远走高飞，不吃洞庭帮的饭。柏大哥兄妹若听我的忠告，我不看在柏大哥平时情义分上，不忍同他分拆开来，独自脱离这个是非之场，又何至有今日死？怕什么，怕死那算是什么汉子？不过我想柏大哥这种人，很够得做一位光明俊伟的人物，可惜一个光明俊伟的根器，一入了洞庭帮，反把他自己的脾气学坏了。我这时候能侥幸免脱一死，好借我的口，传话到太湖帮中的人，叫他们知道我们洞庭帮中还有柏大哥这样的好汉，那时我一死也可谢柏大哥了。心里这么一想，便剥去死尸身上的衣服，卸换已毕，约停了一会儿时间，果然他的主意成功了。

当时被分水龙汪宁将他从死尸堆中翻出来，夹在那几名喽啰当中，解到飞虎厅上，却被花爱蓉认出他便是独眼猿马义。海龙坐在厅中间一把大交椅上，放眼在马义的面上打量一会儿，看他的右眼瞎了，左眼中露出电也似的亮光，但有惊人的神采，却没有半点儿凶煞之气。

海龙的眼睛也很厉害，不觉一时倾动爱才的心肠，向他问明口供，才知众头目禀告洞庭帮的全伙歼灭，这些话并没有一点儿假错。但因他说话的时候，说到柏天熊兄妹经过的大概，声泪俱下，海龙便微笑了一声道："马首领肯降服我们太湖帮吗？"

马义摇头道："我肯做这种丢人的事，还对得起我的朋友吗？像我们这班做强盗的不死，世界上还有安静的日子吗？并且我的朋友不听我的劝告，如今事情已坏到这步田地，我心里终觉难过。你是爱我的，赶快请砍了我的头，我若降服你们太湖帮，也辱没我这条硬汉了。"

海龙从容劝道："你练得一身好本领，又生得这一身拗骨，像你这般人物，你自己知道是很不容易的吗？天既生你这一种人，你应该在江湖上干出一番光明俊伟的事，使天下人相信一班做强盗的还有你这样的热血汉子，即算你将来高尚其志，不敢再做强盗，何至自甘屈辱，甘为洞庭帮人一死？你生前要脱离洞庭帮，死后难道还做洞庭帮的忠臣吗？即为你那朋友，他不听你的劝告，弄得那样的下场，纵算他死有余辜，你向他劝告一番，又同他那样地亲近不忍分离,你自己心问口、口问心,也对得起他。我看你很是一条汉子,请你在我们太湖帮中住几时,看看我们太湖帮的人是怎么样,回头再想想你们洞庭帮的人是怎么样。降亦可,不降亦可,我沈海龙若再向你劝说一个'降'字,也辜负平时一片爱你的热肠了。"

一面说,一面走下厅来,亲自给马义解去身上的绳缚,说:"好笑,像你这班不牢实的东西,如何缚得住这一员虎将?"

马义见海龙这样打动他的心肠,倒把他弄得有些不好意思起来,又看太湖帮一众英雄,脸面上都露出英雄的光彩,一个个含笑前来,向马义打着招呼,便不禁向海龙破涕笑道:"蒙寨主这样恩遇,马义怎敢再不遵命?只是马义尚有下情容禀。"

海龙笑道:"你有什么话,尽管说出来,我性格上能做得到的,没有做不到。"

马义道:"寨主已歼灭洞庭帮的一众败类,在他们虽罪有应得,不过马义总望寨主把他们的尸骨埋葬入土,省得暴露芦苇,叫马义见了心痛。"

海龙道:"这话你就是不说,我也会将他们的尸首埋葬。"

说到这里,便吩咐一众孩子们,将芦苇中已死的骸骨连夜埋葬。喽啰们答应一声去了。

海龙才向马义问道:"那水牢里的七种机关,你可明白?"

马义回说不知。海龙好生焦躁,谅他是个汉子,如何还说谎话?只得询问洞庭帮归降的众喽啰们,可有知道那七种机关的。喽啰们也有不知道,也有略知一二,说不出个所以然的。

恰好这时候,有人到厅上来报告说:"董首领、诸葛军师,同二小姐、四小姐、狄首领一班人等,都到寨中来了。"

海龙听罢,不禁喜出望外。

欲知后事,且阅下文。

第二十二回

燕啭莺鸣星眸扬笑靥
云翻雨覆怪侠助神鳌

话说沈海龙听得喽啰报说,董平、诸葛鹗、诸葛兰、诸葛梅、狄万春一班人等,都到磨盘寨来,海龙不禁喜出望外,同部下各首领降阶相迎。

不一会儿,果见董平、诸葛鹗兄妹及狄万春前来,并且诸葛鹗前面还有两人。一个年纪在六十开外,花白胡须,垂到胸前,眉目间很露出温和之气,一望而知是一位年高有道之人。一个年纪只在二十上下,生得风流俊伟,潇洒出尘,同那老人一样的面庞,不过老少的分别。最可奇者,两人鬓角上皆有一粒朱砂红痣。

诸葛鹗走进厅中,便指着两人向海龙介绍道:"这位是北海伏龙庵澹公老和尚的高足,唤作云中凤周锦;这位是周兄的令尊大人,便是白日鼠周奎周老英雄。"

海龙忙近前向周奎父子赔笑不迭,又给独眼猿马义向董平等介绍一番。接着厅上的男女英雄也过来相见,彼此都行了礼,说了许多爱慕的衷曲。

诸葛鹗忽对众人笑道:"天下事成功虽在人意料之中,而事实却出人意料之外,这两句古话,照我们这回前来破袭洞庭帮的事看去,却很有些道理。窦鸿藻破坏我们江湖上的规矩,什么无法无天的事都干得出。我们这次倾师动众前来,一则问窦鸿藻为什么吃江湖饭,不懂得江湖上的道理,既违犯了江湖上的道理,我们太湖帮人非同他拼个你死我活不为功。再则舍妹困在水牢,蒙二位首领及众位兄弟姊妹,看在我兄弟的义气分上,想救出我这舍妹。虽然窦鸿藻那厮手段厉害,但我们太湖人有狄、顾、崔三位兄弟暗中帮忙,自信可以破袭磨盘寨,救出舍妹。

"想不到澹公老和尚早遣这位周兄去救舍妹,又得周老英雄暗中出力,在我们未曾破袭磨盘寨的时候,舍妹已安然脱险,这总算诸位兄弟姊妹的义气所感。澹公老和尚的神通不错,天下哪有这样凑巧的事？但是澹公老和尚的神通固然不错,便是狄兄的尊师,田家村观音庵的那一位佛老,她老人家的神通却也不在澹公老和尚之下,她曾对狄兄说,须到磨盘寨去,在某月某日某时救出水蜻蜓诸葛兰。

"诸君但知狄兄是帮助我们太湖帮人,里应外合,好破袭磨盘寨,大略这些话,狄兄没有明白宣示出来,诸位也就想不到其中的缘故。舍四妹诸葛梅已经失陷水牢,澹公老和尚却遣周兄救出四妹,已属天下最奇的事。舍二妹诸葛兰未曾失陷,佛老却算准舍妹有失陷的一日,事未发生,却预令狄兄到磨盘寨来,好救舍二妹诸葛兰,这不是古今天下第一件奇事吗？在舍四妹脱险归来的时候,却不料舍二妹又失陷了,不是狄兄冒险解救,舍二妹早已做了刀头之鬼,这件事真出人意料之外。须知我们的计算毕竟有限,怎抵得澹公、佛老的神通呢？"

众人听他这话,都属莫名其妙,当由关凤姐、花爱蓉、吴翠屏、铁九娘、张剑娘、苏丽云等六位红粉英雄,齐齐围拢在诸葛梅面前,问是怎么一回事。

诸葛梅见这光景,粉面上早羞得通红起来,淡淡回说"须问姐姐"四字。

凤姐怕她害羞,又领着爱蓉等走近诸葛兰身边,在她衣角上一扯。诸葛兰会意,连忙随她们走到屏风后面,说:"你们这些人太精灵、太促狭,有什么话要问我?"

铁九娘笑道:"你是怎样失陷水牢,被狄首领救出来?四妹妹又是怎样脱险?你不若说明,我们就好像有些放心不下的样子。"

诸葛兰道:"姐姐们只问我的哥哥好了。"

凤姐道:"你哥哥毕竟是个男子,这些话叫我们如何对他说得出口?"

诸葛兰道:"你们也只当我也是个男子吧!"

爱蓉扑哧地一笑,说:"假如你是个男子,我们夜半更深带你在这里问话,你这小鬼头,倒反占了我们的便宜了。"

剑娘道:"妹妹看我们都是自家人,平时我们同妹妹说也有笑也有的,为什么到这会子反害羞起来?"

翠屏用一个手指在诸葛兰眉心间轻轻一戳,说:"姐姐们不要问她,你们知道我的意思吗?"

凤姐道:"我们的心又不安在你的心坎里,如何知道你有什么意思?"

翠屏道:"我的意思,就想回去对月娥姐说,要叨扰她兄弟一杯喜酒。"

诸葛兰听罢,不由羞愧无地,几乎急得一句话也说不出来,要想趁势走出去,却被丽云顺手一把拉住说:"妹妹这一走,倒反觉得无趣了。"

凤姐怕诸葛兰生气,忙挽着她坐定,说:"我们讲正经吧。"

诸葛兰道:"讲正经就多谈一会儿,若是再像翠屏姐那样乱说,我立刻就回到厅上去。"

翠屏笑道:"这分明是正经话,不防妹妹就着恼。也罢,我们说话得罪人,不是玩意儿,于今我们却要转先吃你四妹妹和那云中凤的一杯喜酒。我们要吃你妹妹喜酒,大略不配你做姐姐害羞起来。"

诸葛兰听罢,不觉笑起来,说:"这话倒是正经。"

丽云道:"妹妹莫睬她,她依然在这里胡说。"

翠屏笑了笑说:"诸葛妹妹休要误会,我的意思,我们先吃你四妹妹的喜酒,还要吃你二妹妹一杯喜酒。"

于是诸葛兰被她们左一句喜酒、右一句喜酒,厮缠得开不了交,说:"你们这几张嘴,可是谈出什么来了,你们真以为我着恼吗?吃喜酒怕什么,请你们就吃。"

这几句话,说得大家都笑起来。凤姐两腮鼓笑出两个酒窝儿,九娘仰着头大笑,爱蓉扯着翠屏笑。

翠屏用手揉着心口说:"我的肚肠都笑穿了。"

剑娘用两手叉着腰,把身子笑弯得像似倒转蜻蜓的样子。丽云刚呷了一杯茶,笑得喷出来,溅得翠屏一手。翠屏便摔脱爱蓉,要来搔丽云的胳肢窝。

九娘笑道:"翠屏姐不要动,一动,看她口里又有许多水溅出来了。"

翠屏道:"你们听听九娘姐姐,闲话里总夹着小铜钱,不搔这小鬼头是不行。"

丽云忙向翠屏合掌说道:"好姐姐,请你饶了我吧!下次是不敢了。"

剑娘道:"你要翠屏饶了你,可来求一求诸葛二妹妹。"

丽云又转向诸葛兰万福不迭。

爱蓉道:"这样怕是不行,须跪在诸葛二妹妹面前一炷香,求她大慈大悲,劝翠屏姐饶恕了你。"

凤姐又从旁插着笑道:"你只求诸葛二妹妹,把那其中的两种缘故好好地告诉我们,一般就可以没事了。"

丽云真个跪在诸葛兰面前,学作童女拜观音的样子。

诸葛兰也不由扑地笑道:"起来吧!谁同你烦这些神呢?"

翠屏道:"不行不行。"

正说到这里,忽然诸葛梅匆匆跑来说道:"你们真好乐呀!可知我们太湖帮葫芦寨已被南海派人夺得去了。"

众人听她的话,如同兜头浇了一盆凉水,说:"四妹妹,这话是谁讲出来的?我们就不相信……"

话犹未毕,早听厅上吹起了一阵呼哨,大家一齐出来,见海龙等一众人等都已准备登舟,她们这几位红粉英雄也就匆匆各回本队的飞龙,连夜垂着顺风,向太湖进发。一路上询明缘故,才知海龙、诸葛鹗一干人等正在磨盘寨飞虎厅上谈说窦鸿藻不曾伤死的话,诸葛鹗终以为窦鸿藻一日不死,终算太湖帮的人一日不安,转有些悬心吊胆。

这当儿,似乎空中有人高呼着:"沈海龙!"

海龙走出厅外,看暗暗星光之下,似乎有一个和尚在空间飞来飞去。

海龙便高声喝问:"是谁?唤我沈海龙有什么事?"

那人高声答道:"你可明白,你们太湖帮已被南海派人夺得去了。"

说完这话,倏地已不见那人的踪迹所在。

海龙听那人说这话的喉咙像铜钟一般的响,他曾听杨异说,澹公老和尚的声音响亮得同铜钟一样,便疑惑这是澹公老和尚前来提醒了他,不由向空拜了四拜。

回到厅上,诸葛鹗也信得窦鸿藻准许要到南海白眉和尚那里去请救兵,眼看天时已是不早,南海派人本领神通极大,凭窦鸿藻那样飞行的速度,只不消一刻时辰,可到南海。兵贵神速,何况南海派人飞行的能耐极高,就在这两个时辰以内,占夺了葫芦寨,也许是意计中事。像澹公老和尚这种人物,能知千里以外的事,所以他老人家就在这时候赶得前来,警悟我们赶快回太湖去要紧。想到这里,又觉南海派人的本领再大些,听说他们水上的功夫却敌不过我们北海派太湖帮人,不然他们为什么不敢来恢复磨盘寨,反到太湖去扰乱什么?就因我们太湖帮的精华都已注集到洞庭帮来,不若就到太湖去占夺我们葫芦寨。我所以有这种失招,就想不到南海派人真个明目张胆地来帮助窦鸿藻,显然同我们太湖帮人为难。不像澹公老和尚,自己不肯出面帮我们太湖帮人,却遣周锦来救出我的四妹妹。并且我们太湖留守的关防设备,完全为抵制官兵,不是抵制南海派人的。窦鸿藻既被我们扼住了洞庭湖口,更不防他去暗袭太湖,截断我们的后路,又觉南海派人也畏怯我们这里的好汉,水上的功夫很了得,也有些不敢下手,转动这里的念头,却乘我们不备,占取了葫芦寨。我们回去,未尝没有恢复本寨的希望,没有这种希望,澹公和尚也不用来点醒我们了。我们若在洞庭帮中栖着身子,也许对不起本寨遇难的男女英雄,并且前扼于南海,后扼于太湖,这洞庭湖的基业,终不是我们长治久安的地方,不若回到太湖,图谋恢复的计略。万一能将太湖恢复过来,我们同北海派人唇齿相依,进可以战,退可以守,我们同志的英雄,都算有了安身立命之乡了。

诸葛鹗如此这般地想了好一阵,便将自己的意思向海龙、董平通过已毕。

海龙便传令:"立刻脱离磨盘寨,回到太湖,恢复本寨要紧。"

谁知天下事真出人意料之外,海龙等回到太湖来,哪里有什么南海派人连夜前来占夺葫芦寨呢,看太湖本帮中人,一路的关防设备,仍由褚通、许广泰管理。诸葛鹗便着人暗暗到洞庭湖去一打探，原来南海派人已同金眼神鳌窦鸿藻仍然盘踞磨盘寨了。

诸葛鹗知是中了敌人的暗算，自己对自己叫了一声惭愧。那夜在空间飞行的一个秃驴，想来就是南海白眉和尚。但是事已如此，懊悔也没有用处。

众英雄一齐回到葫芦寨中，诸葛鹗事先对海龙、董平计议一番。海龙升坐厅上，向众人报说洞庭帮经过情形。按次分排天地两班，当中设立两把正、副大交椅，由海龙、董平二人坐定。天字班中，却请黑烙铁范天虬坐第一把交椅，其次为小卧龙诸葛鹗，其次为一声雷关勇、满天星狄保、玉蝴蝶狄万春、云中凤周锦、黑阎罗徐武、分水龙汪宁、海燕子顾同、铁关刀崔得胜、独眼猿马义、癞头鼋萧达、短命鬼褚通、铁叫子许广泰、三角菱尤异、小温侯诸葛鹤、翻江蛟潘丹、水里鳅余猛。天字班中，共是一十八名首领。

地字班中却请狄月娥坐第一把交椅，其次为红玫瑰关凤姐，其次为水蜻蜓诸葛兰、金刀诸葛梅、锦上花蒋蕊香、一丈红花爱蓉、水天夜叉铁九娘、赛木兰吴翠屏、一枝花苏丽云、女朱武张剑娘、水仙花潘翠姐、女秦明张飞娘。地字班中，共是十二位首领。

大家因海龙调齐已毕，还互相辞让。海龙不准，只得挨次坐了。海龙即令范天虬、关勇、狄保分理陆路上的设备，铁九娘、褚通、萧达分理水路上的关防，潘丹、余猛仍巡哨各队的飞龙，徐武、汪宁、许广泰、尤异招徕水陆两路的宾朋，其余男女英雄，悉在临时听候调遣。所有在洞庭帮俘虏的喽啰，均分给马义、顾同、崔得胜管带。

海龙每日照例率领本帮中人操演水陆各路的功夫。没事的时候，狄万春便在他姐姐月娥面前露出要娶诸葛兰的心思，周锦也在他父亲周奎面前想请媒完结自家同诸葛四小姐的百年好事。真是千里姻缘一线牵，这两头亲事，既由男家请媒央说，而男女媒人又是海龙、董平、凤姐、铁九娘从中撮合,诸葛鹗也满心欢喜,就将诸葛兰许配万春,诸葛梅许配周锦。这两桩婚姻,既没有发生障碍,纳彩以后,周锦同狄万春在海龙面前各请了三个月的假,去寻澹性、佛性两位师尊禀明,好回来到太湖帮中做事,并各完成他们一对美满姻缘。

于今在下闲着这支笔,要将狄万春救脱诸葛兰的情形,并周奎、周锦、诸葛梅的经过,应该向诸君交代一个明白。

诸君回想上半回书中,凤姐等一众红粉英雄,曾将这两种缘故逼问诸葛兰的,不过那时候,诸葛兰毕竟有些碍口,未曾说明,并且在下一心想发挥白眉和尚恢复洞庭帮的文字,一支笔又写不出两处事,所以便把这事搁下。如今这时已算太湖帮人,大家都了然于胸,在下又因他们的事,很与后来火烧磨盘寨文字有点儿关系,不得不趁在这时候倒叙过来。

欲知后事,且阅下文。

第二十三回

石屋布机关仙人戏水
湖心留怪迹狮子盘球

话说洞庭帮的水牢,有普通、特别两种。普通的水牢,便在飞虎厅左边一处隧道下面,没有暗设着什么骇人的机关。水牢里有铁槛,铁槛外面满眼都是污水,水中有蝇虫飞泳其中,那一股积臭的气味,比什么都难闻。窦鸿藻若从某地方绑来的肉票,看这肉票没有一些本领,就押赴普通水牢,关在那铁槛里面坐禁;如果这人有些本领,怕他翻牢逃走,就押到特别水牢去。

这个特别水牢,离磨盘寨约有三里,一座水村上面,也建筑了不少的房屋。如果有人船泊到那地方去,看见这一所规模很大的房屋,还疑是有钱人家的水上别墅,哪里想到竟是洞庭帮强盗的水牢呢?

窦鸿藻当初因诸葛梅有特别的本领,也就把她关在这特别水牢内。水牢上面房屋虽多,却只有七进,内中机关奥妙,便是在磨盘寨做强盗的,知道的也很少。因为这特别水牢,不但关押一班的肉票,哪怕飞虎厅上男女头目,触怒了窦鸿藻,也要关押在特别水牢里受苦。因为这种缘故,便有本帮的人,明知水牢里的七种机关什么来龙什么去脉,且不敢在同帮朋友面前轻易泄露出来,所怕就是泄露水牢中的秘密机关,窦鸿藻知道要砍头的。

看书诸君想周奎、周锦、诸葛梅是从这水牢里脱险出来,管许那七种机关,他们若不完全闯出,如何得出这水牢一步呢?

诸君虽则如此想,其实当时的事情,却又出人意想之外。不过这七道机关,日后自有洞庭帮人完全宣泄出来,所以在下怕诸君闷破肚子,不妨且在这里叙述一番,然后接写到本文情节上去,诸君才恍悟那七道机关果然奥妙。便是诸葛梅幸得脱险,及狄万春前往救脱诸葛兰那一回事,说来更属骇人听闻。

原来水牢里的房屋共分七进,水牢里的机关又有七道,每进却暗设一道机关,不拘什么小说书上,叙述机关的神妙,都是在里面的几种机关比在外面的几种机关格外来得怕人。因为敌人要破袭各种机关,须从外面进去,一种一种地破到里面,所以里面的机关也一种胜似一种,要进去破袭机关的人,能逃得外面第一种机关,要再破那第二种机关就很不容易,何况能破进四种、五种、六种、七种呢?

磨盘寨特别水牢的机关,却是在外面的几种机关比在里面的几种机关越发神奇不测。因为这特别水牢是关着有本领人,水牢周围的关防设备随处皆是,不怕外面有人到里面去破袭机关,却怕里面坐牢的人本领大得了不得,要想翻牢逃走,须从里面出去,所以外面比里面的机关也一种胜似一种。要翻牢逃走的人能逃出里面第一种机关,再要逃出第二种机关,比较第一种更为难些,逃出里面一、二、三种机关,就很不容易,再想逃出四种、五种、六种、七种,任你有天大的本领,还不是飞蛾投火自招灾?要想逃出水牢,哪有这样容易的事?

于今要写水牢里的机关,须从里面一道一道向外面写去,一道奇似一道,使诸君见了,也引起不少的兴趣。诸君应该记得第十二回书中,在下曾说白日鼠周奎已知水牢里的三种机关,还有四道由游行太岁解保把守,周奎并没有知道的话。

周奎知道三道机关,就是从里面逃出去的三道机关。在第七进房屋外边门墙上，左右钉着两根铁钉，要押送这人到水牢里，须在左边门墙上把铁钉一按，屋内右边平地上便裂开一条缝来，脚下即冲起一个铜人，就像持着兵器要杀得来的样子。如果在屋左边一块红石的地砖上虚踹了一下，拨动机关，那铜人便退回了，这人就落下地道，容容易易被押入水牢以内。看牢的人要送干粮到里面去，就在门外右边墙壁上把铁钉一按，陡然屋内左边平地上裂开一条缝来，脚下即跃出一只铁虎，牙如锯而毛如针，像似要猛扑进来的样子。如果是在屋右边一块白石的地砖上虚踹了一下，拨动机关，那猛虎也就立刻退得不见了，这人就可以到水牢去送着干粮。

　　再想从这水牢走出去，必须略会使用运气飞腾功夫的人，用一个乌鸦展翅式，出了牢门，跟后就要换了个鹞子钻空，飞到水牢屋角上，按着红、白二色的地砖，一步高一步地向上走，即看见有一个石牛，那石牛角上有一个小小的圆孔，一口气吹着圆孔，触动了里面机关，就觉身体腾空，同凌云相似，哧的一声，已升到屋外地面上。那地面自然分裂，容容易易让这人钻了出来。只不消一刻时辰，地面又登时掩盖起来。

　　说到第六进的机关，要想从第六进走进第七进，空间虽蒙着层层的铁网，就在屋内走进来，并不是十分为难的事。因为第六进门外墙壁上嵌着一只乌龙，只用手在左边龙眼戳了两下，锁住了机关，就若行所无事般走到屋那边了。如果要从第七进走出第六进，有人在第六进前门外乌龙右眼上轻轻一戳，便从屋顶上飞下一群木鹤来。那木鹤比寻常的鹤要大得数倍，扇着翅膀，在屋内上下飞舞，口里接续不断地吐着翎箭，向那走出的人乱射。箭头上都浸过毒药，一着了箭毒，登时无论万难逃出性命，即侥幸冒险逃脱，不一会儿工夫，便觉周身麻痛不堪，一步也不能前进，倒毙在那地方了。要是在进门的时候，不待有人在屋那边乌龙右眼上轻轻一戳,却也有一个解法,你道是什么解法?

原来屋这边粉墙上画个乌龟,那乌龟旁边还写着八字是"在此小便,男盗女娼",若在那乌龟后两腿上,用两个手指按了按,锁住了机关,走到前门口,须要认定黑、白、青、红的地砖,在黑色的地砖上走着,没有干碍,若一脚踹着青、红、白三色的地砖,那屋内木鹤吐箭的机关又拨动了。

表过第六进,便要说到第五进了。原来第五进前门口两边门壁上挖成两个神龛,各供着一位长不盈尺的门神,站在神龛里动也不动。如果走进第五进,也不算十分为难的事,只需伸手在右边门神背后一个疙瘩上搔了一下,锁住了机关,一般也是行若无事的。

走出第五进门了,如果要从第六进走进第五进,有人在第五进左边门神背后一个疙瘩上搔了一下,即从四壁突然冲出许多赤身裸体的女子来,那些女子都像无锡会泉山泥人子,但高大得同十五六岁的妙龄女郎相似,在屋内穿来闪去,口里喷着毒水,向那走来的人乱喷乱射。这人一着了水上的毒汁,就觉周身有些辣刺刺的,只不上一刻工夫,浑身皮肉都溃烂得不成模样,一死便化成血、化成水,只剩了一个骷髅架子。要是进门的时候,不待有人在屋那边左厢门神背后一个疙瘩上搔了一下,自然也有一个解法,你道是什么解法?

原来屋这边门前挂着烧饼般一面指南针的罗盘,两门槛上各嵌着四个字,左边是"近避三煞",右边是"远接喜神"。若用指甲在"三煞"的"煞"字四点上各按了一下,便锁住了机关。走到前门口,也须要认定青、红、黑、白的四色地砖,在青色的地砖上走着,没有干碍,若一脚踏着红、白、黑三色的地砖,那屋内仙人戏水的机关又发动了。

这第七进、第六进、第五进的各式机关,在诸君看来,已是厉害极了。谁知第四进的机关比第五进厉害,第三进又胜似第四进,第二进又胜似第三进,就不若第一进。

原来那第四进前门外右边墙壁上嵌着两尾美人鱼,裸着上体,露出两个红红的乳头,若在外面要从第四进走进第五进,只用口在美人鱼右边乳头上,由乳孔里吮动了静机,屋里的机关便锁住了。走进去要认清青、红、白、黑的四色地砖,万一踹中青、红、白色的地砖,即时又拨动屋里的动机,登时屋内便觉得天旋地转般,转过来,覆过去,越转越快,旋转得你头重脚轻,跟着打盘旋,不由一跤要栽倒下来。

就在这一跤栽倒的时候,屋壁间便蹦出一个铁铸的孙行者来,手里拿着一根金箍棒,顷刻间便有许多的孙行者,好像是在先的那一个孙行者拔了几十根毛,就幻出这许多的孙行者,每一个孙行者手里皆执一根金箍棒,要把你这血肉之躯打了个扁。若照着黑色的地砖上走去,也就安然无事,走出这第四进的后门了。

如果要从第五进走出第四进,有人在第四进门外美人鱼左边的乳头上,由乳孔里吮着动机,不好了,听得屋内呼啦啦一阵风响,这阵风也不知是从哪里响得来。风声过处,便夹着淅淅沥沥的雨声,只在一眨眼时间,便有一条木龙在屋里盘挪腾舞,好像那密麻也似的雨珠遍屋皆是,都由那龙口里喷出来的气,遇着这一阵冷风,凝结为雨水。这雨水的毒洒在人身上,皮肉都化成血水,连骨头也没有了,你看厉害不厉害呢?

要在进门的时候,不待有人在屋那边美人鱼左乳头上吮着动机,纵然这一进的机关再厉害些,却也有一个法解。诸君要问是什么解法呢?

原来屋这边粉墙两边,嵌着两出武戏的人物,那边画的是罗通盘肠大战,这边画的是武松醉打蒋门神。那个罗通,右手提枪，左手盘着肚肠子，由巧匠雕刻得英气虎虎。那个武松，偏着头，理着架势，看蒋门神裤子忽然脱落，由巧匠雕刻得醉眼惺忪。若把罗通的肠子替他慢慢托入腹中，把蒋门神的裤子替他理上，锁住了机关，悄没声息走出第四进，两脚固然不能踹着实地，便在屋内飞行过去。身边不可带着铁石，带着铁器即觉得那铁器凭空飞上屋梁，那屋梁上的瓦砖都是磁石镶成的，磁石本有吸铁功用，再经过一番炼制，将铁器吸上屋梁，即时又拨击了神龙行雨的动机。那外面罗通的肚肠又猛然突出，蒋门神的裤子仍然松卸下来，反正还是一条死路。

　　说到那第三进的机关，前门边墙檐上，对面站着一对长不盈尺的石人子，一个是莺莺，一个是君瑞，莺莺用眼睃着君瑞的面庞，君瑞用两手吊着莺莺膀子；右边墙檐上对面也站着长不盈尺一对儿石人子，一个是贾宝玉，一个是林黛玉，宝玉用手抓着自己的心坎，黛玉用指甲弹着宝玉的眼泪。有人要从第三进走进第四进，飞到右边的墙檐上，先把贾宝玉的两手分开，拨转了静机，屋内的机关便锁住了。走进去要当心踹中青、白、黑三色的地砖，万一踹着地砖下的机关，即时从屋梁落下一个铁人来，双掌向前一伸，便在上面用独劈华山式，向下切来。你若见它这一掌独劈华山式打下来的时候，身体跟着凌空，再也休想活命。必须把身体拗至前边一些，也将双掌一合，举到右肩之上，做童子拜观音的家数，用力向前一推，它自会让开。但是这时候，平地上倏然又蹦出一个高大的和尚，那和尚手里捧着一个白也似的钵盂，向你的头顶上直罩而下。你若想退让，那和尚登时反手将盂口向下，也将身子一扁，猛地一脚踢来，再也不能闪避。必须在他罩盂钵下来的时候，你就先下手为强，急飞起一脚，向那和尚肚腹间踢去，然后再用两手托天的架势，架过了钵盂，它自会退落，乘此空隙，赶快用一个乌鸦展翅式，飞出后门。若稍缓片刻,怕你吃不消还要兜着走呢。若一步一步按着红石的方砖上向里走去,可就没有这样的危险了。

如果要从第四进走出第三进,有人在第三进前门外左边墙檐下面扯开君瑞这一只手,便扯着了动机,不好了,这屋内的风声比第四进的风声更加来得陡险了。风声一响,像似这座房屋要被这阵风震摇得倒下来的样子。只在一刹那间,风声便停止了,却见屋梁有无数大铁狮子,两爪不断地打下大铁弹来,那铁弹重约百余斤,借着机关的力量打在人身上,就是个血饼,任你会运用童子功,运好以怎样地步,逃过这狮子盘球的机关,走得前来,那门额上陡又扎下千金铡来,立刻将你切成两段,你看厉害不厉害呢?

若在进门的时候,没有人在屋那边左厢墙檐上扯开君瑞的手,这一进的机关,无论厉害到怎样地步,却也有一个解法。你问是什么解法呢?

原来屋这边粉墙两边也嵌着两出武戏的人物,左边是李逵捌虎,右边是薛仁贵枪挑安天保。那个李逵,现出盛怒难犯的样子,手里拿着一柄朴刀,一刀看要捌到虎屁眼里;那个薛仁贵,现出病态的英雄美,手里拨着一根长枪,已跃到安天保的阵门之下。若把李逵的朴刀向后一拉,再将薛仁贵的长枪向前一送,锁住了机关,也是两脚不踹实地,从屋里飞过去。身边也不可带着铁器,一带着铁器,如第四进一样地拨动了机关,那外面李逵的朴刀向前一送,薛仁贵长枪向后一缩,反正仍然是一个死路。

这第三进的机关已算厉害,谁知还有加倍厉害的呢。

欲知后事,且阅下文。

第二十四回

拨金针空穴来风
遇救星侠女脱险

话说那第二进机关在前门外左右两边,各蹲着一对石虎,巍巍不动。有人要从第一进走进第二进,先用金针给右边石虎掏耳朵,拨转了静机,屋内的机关便锁住了,走进去只向黑色上的地砖上走去。如若踹着青、红、白三色地砖,拨动了转机,即见平地忽然裂开,有一个魁伟胖大的铁人蹲在地下,猛地一个扫堂腿,准许要把你的足踝打断。你须用拳向他前心一抵,左脚前进一步,纵身一跃,即躲避过了。登时前面又突出两个铁人,各握起一对虎爪也似的铁拳头,像似对面扑击的样子,两下的铁拳一上一下,机关一拨,两面的拳头便向你前后上下打来。你要用一个摘星换斗的架势,用力上下架格,他们的一对拳头自会收回。但这时候要向前猛进一步,因为他们的右拳缩退,左拳便打出来,左拳缩退,右拳便打出来,要用前法再来一次,才可以安然无事。

走出第二进的后门,若照黑色地砖上走去,也就免得这样的麻烦。如果要从第三进走出第二进,有人在前门外用金针给左边的石虎掏耳朵,便拨着了动机,不好了,这屋内风声越发来得厉害,四壁间便发出一股非兰非麝的香气。你闻着这一种香气,就同现今的军人在战线上触着氯气炮气味,再被硝镪水洒在身体上的样子,登时地下尽有黑血一摊,连尸骨也没有了。如果你捏着鼻子，闻不到这种香气，看要走到门前，陡然门内便跳出两个力大无比的铁人来，各伸开一只膀臂，冷不防将你的双手向下一拉，立刻触着香气，你的死期又在眼前了。

看这第二进的机关，要比第三进可厉害。若在进门的时候，没有人在前门外用金针给右边的石虎掏耳朵，拨着动机，这第二进的机关，无论怎样的神奇厉害，说来也有个解法。诸君知是什么解法呢？

原来屋这边粉墙两边，也嵌着两出古戏的人物，上首是西门庆调戏武大嫂，下首是董太师大闹凤仪亭。那个西门庆，同武大嫂在王妈房里搬着二十四张排九接龙耍子。事先西门庆扑地飞起一张人牌，送到武大嫂的怀里来，武大嫂忙起身将身子向后一让，那张人牌便落到武大嫂的石榴裙下。西门庆借着拾牌的机会，双膝跪在武大嫂膝下，低头拾牌，却摸着武大嫂的一只左脚。其时武大嫂把右脚跷在左腿上，风动裙开，同西门庆打了个照面，两人同时都笑了一笑。那个貂蝉站在吕布身边，满面泪容，偏着头，用手指着吕布的心，用眼远远斜视着董太师。吕布看貂蝉指着自己的心，是她这颗心已牢系在自己的心坎上了，用眼睃着董太师，就分明看那董太师是个情敌，不由对董太师现出一种又气又怕的样子来。那董太师以为貂蝉指着吕布的心，双泪齐流，向自己睃上一眼，分明是对自己哭诉被吕布欺负了，却看吕布是个情敌，也现出怒不可遏的样子来。父子争风，美人儿使计，神气都雕嵌得活灵活现。若将上首武大嫂的一只脚扳开，在西门庆的嘴巴上打一巴掌，再在下首用手指先靠着董太师鼻子羞刮几下，再来依法羞答着刮吕布的鼻子，然后用手扳正貂蝉的头，锁住了机关，仍是两脚不踹实地，使用运气飞腾的功夫，冲出了第二进。但身边也不可带着一些铁器，倘若带着铁器，被屋梁的磁石一吸，铁器飞上屋梁，触动了空穴来风的机关，西门庆仍然摸着武大嫂的脚,貂蝉仍然偏过头去睬着董太师,反正都是一个死路。

说到那第一进的机关,神工鬼斧,比那后面的六道机关加倍的神奇厉害了。

原来第一进大门外,两边蹲着一对石狮子,有三尺多高。有人要从门外走进去,紧握着拳头,向右边石狮子的头上捣一下子,那石狮子好像叹出一口气来,静机拨转,屋内的机关便自由自性地锁起来了,走进去只向白石的地砖上走去。若一踹着青、红、黑三色的地砖,拨开转机,即见两个铁道士拦住去路,走到它的面前时,看它们一个转身,向旁一闪,一个用两指直取你的眼珠,你要即刻闪身让过,跟着它旋转,等待那一个从背后猛扑过来搂时候,你若用脚向后一踢,就免不了要吃亏,必须用右脚看在一块白石方砖上用脚蹬了一下,这两个道士便倏地不知去向。接着便见面前又闪出一个铁打的托塔天王李靖、一个铜浇的六臂哪吒太子,李靖托着神塔,哪吒紧紧握着一个乾坤圈。你到它们面前时,那李靖把神塔向下一击,迎面就向你左腰间撞过来,你要用手使劲格住,但是这边李靖的神塔虽被你格住,那边哪吒的乾坤圈又打下来了。急举右手向上猛然架住,就地向内便滚,因为李靖的口里同哪吒的眼中皆藏着弩箭,若不滚倒,必被弩箭所伤,就此可滚出后门外了。若不踹中青、红、黑三色的地砖,也就可不用这样麻烦了。

如果要从第二进走出第一进,有人在门外左边石狮子头上捣一下子,那石狮张开了口,现出发笑的声音,便拨着动机,不好了,这屋内便陡然起了一阵一阵车轮也似的旋风,立刻屋梁上乱飞下数百把风飕飕、光闪闪的尖刀。旋风打得旋转得多么的快,飞刀舞转得多么的快,刀光到处,闪闪烁烁,耀人眼目,刀风到处,使人遍体生寒,便是有内家功夫的人,寒风着体,三昧气火不能护住全身,这血肉之躯哪有抵抗刀剑的能力呢?何况车轮似的旋风泼转得比什么都快,飞刀跟着拨转得比什么都快,你肢解在这一道平地生风的机关之下,比诸现今的宰牛作坊把牛引入杀场,不用人力,却借着机器的刀锋,把活活的一条黄牛宰杀得皮是皮、肉是肉,还来得神奇不测,哪里还容你有施展手脚的份儿?你想这第一进的机关,厉害到怎样的程度呢?

若在进门的时候,没有人在前门左边石狮子头上捣一下子,拨着动机,这一进的机关神奇厉害无论到了怎样的程度,说来也还有一个解法。诸君知是什么解法呢?

原来屋这边粉墙两边,也是嵌着两出古戏,上首是宋江大闹乌龙院,下首是花和尚黑夜扮新娘。那个宋江,竖起一把解手刀,吊起两只闪而有光的眼睛,左脚站在床板上,右脚死劲在阎婆惜的左肩上踏定,愣住了一言不发。阎婆惜矮着半截身子跪下,右手挽住宋江的右腿,左手连衣袖罩在自己的头上,一时花颜上变成晦气鬼的模样,张开樱口,舌头短进去足有三寸,两个水盈盈的眼珠向上翻起,也愣愣地望着宋江。那个花和尚,光着头,一丝不挂,盘膝坐在新人床上,身边放着一根铁禅杖,两眼暴露有光,浑身的肉胖大得同牯牛相似,一部的络腮胡须,铜针一般的光锐,右手摸着禅杖,左手捧着肚子,两个胖大的乳膛恐怕比先养子而后嫁的新娘娘要大得十倍,简直同新发酵的大馒首一样,乳头上皆有茸茸的一搭短毛,神气活现,很有凛凛的英风。若将上首宋江把刀那只手向上一提,下首从和尚的禅杖移动了一二寸,便锁住了机关,仍是使用运气飞腾的功夫,两脚不踹实地,冲出了大门,但身边仍不能带着铁器。倘若带着一些铁器,被那屋梁上磁石一吸,铁器飞上屋梁,触动了机关,反正也是一个死路。

特别水牢安着这七道的机关,你想白日鼠周奎只知里面三道的机关怎样来龙怎样去脉,至于外面四道机关,却由游行太岁解保把守。解保常把周奎来带出水牢,只是要将周奎带出来的时候,预先锁住那四道机关的动机,吩咐周奎不用带着铁器,各使用运气飞腾的功夫飞出来,所以周奎终查问不出前四道机关的动机在什么地方,周锦同诸葛梅也就有些不敢冒险逃出。

也该事有凑巧,这夜,周锦、诸葛梅在水牢里好生纳闷,却见周奎满面笑容地飞进来,向周锦道:"我儿同诸葛四小姐有了脱险的希望了。"

两人听他的话,喜得心里直跳起来。

诸葛梅道:"怎样怎样?"

周锦道:"敢是父亲大人已探出外面四道的机关究竟是怎么样了?"

周奎道:"你们休问是怎么样,要脱险须听我吩咐。出了里面三道机关,你们就有脱险的希望了。"

两人听他话里大有缘故,哪里还敢再问下去,依着他的话,立刻飞出了里面的三道机关。但他们看每进的中庭间,上面都蒙着铁网,也不知蒙有多厚,丝毫不通空气,看不见天上的星斗。

出了第五进的前门,周奎便抬头指着铁网说道:"你们看那铁网中间,不是有一个漏洞吗?我也不知道漏洞是几时才破开的,就像有人在上面划开来的一样。我们趁解保在外面未曾回来的时候,也不用问那前四进是怎样的四道机关,快从漏洞中钻出去逃命要紧。"

周锦、诸葛梅还怕那漏洞上面再有什么机关,冒昧触着上面的机关,那还了得?但这时终觉有如此一个门路钻出去,其余的祸福也就不暇顾及。

三人都拿定主意,从漏洞中钻到上面,即听空中有人叫了声:"周锦,你将来要会你师父,可仍到伏龙庵去,但这时候还不是会你师父的时候,你可明白?太湖帮中的人立刻便要破袭磨盘寨了,你可赶快向北飞去,见一见小卧龙诸葛鹗要紧。"

周锦同他父亲周奎及诸葛梅三人,同时都听得有人在空中说话的声音,却又不见那人在什么地方,匆忙间便由周锦背着周奎,同诸葛梅直向北方飞去,只一刹那时间,已飞有八九里路。诸葛梅的眼功最好,在朦胧夜光之下,早远远瞧见前面一只鱼身鹚首船的船头上坐着一人,头戴纶巾,手摇羽扇,一望便认出是她的兄长诸葛鹗了,不由喜从天降,一直飞到那鱼身鹚首船上,才从空间飞落下来。

周锦觉得诸葛梅飞落在那只船上,同时也不禁随她栽落在船头上面,放下了周奎,看诸葛梅对那船头上一个道装模样的人唤了一声大哥,接着流泪哭道:"我险些没有脸面见我哥哥。"

诸葛鹗一见是诸葛梅,这一喜已是不小,又听诸葛梅说我险些没有脸面见我哥哥,益发信得他四妹妹没有被窦鸿藻怎样地侮辱了,你看他心里要快活得到怎样的程度呢?

当时诸葛梅又引周奎父子向诸葛鹗介绍了,把在洞庭帮经过的情形,半吞半吐地略对诸葛鹗说了一遍。其实诸葛鹗不待她显然说出,早知她一颗血热的心灵已印上周锦的小影了,表面上只装作不知,向周奎父子说了许多道谢仰慕的话,又将太湖帮人预定破袭磨盘寨的机宜约略向他们说了一遍,并说:"你三哥已经出发,你二姐姐现在后舱,我把她唤出来见一见。"

说完这话,便向舱内高声叫道:"二妹,可知四妹妹回来了?二妹妹快快会一会四妹妹。这里周翁父子又不是外人,二妹妹只管出来。"

唤了一会儿,只不见里面有人答应,却有诸葛兰侍女出舱回道:"二小姐多久已出发了,怎么老爷还不明白?"

诸葛鹗不由暗叫了一声苦,心想:这是哪里说起?二妹今天说是头痛,不能出发,我命她在后舱将息,如今二妹妹莫非到那地方去了?

偏头想到这里,喽啰报说:"董寨主驾到!"

诸葛鹗迎接董平上船,一齐进舱。诸葛鹗先引诸葛梅及周奎父子同董平相见,以后并将他们脱险的缘故对董平说了。

董平满心欢喜,却向诸葛鹗说道:"依先生的神算,在今夜破袭磨盘寨分明易如反掌,毕竟我有些放心不下,布完阵势以后,特地回来问一问先生。"

诸葛鹗道:"在今夜破袭磨盘寨,并不是兄弟吹的牛皮,寨主只坐等好消息便了。不过舍四妹虽然脱险回来,就怕舍二妹此去难保性命。"

董平听他的话,便问:"先生说些什么?"

诸葛鹗道:"舍二妹的性格我是知道的,没有令她前去破敌,所怕就是她不肯依照我的吩咐,要冒昧到水牢里,想救舍四妹。舍四妹固然不是她所能救出,万一她再失陷水牢机关,我心里就更觉难过,想不到竟会瞒着我暗到水牢去了。"

正说到这里,喽啰在舱外禀告说,二小姐同狄首领都回来了。大家相见之下,好生快乐。

狄万春道:"兄弟这两日间,多久就想到哥们这里传问消息,不过我师父向我吩咐,要在某月某时救出二小姐,兄弟便分不开身来。到了这个时候,想起师父的话,便走出飞虎左外,看见一条黑影飞到一座水村上,兄弟便也触动灵机,跟后腾空飞到那里。见二小姐同一个汉子在那里厮杀,那汉子卖一个门路,便向二小姐喝一声:'且住,我有话说。'"

欲知后事,且阅下文。

第二十五回

小豪杰童年显绝艺
老和尚巧语寓禅机

话说狄万春接着向下说道:"那时我暗暗伏在一旁,见那汉子卖了个门路,他向二小姐喝了声:'且住!我有话说。'

"我听那汉子说这样话,格外凝神细听。谁知那汉子说到这里,并不向下说了,抽身要向大门里跑去。我看到这里,便想到那汉子心怀叵测,他怕自己的本领敌不过二小姐,故意对二小姐这么说,想将二小姐引进大门,准备下二小姐的毒手。我师父曾对我说,须在某月某日某时救出二小姐。

"我在这时候,看天空间一团黑影飞落下来,看那飞行的姿势,有些像我师妹诸葛四小姐,心里就疑惑是二小姐前来。不错,我到了那地方,真个见她同这汉子厮杀起来。我在洞庭帮已有一月,虽知道特别水牢的七道机关厉害,并没有探问出这特别水牢在什么地方,这七道机关是怎样的七道机关。但我在空间飞行的时候,见那里的房屋是七进,又在湖水中央,也有些疑惑那地方是特别水牢了。

"二小姐的本领虽可以敌得过那东西,毕竟想到那东西要将二小姐诱进水牢,其祸患不忍一言。心里一焦急,早使一个海燕凌风式,飞起手中的剑,趁那汉子未曾走进大门的时候,一剑早挥去他一颗脑袋。

"二小姐在仓促间,没有见到是我,倒把她惊得愣住了。忽

然对我叫了一声哎呀说:'原来是狄哥,狄哥可能帮助我到水牢里去,救出我的四妹妹吗?'

"我说:'四小姐已被太湖帮人救出水牢了,二小姐回去见你四妹妹要紧。'

"我这是对二小姐撒的一个瞒天大谎,二小姐却以为我不说假话,便问:'四妹妹在哪里?'

"我说:'四小姐已到令兄那里了。'

"二小姐不由笑道:'原来四妹妹已到兄长那里了,真好侥幸也。'说着,便和我一齐使用陆地飞行的功夫,回到这里来。想不到四小姐已被周兄救回来了,这事真巧极了。"

众人听他的话,好生快乐。

诸葛兰接着笑道:"好险好险,几乎我再要出岔儿。我偷偷瞒过兄长,暗访到那地方去,听那汉子报出姓名,唤作什么游行太岁解保,是把守水牢的人,我心里总打算自己的本领可以吃得住那东西,不难从那东西口里逼出实话,好知道水牢里的机关什么来龙什么去脉,冒险救出我的四妹妹。谁知我四妹妹已被周兄救回来了。狄兄替我结果了那东西,对我讲着那一派谎话,倒反讲得应验了。他虽对我说谎话,实则怕我中了奸人的暗算,这是他的好意,总算我心里感激到十二分。"

周锦听到其间,便接着说道:"这次总算狄兄救了二小姐的性命了。"

诸葛兰道:"恐怕尚不至此。"

周锦道:"二小姐疑惑我也会说谎话吧?如果有人不知那水牢里的机关,走进走出,居然还想带着性命回去?我父亲也会一些功夫,就肯安心在水牢里做牢头吗?就因我父亲只知里面的三道机关,那外面四道机关更比里面来得怕人,就不敢带着我们逃走。

说着，便将里面三道机关逐层逐节对诸葛兰说了。

诸葛兰道："那外面的四道机关既然比里面还来得怕人，这回周兄可明白是怎样的四道机关呢？"

狄万春道："我们若还知道，就接着对你说出来了。"

诸葛兰扭头笑道："这又奇了，你们不明白外面的机关，如何得逃出水牢呢？"

周锦便将逃出水牢的缘故对诸葛兰说了一遍。

诸葛兰道："这事就更奇极了，总算得我们太湖帮人的造化，吉人天相，原非人力完全挽救得来。若你们救我姊妹的心肠血热，总算我们感激到十二分。"

周锦救了诸葛梅，狄万春救了诸葛兰。太湖帮人回到了葫芦寨，由海龙、董平、凤姐、九娘做媒，周锦订娶了诸葛梅，万春订娶了诸葛兰，这两对儿有情人看似要成美满眷属了。周锦想到自己师父仍在北海伏龙庵里，便同狄万春一同到伏龙庵去。狄万春以为他师父这时候绝不在田家村，澹性老和尚同师父原是师兄弟，寻见了澹性师伯，必知师父的踪迹所在了，遂同万春一路同到伏龙庵来，直入后堂，见里面的门已关锁起来。

庵里的和尚见是周锦带来一位朋友，便开放周锦、狄万春走进去。万春见庭中有一个道貌岸然的老和尚，反操着两手，看几个年纪在二十开外的少年、许多的小孩子在那里乱蹦乱跳。狄万春一见那老和尚正是澹性，即时奔到老和尚面前，纳头便拜，口里称着师伯。

老和尚只当没看见，睬也不睬。

周锦便将万春一把拉起，万春却是拉着澹性的，口里又连声问说道："师伯可知我师父现在哪里？"

老和尚也只是只当没听得，乃反操两手，看着一班少年同小孩子在那里乱蹦乱跳。万春便不敢多言，没精打采地站着。

周锦忙把万春扯过一边,说道:"我师父在教练一班徒弟的时候,向不迎接宾客,怕因迎接宾客分了教练徒弟的心神,这一点要求老哥原谅。"

狄万春笑了笑说:"我岂想不到是这个缘故?不过我想会我师父心急,冒昧近前一问,这是破坏老师父的规矩。周兄对我说这话,分明不把我当自家人看待了。"

两人又笑了笑。狄万春看那些人同一班小孩儿虽然是乱蹦乱跳,看去很像煞有点儿道理。及至那些人同一班小孩儿蹦跳完毕,老和尚才向周锦、万春含笑说话,但不提到洞庭帮水牢中事,当指着一个年纪不上十岁的小孩儿向狄万春笑道:"徒侄看他的功夫也有些好的吗?"

狄万春看这小孩儿年纪不上十岁,痨病的样子,看去也有一点儿本领,便向老和尚笑道:"有师伯这样的好师父,还愁教不出个好徒弟来?这师弟若有徒侄这样年龄,本领要比徒侄好得多了。"

老和尚听狄万春说着这话,尚兀自不明白这孩子的功夫到了怎样程度,便向万春正色道:"你敢小觑他吗?我的能耐不及你师父,但你的能耐实在又及不上这个孩子,你敢小觑他吗?"

狄万春听罢,虽然连声诺诺,但实在是不信自己在师门苦练多年,本领就及不上这个孩子,面子上很露出不以为然的神气。老和尚岂有照不出狄万春心事的道理,当下便向那孩子唤了声:"天蛟!"

那孩子登时诚惶诚恐地走到老和尚面前。

老和尚便指着狄万春向他说道:"这是你的狄师兄,你陪他使一路剑法,看是怎样?"

那孩子望着狄万春,不由露出害怕的样子。

老和尚笑道:"又不是认真厮杀,怕什么?你只管把看家的剑法使出来,杀到那时,你要分手就分手了。"

那孩子才从里面取出一支剑来,立了个架势,仍然有些害怕。

狄万春因被老和尚数语激动了他,也不禁立了个门户。老和尚吩咐狄万春先动手,狄万春谦虚了一会儿,只得用一个飞虎钻心势,一剑向小孩子心窝刺过来。只见小孩子仍然站着不动,像似没有看见这一手架势杀来的样子。

狄万春倏地掣回了剑,那小孩子便向狄万春笑道:"师兄这算什么?当仁不让,师兄怎不把你看家的本领使出来?"

狄万春暗想:我这一剑,就委实不容易对付,他怎说我没有把看家的本领使出来?像他这样的小孩子,居然敢说这么大的话,能耐可也不小。便也放胆用一个雷针劈木的杀手剑法,两足一蹬,全身凌空,一剑向小孩儿顶梁上刺下。只听各咔嚓一声响,看是分明刺着。

狄万春暗想:不好,我如今刺杀了这个小师弟,叫师伯的颜面怎过得去?刚想到这里,却看小孩儿的尸级倒在地下,一眨眼间便不见了。狄万春又是惭愧,又是惊奇。忽然听得背后唏唏的笑声,回头看小孩儿仍然站着不动,哪里被他刺死呢,不住地指着鼻子晃着头。

狄万春不由又挥剑向前逼杀过来。狄万春一步一步地向前进,小孩子一步一步地向后退。那小孩儿渐渐退到离后面的照壁不远了,猛然看见地下的日影,知道照壁就在背后,等待狄万春一剑刺来的时候,自己便撂下宝剑,双手合掌当胸,将狄万春剑尖抱住。

狄万春觉得那剑尖被他紧紧合掌抱住,伸不得,缩不得,挑又挑不动,拨又拨不开。猛觉自己使剑的手好像走了筋的样子,胳膊间都有些痛起来,只是痛一下便不痛了。

那小孩儿却又笑了笑,但这时笑的神态不是前时轻狂,显露出孩童天真烂漫的态度,这时的笑容却含有一种和气迎人的样子。小孩儿当向狄万春道:"我说师兄没有将看家本领使出来,并不是师兄的剑法不中用,就因师兄的剑功尚未好到怎样地步。"

狄万春听他这话,早已明白了,原是小孩儿的内功了得,自己的剑法虽能胜人,内功不及一个孩子。像他这么好的内功,真个再把看家的剑法使出来,休说一剑对我刺个正着,我的脑袋若碰到他的剑风,还能安放在壳子上吗?这是他有意让我是个师兄,出手总留着几分情义,我反要在他面前显出能耐,不但我的剑功不及一个孩子,便是我的气量也不及一个孩子。想着,便不禁欢天喜地地松开了手,也向小孩儿合掌当胸,叫了一声:"惭愧!"

小孩儿向狄万春慰问道:"不曾伤坏了哪里吗?"

狄万春回说:"没有。"

小孩儿道:"伤是没有受伤,这次我忝占了师兄一些便宜,总算师兄剑下留些情分。"

狄万春听他这样表面像和气、骨子太厉害的话,小孩子有这样的口响吗?面上格外有些白一阵红一阵的。

小孩儿喜做手势,先将那支剑交还狄万春,又将万春逼得来的剑法,自己应当用什么架势让过,什么架势攻袭,对狄万春说着。狄万春看他两个合剑的掌心,不但没有损坏一块油皮,连红也不红一点儿,从容在地上拾起那支剑来,走近老和尚面前说:"这位狄师兄是打哪里来的?"

老和尚却不答他。

又有一个小孩儿向老和尚问道:"狄师兄的年纪比范师弟大一倍,怎么他的本领比范师弟还不如?"

179

老和尚道:"你们佛性师叔的年纪不比我小得二十多岁吗?怎的我的本领不如她呢?"

接着老和尚才将周锦、万春连同一众小徒弟带到禅堂。

老和尚向周锦笑道:"何如呢?我说你此去要救出诸葛小姐,我不遣旁人,独令你去救诸葛小姐,这其中的缘故,你已明白了吗?但你所以能救出诸葛小姐出了水牢,有人唤你的名字,叫你到伏龙庵来会我,你心里打算是什么人呢?"

周锦像似被老和尚一句提醒了,先将在水牢经过的情形向老和尚禀说了一遍道:"徒弟出那水牢里面三道的机关,见上面尺许厚的铁网忽然有了个漏洞,从漏洞间逃出去,就听得空中有人唤徒弟到伏龙庵去会师父,不是佛公师叔唤徒弟吗?"

老和尚笑道:"不错。"

复又向狄万春道:"你们太湖帮人破了磨盘寨,忽听空中有人唤着沈海龙,说太湖帮葫芦寨已被南海派人占夺去了,你想是谁人唤着沈海龙呢?"

狄万春绝不思索地回道:"那总是白眉和尚用着调虎离山的计,撇着师父说话的口腔,哄骗我们太湖帮人上当,好让他们南海派人容容易易给窦鸿藻恢复磨盘寨的。"

老和尚听罢,从鼻孔里哼了一声道:"哪里是白眉和尚用着调虎离山的奸计?这正是老僧提醒他们,赶快让去磨盘寨,省得白眉和尚倾众前来,便是太湖帮人本领虽大、计略虽精,却如何敌得过南海派人呢?那一场大流血,太湖帮人有一个能侥幸逃脱白眉和尚的掌心吗?还好,他们已回到太湖来,让白眉和尚给窦鸿藻恢复磨盘寨,总算他已有了面子。他不追袭你们太湖帮人,并非是畏怯你们太湖帮人,不愿同太湖帮人结下海样深仇,毕竟有些干碍我同你的师父,不敢贸然下手。

"老僧同你师父本意,不肯明目张胆同白眉和尚为难,但是这件事,终究是要出头露脸的了。此后老僧同你师父尽可明张旗鼓帮助你们太湖帮人。你也不用去寻你师父。你师父就因要对付南海派人,忙得了不得,她不去会你,你寻她也无用。

"老僧遣范天蛟随你们到太湖帮去,自有老僧的计较。"

说到这里,便向天蛟吩咐道:"我这里有三个锦囊,由你交给沈海龙那首领,非到极危难的时候,不许拆这锦囊。你就同你两位师兄到太湖帮去吧!"

天蛟道:"徒弟愿侍奉师父终身,不愿出禅堂一步。"

老和尚道:"这真是孩子说的话,你尽管到太湖帮去,将来我们师徒相聚的日子正长,不用多说,去吧!"

天蛟见老和尚说话的神气来得严厉,只好拜别老和尚,同周锦、万春到得葫芦寨来。

谁知葫芦寨中一众英雄却在这一日大半被白眉和尚暗算了。

欲知后事,且阅下文。

第二十六回

佛心回天锦囊储妙药
奇峰陡险杯酒困英雄

话说狄万春、周锦带着范天蛟回到葫芦寨中,便由范天虬、诸葛鹤、花爱蓉、蒋蕊香四位男女英雄到厅相见。大家向天蛟通过姓名,天虬便向天蛟问道:"老弟是哪里的人?父母可否在堂?是几时到老和尚庵中去的?"

天蛟回道:"我在周岁的时候,被老和尚带到庵中去,我不知是哪里的人。据老和尚说,我是涟水人,姓范,就因我出娘胎,先父便弃养了。我才六月时候,母亲也仙逝了。老和尚说我父亲讳伯同,是涟水那地方有名的侠盗,母亲的娘家姓张。老和尚对我这样说,大略不是打着诳语。请问尊兄贵乡何处?我看尊兄的神态之间,像似在哪里看见过的。"

范天虬听他的话,眼中不禁流下几点泪来,说:"看是自然看见过的,老弟想一想,老和尚对你说,家中还有什么人呢?"

天蛟道:"老和尚说,我有一个兄长,比我大十六岁。我曾问老和尚,我兄长唤作什么名字,现在什么地方,干什么事业?老和尚只对我说:'你在老僧这里下苦功练习武艺,将来你们好兄弟自有相会的时候。'哎呀呀,尊兄为何流泪哭起来了?我这时想起尊兄姓范,名字又唤作天虬,年纪看比我大得十五六岁,莫非我师父说我们好兄弟相会的时候,就在这时候吗?"

天虬道:"你现今是几岁,是几月的生辰?"

天蛟道:"我现今才十岁,老和尚说我是正月十八日午时生。"

天虹听罢,不由将天蛟一把抱住,哭道:"我弟那夜忽然在房里不见,屈指于今已是八年了。想不到是被老和尚带到伏龙庵去,将我弟教养成才,也有我们兄弟聚会的时候。范天虬,你好侥幸也。"

天蛟听他的话,也不禁扯着衣角,拭了拭眼泪,向天虹亲亲热热地唤了声兄长说:"我早知兄长在这地方,多久就到这里来了,还要老和尚遣我才来吗?"

天虹听天蛟语言伶俐,不类寻常小孩儿的口吻,不禁加倍怜爱起来。众英雄也在一旁替他们好兄弟贺喜。

当时周锦又到周奎房中,相见已毕,仍然回到聚义厅上,却见天虹、狄万春、诸葛鹤、爱蓉、蕊香五人,面上都现出很烦懊的神气。

周锦便问:"是什么事惹得你们这样的烦恼?"

天虹道:"昨夜沈、董二位首领,及一众兄弟姊妹们,多吃了几杯酒,直到这会子还没有起来。他们喝醉酒是一件很平常的事,用不着怎样烦恼,方才听喽啰们前来报说,沈首领及一众首领还是酣睡不醒,只有诸葛四小姐没有喝酒,却推说身子不爽快,不能到厅上来。我们都是不大喜欢吃酒的人,看他们烂醉到这样地步,这是在太湖帮做个强盗,如果干了大事,贪恋这杯中物,那还了得?我不喜欢吃酒的人,又不好意思对他们喝醉酒的人劝谏他们从此戒酒,并且我们看有多少戒酒的人,向来嗜酒如命,经过戒酒以后,一旦破了戒,更比未喝时喝得凶,格外醉得厉害。我们不但不愿向他们劝谏,也不用对他们劝谏,只怪当初那个仪狄多事,会造下美酒来,不知误了多少的英雄人物。我们谈说起来,不由得心里不烦恼……"

183

话犹未毕,早听喽啰到厅前禀报说:"沈寨主已醒来了,因一时神志困倦,不能起身到厅上来,就请各位首领,带着这位范小爷,到后帐会话。"

众英雄听到这里,都一齐奔入后帐,唯有蕊香不肯到后帐去。

爱蓉道:"姐姐怎敢违拗沈寨主的命令?"

蕊香道:"这是他沈寨主私人的命令,不是帮中会议公事。妹妹怎说我违拗寨主的命令呢?"

一面说,一面便向众人说一声:"再见!"回到她自己房里去了。

这里天虬、天蛟、万春、周锦、诸葛鹤、爱蓉六人抢入后帐,却见海龙脸上青一阵白一阵的,用两个喽啰架住,病恹恹地笑迎上来,也有些像似醉后精神疲困的样子。

大家叙坐已毕,万春、周锦将在伏龙庵的情形向海龙禀述一番,接连天蛟也献上三个锦囊说:"老和尚曾吩咐对寨主说,非到极危难的时候,不许拆开一看。"

喽啰扶着海龙,向北拜了四拜,收过锦囊,也觉老和尚那时在空中点醒他们,回到太湖帮去这一种缘故,不是老和尚对万春揭说出来,大家还疑是中了白眉和尚的奸计呢。

大家就此畅谈一番。海龙便说道:"我往常吃醉酒,心里却是明白,越醉却越有精神。想不到昨夜多喝了几杯酒,精神也疲倦了,心上也有些模模糊糊起来,就同害了一场大病的样子。直到这时醒转过来,已是日斜西了,四肢无力,还有些痛刺刺的,我怎么醉到这般地步,连天蛟兄弟前来,也不能赶一步到厅上迎接。这是兄弟们知我的,恕我是吃醉了酒,不知我的,还说我沈海龙搭着臭架子。其实我身体感受一种的苦痛,便用两个孩子扶着我,还是勉强支持。我平时那种神气十足的样子,到哪里去了？恨起来把那些酒杯子要立刻都打个粉碎。"

一面说，一面又皱着眉头说道："哎呀！我哪里像似喝醉了酒？我浑身怎么就该受这样的痛苦，简直像似一根根毛孔里都捆了一根根针，一根根针又像在一根根毛孔里乱钻乱动。休说是喝醉了酒，便是害病，也没有这样苦痛得厉害。"

正说到这时候，便有诸葛梅房中的丫鬟走到后帐外面，托海龙的卫士到里面去请诸葛鹤，把来意说了。那个卫士便凑近诸葛鹤身边，低声说了几句。海龙停止自己的话柄，看诸葛鹤现出很惊慌的神气，便问是什么事。

诸葛鹤急道："寨主病了，我们的心飞了，想不到我大哥同我姐姐、四妹妹的性命危在呼吸，哪里有个神医华佗就在这时候前来解救？迟则怕来不及了。"

海龙听罢，脸上不由吓得现出一种金箔的颜色。天虬、天蛟、爱蓉也很焦急非常。万春、周锦二人格外是吓得六神无主。

大家未及答言，又有人来报说："董寨主、马义马首领、狄家大小姐同关家大小姐、吴家翠屏小姐、苏家丽云小姐、潘家二小姐，以及张家大小姐、二小姐，顾首领顾同，崔首领崔得胜，性命都危在旦夕，还不快请大夫医治，更待何时？"

大众听得这话，各愣住了，一言不发。不知怎的，海龙这时候心里忽然明白了，便令周锦到诸葛梅房中探病，万春到诸葛兰房中探病，爱蓉出去带同蕊香到月娥、凤姐房里探病，诸葛鹤到诸葛鹗、顾同、崔得胜、马义房里探病；又传出几个丫鬟，分头到翠屏、丽云、剑娘、翠姐、飞娘房里探病；自己勉强撑持，令两个喽啰扶着，同天虬、天蛟先到董平房里，看董平的病情，也同自己仿佛无二，神志还不及自己清明，病苦比自己更加厉害，觉得自己实在支持不住了，只得暂回后帐。

便有诸葛鹤、万春、周锦、蕊香、爱蓉及一众丫鬟到厅上报告各人的病症,都同海龙是一样的派数,却不及海龙的神志清明,四肢软得同吃了瘫痪药一般,浑身也同一根根毛孔里捆下千百根针,一根根针都像在一根根毛孔里乱钻乱动。海龙却不用去请什么大夫,躺在床上,令卫兵焚起沉坛速降,把手向北面拱了拱,先用箭刀剖开了那第一个锦囊,看个明白。见那锦囊里面并没有尺纸点墨,只有一个小小的布包,里面也不知包些什么。才放开布包,便闻得一阵阵清香沁人心脾,却和炉鼎中焚出来的香气不同。原来布包里面包了些红红的药粉。

海龙暗想:这必是老和尚赐给我们回春的妙药。急令喽啰取一杯开水上来,把药粉分作十五撮,先取一撮,用开水送入喉咙,觉得那香比蔷薇露还香,那甜比妇人的奶水还甜。药粉送到胸膈间,登时神气一爽,正说不出来的那种受用,好像四肢也有些气力了。

海龙这一喜,真是不小,忙将药粉分送给各人的房里。

少刻,有人前来纷纷禀告:"病人吃过药粉,神志略清醒些,但神志一清醒,身上的痛苦倒反觉得更厉害了。"

海龙道:"不打紧,我的身体还不是一样的疼痛吗?但神气一经爽快过来,便不觉怎样的苦痛。我想关首领先人云长公,被敌人射中了毒箭,云长公一面同马良围棋取乐,一面请华佗刮骨疗毒,华佗用金刀在云长公臂骨上刮着,只刮得砭砭作响,一时血肉和骨屑纷飞,云长公仍然同马良围棋自若,就像没有这回事的样子。其实云长公也是个血肉之躯,何尝不觉得苦痛?但精神一爽快,身上的痛苦也就不能说是怎样的难过了。"

海龙说完这话,很是舒畅。接着小卧龙诸葛鹗扶着诸葛鹤的肩背,来至后帐,便问海龙这香药从哪里得来的。海龙说明来历,诸葛鹗道:"方才听舍弟说澹公老和尚特令范弟天蛟赍送三个锦囊前来,这三个闷葫芦已打破一个。老和尚既在磨盘寨点醒我们，又赐给药救了我们的性命，但我终觉这番得的蹊跷病，并不是喝醉了酒才得这样怪病的，大家须留心些，防备被白眉和尚暗算了。"

海龙点点头，毕竟想不到白眉和尚暗算的道理出来。

当日无话，直到来日上午时分，狄保便来看视月娥，关勇便来看视凤姐，周锦去看视诸葛梅，万春去看视诸葛兰，蕊香、爱蓉去看视翠屏、丽云、剑娘、翠姐、飞娘，诸葛鹤去看视董平、诸葛鹗、顾同、崔得胜、马义，天虬、天蛟看视海龙，总算一众病人神志尚清，但四肢百骸之间，仍像似一根根毛孔都捆了一根针，又像一根根针在肌肉间乱钻乱动。

一到了午后未牌时候，海龙觉得身上的苦痛比昨天益发来得厉害，昨天还拿关夫子刮骨疗毒的事聊以自解，今天实在痛得熬不住了，便在帐中翻过来覆过去，惊得天虬、天蛟都替海龙捏一把汗。

这时候，却又有人纷纷到后帐禀告。原来太湖帮中这样同病的十五位男女英雄，内中却算海龙病得最轻，其余大半已痛得昏昏沉沉的，比昨天没有服过老和尚香药以前的时间，格外昏糊得厉害。昨天一众病人还知道痛苦，今天下午时候，好像连人事都不知了。

海龙的身体最坚实，虽未病到众人那样光景，但听得前来禀告的人又是雷一阵雨一阵的，好像一众同病的男女英雄已去死期不远了。海龙这时的方寸已乱，还疑惑澹公老和尚昨天的那个锦囊一半也有些靠不住，虽然如今势在危急，还怕第二个锦囊仍像昨天一般地靠不住。不过大家已病到这样地步，没有法子，只得将那两个锦囊拆开，一看是一幅画图，画图上画着一座高台，有一个脑满身肥的大和尚，站在法台上踏罡步斗，台下有许多喽啰兵把守，台上还绑着男六人、女九人，上面都写着各人的名次，各人肢体手足之间，都捆着满满的绣花针，长短不一，横竖成行。

　　海龙看过画图，才恍悟到白眉和尚用魔魔来伤害他们性命的，虽然他那时的神志有些魂不守舍的样子，但胸中了了，明知老和尚遣天蛟前来，是暗令他到磨盘寨去，破除这样邪术的，便对天蛟说是如此如此。

　　天蛟道："这件事人多了是去不得，我一个人又干不来，寨主遣谁去帮助我呢？"

　　海龙道："你的兄长寸步不能离我，我想你一个人是不好去，我遣蕊香姐帮助你好吗？"

　　天蛟点头。

　　海龙传令："将水路关防总带水天夜叉铁九娘调回水寨，蒋蕊香帮助天蛟到磨盘寨去。"

　　两人便领着海龙的命令，到了黄昏时候，在闪闪烁烁的星夜之下，各穿了一套鱼白色的飞行衣靠，一路飞向磨盘寨来。看寨中的气派，焕然一新，有一座高高的法台，同插云际，远望如一座宝塔相似，这法台却搭在磨盘寨北向。飞到法台所在，即见台上果有一个大和尚，在那里步罡踏斗，台上绑着东一个西一个的草人，约有十来个，每个草人背上，皆插着一道亡命旗。

　　天蛟、蕊香都是练过千里眼功夫的人，仿佛见那亡命旗上还有字迹。他们明知这个贼秃便是南海派的白眉和尚，若同他硬来，怕是不中用，不若趁他下台以后，他们自有他们的计较。不过他们在空中盘旋着，怕被白眉和尚瞧见了，蒋蕊香便在空中向法台北向一指。

　　原来那里有一株很高大的柏树，枝叶深郁，凌秋不凋。天蛟早知蕊香要同他躲在大树枝叶上，好看见法台上的情形。两人遂同时悄悄掩在树叶中间，这回却比在空间看得明白、听得清切了。

那法台上除去一个和尚在那里步罡踏斗,还有两个道童,矮着半截身躯,口里也念念有词,轮流对着那十来个草人叩头礼拜。

忽然见有一个道童拜罢起来,偶然向大树间望了望,便扯起那一个道童,好像谈说什么。因相距地方太远,说话的声音又不大,一句也听不明白。他们在这时候,虽然仍是掩在枝叶间纹风不动,看见道童这样举动,却禁不住有些害怕起来。

欲知后事,且阅下文。

第二十七回

辣手劫娇娃潘花堕涧
法台破魔术秋电凌空

话说蒋蕊香、范天蛟暗暗掩伏在大柏树中间,见这一个道童偶然向柏树上望了望,即扯着那一个道童,好像谈说什么。因相距的地方太远,说话的声音又不大,一句也听不明白。他们在这时候,仍然掩在那里,纹风不动,但心中毕竟有些害怕。正待再看那两个道童又有什么举动,忽见那白眉和尚把法木在法台上震了一响,那两个道童登时鸦雀无声,仍然向那许多的草人轮流拜个不住。

约莫拜有半刻时辰,白眉和尚抬头向天上的星光看了看,即令两个道童整理法器,便匆匆走下法台去了。

那两个道童好像在先不敢向白眉和尚禀说什么,如今见白眉和尚下了法台,两人又窃窃私议了一阵,便有一个道童向那柏树的所在佯咳一声。

就在这一声咳出来的时候,蕊香已若飞电流星般飞上了法台,揪住了这一个道童。天蛟也使用运气飞腾的功夫,眨眼间又跟着蕊香上了法台,捞住那一个道童。

看那两个道童一齐向蕊香、天蛟二人说道:"你们便砍死我,也救不脱太湖帮人的性命,不若把我即放下来,我们有话对你说。"

蕊香听那两个道童说话的口音带着几分北方话,并不像南方的腔调，便向天蛟做着手势，意思是他不用使起性子，立刻结果了那一个，好凭他的话口，说出破解魇魔的法术来。

天蛟会意，即听那一个道童说道："请问你们是不是太湖帮人到来？"

天蛟道："不错，我们是太湖帮人。"

一个道童又接着说道："你们既是太湖帮人，我就有话要问你们。现在我们山东大侠沈海龙，究竟病到怎样光景？想我们姊妹两人是山东宿迁名家的闺秀，我姓邦，父亲逊斋公，官至御史，因怒恼奸相和珅，挂官回籍，和珅却暗调部下的兵校，扮作强盗，想在中途暗杀我全家的性命。亏得山东大侠穿星胆沈海龙路见不平，拔刀相助，赶杀一班官强盗，救脱我全家的性命。

"我父亲逝世以后，我们姊妹俩被白眉和尚施用邪术，拐到南海去，奸骗了身体，令我们扮作道童模样，当着奴隶一般使用。可怜我们姊妹滑了脚，丢尽我祖宗十七八代的颜面，至今细想起来，我们都衔恨白眉和尚入骨。不过我们畏怯白眉和尚的本领太大，没有报复大仇的机会，只得含羞忍辱，随从他也学得一些邪术。不过我们这一点儿法术，终不能逃脱和尚的手里，哪里再有山东大侠沈海龙给我们拔刀相助，报复这么大的仇呢？

"自从我们姊妹随从白眉和尚到这磨盘寨来，和尚即令我们看守那水牢里七道机关。于今和尚却又派人看守机关，二日前转令我们监护法台。

"我们看法台上共绑着十五个草人，内中却有一个草人，背上插着一道亡命旗，上面写着'穿星胆沈海龙'字样。我们见到这种光景，表面虽对和尚装作行所无事的样子，其实见和尚步罡踏斗，眼看沈爷的性命不久人世，真比拿刀割我们的心肝还痛。所以和尚轮流分令我们拜着草人，独有穿星胆沈爷的草人，我们却未曾依着和尚的吩咐拜个不住。

"大略太湖帮的十五位男女英雄,除了沈爷,他们的性命看似都要断送在旦夕间了。还好,难得你们太湖帮还有人在今夜前来。方才我看那柏树中是风摇叶动、树转影移,我就疑惑有人暗暗伏在那地方了,才扯着我的妹子,谈说着这样的话,果然真个有你们二位前来。只要你们太湖帮人有这胆量,把我们救出这一道陷人坑,当然可以帮助你们救免帮中十五位男女英雄的性命。"

天蛟听完这话,暗暗点头。

即听蕊香说道:"我们须要仔细,不要吃这两个骗了。"

又听这一个道童说道:"你们若不相信,可先放下我的姐姐,我姐姐绝不逃走,逃走你们就得先砍去我的头。我姐姐带你们去看看那十五个草人是怎样光景,你们就相信我姐姐说的话不错了。"

蕊香听她这话,即吩咐天蛟放下那一个道童,随她轮流看着十五个草人。果见每个草人背后,背插着一道亡命旗,亡命旗上的字迹在他们练过夜明眼功夫的人,当可辨认出来,果是分写着太湖帮同病的男女英雄名号,每个草人身上都射满许多的梅花针,也有好些梅花针射在草里面。那些草人虽然各绑在一处,都是欹的欹、倒的倒,唯有亡命旗上写着"沈海龙"字样的那个草人,仍然是不偏不斜地绑在那里。

天蛟见了,益发相信她们的话不错,便问姐姐唤作什么名字。

那道童回说:"我的乳名唤作翠竹,我妹子的乳名唤作翠云。"

天蛟又问:"这样魔魔术,可有什么解法吗?"

翠竹道:"在今夜自然有个解法,若在昨夜,休说你们来两个人,就是来十个、一百个也不济事。若再迟一夜,你们便来也无用了。"

天蛟道："姐姐这话怎讲？"

翠竹道："你们在昨夜前来，白眉和尚没有离开这法台一时半刻，你们便来十个、一百个，也只敌不过一个白眉和尚。明日夜间，这十五位英雄都被和尚用魇魔害死了。死后你们前来，又有什么用处？"

天蛟道："此刻白眉和尚怎么匆匆便下法台了呢？"

翠竹道："今天窦鸿藻不知从哪里弄来一个堂子里极标致的姑娘，这姑娘据说同白眉和尚向来有些首尾，此刻白眉和尚想同这姑娘参着欢喜禅了。便是台下的喽啰，不过敷衍排场，这一步也不消顾虑。"

天蛟道："在姐姐看是用什么解法呢？"

翠竹便不答他，即从每个草人背后拔下一道一道的亡命旗，抛弃台上，说："魇魔术已经解破了。"

天蛟扭头道："难道这亡命旗不怕再被那个白眉和尚插在草人背后吗？"

翠竹道："如果怕和尚再来这一手，我也不这么办。要明白这种魇魔法术，功用大得不可思议，只是可以一用，而不可以再用。休论是一道亡命旗，无论什么桃仁木偶的魇魔术，要暗害那人的性命，也只可以一用，不可以再来，江湖上的魇魔法术都是如此。奴敢扯一句谎吗？在先我姊妹们本想除去这样魇魔术，夜间不敢下手，日间和尚虽不在法台上，但我们知道和尚的神通甚大，我除去一道亡命旗，那东西便会知道，立刻便来伤害我们姊妹两人的性命了，所以有些害怕，不敢动手。"

天蛟道："今夜怎不怕和尚知觉呢？"

翠竹道："和尚的神通虽然奥妙如神，可是现在已到茜纱窗下、红锦帐中，真个销魂了。不论有多大神通的人，在真个销魂的这一夜,一点灵台已经遮蔽,还有什么神通、有什么知觉呢?太湖帮中男女十五位英雄的名号,都写在一道一道亡命旗上,拔去了一道一道亡命旗,草人还是个草人,他用这魇魔术能伤害谁呢?"

说着这话,见蕊香已扶起了翠云道:"我们去吧!"

天蛟即从旁问道:"你们谙习飞行功吗?"

翠云道:"我们若谙习飞行功,就早已拼着性命,把这消息到太湖帮去报知穿星胆沈爷了。"

天蛟便向蕊香说道:"兄弟年纪轻而身材不大,就烦姐姐把她们绑在身后,先行飞到葫芦寨去,若有人追赶前来,有兄弟在后面抵挡一阵。料想我师父的意思,派遣我到洞庭帮干这件事,不论白眉和尚有多大的本领,兄弟绝不至有什么意外的危险。"

蕊香听他这话很有点儿道理,翠云、翠竹各解下腰间的束带给蕊香,将她们姊妹绑在背后,先行飞上云汉,便向太湖方向飞去。

天蛟看蕊香背上虽负着两人,却飞得像流星一般的快,转瞬间看她已飞到天际,渐渐看不见了。天蛟方才遮开臂膀,施展着飞行功夫,慢慢向前飞去。似乎在离开那法台的时候,听得台下的警铃作响,天蛟听见,也只当没听见一般。刚飞到前面一座丛林上,约距离葫芦寨有二百多里的路,忽听得后面的风声骤起,范天蛟恐怕是有人追赶前来,便落在那树林下面,抬头一看,恰见前面飞赶得来的好像是一个和尚,大袖宽袍,在空中飞掠着。才一转眼工夫,和尚已落到面前了。

星光下,看那和尚生得白眉毛绿眼睛,满脸的横肉,却养得肥头大耳,抽出手中的剑,指着天蛟骂了声:"孽畜!你破了我的法术,劫了我的人,恶冤家窄路相见,看你有何话说?"

天蛟故意做出害怕的样子说道:"了不得,了不得!白眉和尚一身的本领无处用,要在我小孩子面前摆威风了。"

一面说,一面便拔出腰间的剑,向白眉和尚横扫过来。白眉和尚也架剑相迎。

两人斗了五七个照面,和尚看天蛟的剑功虽不是自己的对手,但他的身体灵便非常,稳重时比泰山还稳重,轻快时比飞鸟还轻快,便将身向上一跃,兀地跳出圈子喝道:"兀那孩子,住手!我有话说。我且问你,你可是澹性和尚的徒弟?你这剑功,就瞒不过我的法眼。快讲出来,免得贫僧同你这小孩子一般见识。"

天蛟听他这话,料知自己的本领长此决斗下去,必不是他的对手。他既问我,不若抬出师父的大名吓他一吓。

想到这里,便也大声向白眉和尚回道:"不错,我是澹公老和尚的徒弟。你有本领,今日算你欺负了我,你听清了,拢共我家老师父决定要同你结个总账。"

白眉和尚笑道:"你既是澹性的徒弟,贫僧用不着同你这孩子计较什么,有话同你师父去讲。他欺负贫僧的次数不是一次了,只要他能不抵赖,记清了数目,自然贫僧同他要拢共结个总账。"说着,便不禁双脚齐跳,全身凌空,仍飞回磨盘寨去了。

天蛟也不用向前追赶,心想:我的计较果不错,一抬出我师父的大名,他登时便说这几句敷衍下场的话,分明着他已回到磨盘寨去,哪里有这胆量去见我师父呢?

天蛟这么一想,好不快乐,仍然使用着运气飞腾的功夫,向太湖的方向飞去。他的双肩上没有担负,飞行的速率若同蒋蕊香比较起来,一个半斤,一个八两。但是经过同白眉和尚这一番比斗,已耽搁了不少的时间。

及至回到葫芦寨中,看海龙、董平等一众男女英雄,并同蕊香、翠云、翠竹,一齐迎得前来。

海龙挽着天蛟的手,走到聚义厅上,说:"辛苦了老弟,我们同病十五人,都在三更以前,翠竹在法台上拔取一道一道亡命旗的时候,我们都觉得神志清爽,一些痛苦也没有了。方才听蕊香姐那一番话,你们在法台上的经过情形,同尊师两道锦囊中的计算,真个不爽锱铢。我们直到这时候,才想到澹公老和尚的神能啊!"说完这话,大家便在厅上挨次坐定。

天蛟将在半途中间遇着白眉和尚追来的情形,也向海龙说了一遍。翠竹从旁说道:"这就奇了,难道白眉和尚竟会在今夜发觉这一件事吗?"

天蛟道:"不是白眉和尚的神通能在今夜发觉这一件事,是台下的喽啰见我从法台上直飞过来,当时就听得一阵叮当当警铃作响。大略白眉和尚听得这一阵铃声响动,到法台上看个明白,才会发觉有这件事的。但白眉和尚的剑法固然了得,并且我看一剑分明刺着他,他并不怎样闪让,就看出他有一身的罩功,却不知他的罩门在什么地方。不是我抬出我师父的大名,将他吓得退回洞庭帮去,说不定我这条性命还要死在白眉和尚手里。"

诸葛兰也接着说道:"我那时瞒着我兄长,想到水牢里救出我的四妹妹,被玉蝴蝶杀了解保,扯着谎话,将我诱回太湖船上。我其时就不相信那水牢里七道机关怎样的厉害,我被玉蝴蝶哄骗回船,还不相信我这性命便是玉蝴蝶救下来的。可是听翠云、翠竹说出那七道机关是怎样的来龙、怎样的去脉,比我四妹妹还说得更厉害些,才知我这性命真是玉蝴蝶救下来的。原来佛公吩咐玉蝴蝶要在洞庭帮中救脱一人的性命,想不到救的是我诸葛兰。"

天蛟道:"非姐姐提醒我,几乎忘却了,特别水牢中的七道机关,究竟是怎样的七道机关呢?"

接连由翠云、翠竹再将那七道机关的种种关节,向天蛟说了一阵。作书人因为那道机关已在前文交过排场,却不用接二连三地表叙出来,使看官们看了讨厌。

天蛟听她的话,几乎把个舌头伸出来说:"像这七道机关,果然神奇厉害,便是个神仙,也休想从那水牢里逃脱出来。看你们从水牢里逃出来的人,不是佛公师叔用三昧真火把第四道门外铁网上面烧却那么大的一个漏洞,你们也就休想有个活命。"

众人在厅上高谈阔论,好不畅快。海龙怜翻江蛟潘丹、水里鳅余猛无偶,便将翠云赏赐潘丹、翠竹赏赐余猛,葫芦寨中自有一番热闹。

接连万春、周锦都选择在十月初十这一日,万春预备同诸葛兰行结婚大礼,周锦也在这日准备同诸葛梅作成了百年眷属,他们在期前虽然忙做喜事,但白眉和尚同窦鸿藻这一班人一日不死,他们总觉一日不能安枕。眼看十月初十日这一日快要到眼前了,哪知就在十月初八日这一日,太湖帮中便掼下了一件燎天的祸事。

欲知后事,且阅下文。

第二十八回

韦如虎暗使杀人心
叶树声妙用激将法

话说太湖帮在那年十月初八,究竟是出了什么乱子?这真应得古小说书上一句俗套,提起来话长了,不妨让在下事先交代一个明白。

那年是乾隆十一年,坐镇两江的总督是正黄旗人铁保。旗人执军符拥皋比,俨然自命为封疆大臣的,原用不着有高深的学识、惊奇的武略,只要他是天潢贵胄,丹书铁券深藏在玉函金匮之间,靠着了皇帝老那把背后泰山椅子,哪怕文不能白词念赋,武不能上马提枪,好在公事有属员办理,军事有部下的将校当先,他们做封疆大臣的,只是日间饮食宴会,夜间陪着他们的姨太太在房里抽几口乌烟,办一回交涉,这一天的公事,也算敷衍交过排场。至于剥削地方上的民脂民膏,放着一班贪官污吏给他们填补宦囊,这是他们的特别军事学。

唯有这个铁总管,在旗人执军符会皋比的一班人当中,真算得是庸中佼佼、铁中铮铮。他这个金鸡翎顶,原是他的本领换得来的。十年大吏,也只落个两袖清风,生性喜欢结纳江湖上会武艺练把式的人物,肯倾诚交接海内英雄豪杰之士。因此太湖帮的强盗在那里闹了多年,铁保却从江湖上人的口中得知,他们这些做强盗的很有点儿道理,本领自是比寻常陆路上强盗高得多,举动也比较来得光明,虽一般剿劫财宝,却有许多的干禁,比不得普通在官场中混的人，见钱眼红，这种强盗，自然算得绿林中的侠盗。

铁保实在因为太湖帮的强盗有点儿本领，又有那样好处，在千万强盗当中，要寻出一个像他们这种人物，可是一件很不容易的事。天既生他们这般的才器，应该使他们上为国家出力、下为祖宗增光，方不辜负他们满腔的血性、一生的本领，无奈仕途中的强盗太多，竟使这班强盗没有栖身的所在。铁保总觉仕途中的强盗该杀，这太湖帮强盗该抚，无如太湖帮的强盗眼界太大，他们宁可做强盗，不肯做官，因怕一置身仕途，就惹得同道中人瞧不起他们，说他们反颜事仇，太没有面子。犹如一班做老百姓的，不愿做强盗，因怕一做了强盗，干犯朝廷的国法，惹得子子孙孙都说不起话。他们既不愿做官受抚，论理铁保总该除了这个抚字，准备率领水陆人马，前往征剿了。但铁保却因他们没有动过太湖左近的一草一木，州府没有发生出什么盗案，井水也就不去干犯河水，硬要同太湖帮的强盗为难。

如今又有一班人在铁保面前，传说着太湖帮的强盗耕田的耕田、打鱼的打鱼，大强盗掌执帮规，小强盗各有一个营业，好像不做这种没本钱的买卖了。铁保听了那些人的话，却想太湖帮人是高尚春志，不愿与哙等为伍。既然各有营业，不做这强盗买卖，这强盗的名义也算无形取消，官盗相安无事，越发不把太湖帮人牢记在心坎上了。

也该太湖帮人应遭那种飞来的横祸。铁保有个义女，唤作沈灵姑，原是他同学故友沈拔萃的女儿。沈拔萃死后，只遗此女。铁保怜灵姑孤苦无依，收留膝下，爱惜她同掌上明珠一样。

这沈灵姑小姐，出落得玲珑娇小、秀丽绝伦，能作得一首好诗、写得一笔好字、画得一幅好画，可算得巾帼雄才、不栉进士。铁保便给她寻觅一个乘龙娇客，是扬州绅士叶树声的公子叶鉴湖，年龄与灵姑相仿，还是个一榜的举子。这一对儿玉人，联成了神仙眷属，真个男看女如瑶花映月、女看男如玉树临风，两人伉俪之情，极其浓笃，刚过一年，已生下一个男孩子了。但是铁保钟爱灵姑的心肠已达极点，他的夫人因自己没有生过女孩子，加倍对于灵姑钟爱非常，因为灵姑出嫁扬州，只归宁一次，至今已是十一个月了，便着人将灵姑接到衙门里住。

叶鉴湖不肯同灵姑一日分拆开来，也要跟着到总督衙门里住。两小夫妻叫乳妈抱着小孩儿，上了官船，从扬州起身，正是午后未时的光景，打算到镇江码头上去住夜。谁知这船刚行没有多远的路，陡然东南风大起，待行到离镇江约有十里的光景，天气渐渐地昏暗下来。

叶鉴湖两小夫妻坐在船舱里，叫乳妈抱过孩子，关着舱门，在烛光下看儿为乐。那乳妈忽听得船头上有人叫了声"哎呀"，正自吃惊不小，倏地砰的一声，舱门开放了，船里的烛光被风吹得焰消火灭，似乎见一个人影子闪进舱里来，登时觉得一种异香触鼻，两眼不由有些蒙蒙眬眬上来。

在蒙眬中悠悠飘荡了好些时间，好像魂灵已脱离了躯壳，忽然寻着的样子，仿佛听得远村的鸡一递一声地叫，立时睁开眼来，黑暗暗看不见什么，觉得身上有些寒浸浸的，用手这一摸，却是寸丝不挂，连一条遮羞的小衣也没有。摸着两扇窗门关起来，且不能去惊动船头上的人，便在舱内乱摸，觉得有个冷冰冰的东西触在手指上，心里不由有些害怕起来，暗想：这不是小官人吗？身上怎么冷到这般地步？好容易摸到自己的衫裤，模模糊糊地穿在身上。记得舱门搁板上放着火镰，便伸手摸着火镰，打火点了蜡烛，向舱里一看，正应得古小说书上所谓不看犹可，这一看，不由吓得浑身直抖起来。

那小官人固然血肉模糊地僵卧在血泊里，小主人又不知是到哪里去了,小主妇也是一丝不挂的,下体玷污,致命伤是在咽喉上,有两个指甲的印痕,像是被人奸着了身体,一把捏死了的。再伸手在自己身上一摸,原来自己的身体也被人玷污了,不由脱口叫着:"不……不……不好!"她叫了数声,船头艄后,正没有一人答应,便开了舱门,接连又高叫着:"不……不……不好!"

这时候,风声已息,恰好从上流有一只民船,扯着篷帆,向官船的所在行来,见这官船上有人连叫着不好,只不知是出了什么变故,便傍靠在官船上,扯下篷帆。民船上一夫一妻,两个人点着灯笼,到官船上看,便见船头上有四个水手,你靠着我的膀臂,我枕着你的大腿,都是血肉模糊地躺在那里。

走进舱里一看,幸得乳妈早拉过两件小衣服,将灵姑的身体遮住,打着颤声说是如此如此。那民船上一对儿夫妻好生纳罕,再提着灯笼走到后舱里一看,那把舵老板娘娘也是寸丝不挂,直挺挺躺在那里,也像先奸后杀,致命伤在肚腹上,肚肠子也像被尖刀挑了出来。看舱里的箱笼衾被,一些没有,所存留的却是乳妈随身带来一班不值钱的东西。

民船上的人看这情状,也不由慌了手脚,便同乳妈一齐直着喉咙哗噪起来。

渐渐天光已亮,聚拢了好些民船,从这里看个明白。渐渐这风声一传十、十传百地早惊动两岸远村的烟火人家前来探目的地,由地保带领乳妈去到镇江府的衙门里呈报。镇江府因为这案子大了,立刻升坐大堂,讯明乳妈的口供,一面带领仵作到船上验尸,一面飞发文书,申详上宪总督各大衙门,并飞马去通知扬州叶树声。哪知飞马还没到扬州,叶鉴湖的尸首已发现了。

原来扬州有一个年纪在八十开外的史渔翁,靠着一条河面,扳罾为业。这日清晨时间,在罾钩上钩住了一个浮尸,便将那浮尸取得上来,忙去通知地保殓埋。地保认得这是叶绅士的公子叶鉴湖，早就吃惊不小，还疑他是失脚下水淹死了的，扳过尸身一看，见他屁眼里捆下一把刀，刀柄露在外面，刀锋的全部已搠入肚腹中去，慌忙打开叶公馆的门，报知叶树声。

叶树声夫妇便到河岸上，抱着叶鉴湖的尸首，号啕大哭。恰好叶家的跟人前来禀报，说："镇江已飞马到来，小主妇母子已在离镇江十里那地方被强盗杀了。"

叶树声一面令人呈报扬州知府，一面又来看着灵姑母子尸体，也不禁哭得一佛涅槃、二佛出世。

铁保夫妇也闻信飞马前来，泪眼婆娑地痛哭了一场，再到扬州来。

原来扬州知府已验明叶鉴湖的尸身，从他屁眼里拔出那光闪闪、寒嗖嗖的一把尖刀，那刀背上曾嵌着"沈海龙"三个蝇头小字。如今见了铁总督，把验尸的情形禀告一番。

铁保便吩咐先将各人的尸体装殓起来，暂厝在扬州平山堂里，打发那民船上的夫妻回去，带了乳妈，同着叶树声一起，回到省衙。

铁保也知沈海龙是新近太湖帮的首领，他们这种侠盗，未必肯干下这种奸杀越货的案件，便是太湖帮人要作案，难道他手下的党羽都死净了吗，要他这盗首出来做这种的案件呢。江湖上像这类借刀杀人的事很多，安知不是绿林中人有同太湖帮人结下海样深的冤仇，想倾害太湖帮人？本督若颁发大兵，剿灭了太湖帮人，固然不能给女儿、女婿、外孙报仇破案，反惹得奸杀越货的真盗犯在暗中发笑，这不是天地间第一糟透的事吗？

铁保抱定自己估得不错，如何能冤枉到沈海龙身上呢？无如铁保的夫人要同铁保拼命，说："做了这么大的官，执着这么大的兵权，反怕一个水强盗，不肯给女儿、女婿、外孙报仇，妾身同你拼了这性命吧！"

叶树声也在上房里哭道："太太如何用得着同大帅拼命呢？只怪女儿不是大帅亲生的女儿，女婿也不是大帅的嫡亲女婿，一个初出娘胎的小孩子，性命能值几何？更用不着大帅烦这些事了。至于船上的水手们，那些粗鲁汉子，就更不用向下说了。"

铁夫人也接着哭向铁保说道："女儿、女婿、外孙子，本不能算是你的女儿、女婿、外孙子，你的心是安放在哪里？我同你且拼却这性命，看你死在泉下，可能对得起姓沈的那个朋友？"

铁保道："叶亲家同夫人责备我的话，实在叫我禁当不起。我问明你们，还是要拿真犯破案，还是随便砍几个人头，便算为死者申雪冤愤？你们如果要拿真犯破案，就不能这样模糊做去。"

铁夫人道："沈海龙那个毒蛇，不是真犯吗？"

铁保道："沈海龙若是真犯，我调动部下的大兵，还剿杀不了太湖帮里那些跳梁小丑吗？叶亲家同夫人请少安毋躁，我只凭着血热的心，慢慢设法给女儿、女婿、外孙报仇。你们要闹发了我的脾气，须不是当耍的事。"

铁夫人便不敢再同铁保拼命了，暗地里骂铁保不长进，连女儿、女婿、外孙的仇都不报，做了这么大的人物，倒被强盗欺辱了，看你还有这张晦气脸再见人吗？叶树声夫妇也急得没有法想，背地里暗恨铁保，还不是由他暗恨。

铁保暗暗又问讯乳妈一番，虽然估定沈海龙不是杀人的真犯，但想那些强盗的本领也大得了不得；又暗暗同一班江湖上人商量，江湖上人也有断定说这案不能冤枉是沈海龙做下来的，也有说且待暗暗再打听一番，总该要打听得个水落石出。

哪知在第二日，铁保接到扬子江一带各府州县的详文，共有二三十起，都是奸淫盗杀的案件，犯后都留下太湖帮人的姓名来。事主的呈文上都是告的太湖帮著名大盗沈海龙及海龙的党羽。

铁保看了这二三十起呈文,心里便渐渐有些疑虑起来。

接连又过了两日,那些江湖上出去打听消息的人回来禀报说:"沈海龙的行径如何坏到这个样子,好像比从前已是两个人了。扬子江一带地方的奸盗案件,怎么完全都是太湖帮人做下来的?这也难怪,做强盗的,有几个猫不吃腥的?"

铁保听了那些人的话,这时铁夫人的枕边风,同叶树声的激将法,便发效力了。

铁保向他夫人说道:"我是糊涂油迷蒙了我的心窍,我立誓给女儿、女婿、外孙报仇,我立刻飞发文书,调动各处水陆的将士围抄太湖便了。"

叶树声在旁挥泪说道:"好啊!大帅看强盗闹到头上来,若再迟疑下去,岂但不能为死者报仇破案,后患还不堪设想呢!"

铁保既变换了心思,准备调动大兵,擒杀沈海龙,剿灭太湖帮的全伙,便同一班江湖上人谈着这样话,好像大兵到了太湖,立刻间便可将太湖帮的匪徒擒杀殆尽。

却见有一个人在旁说道:"凭大帅的军威所至,要扫平陆路上的烽烟,成败自有决定。若仗着水路的将士,到太湖帮去征剿土匪,便由今年剿到明年,却不能奈何一个沈海龙。小人看大帅说得太容易了。"

铁保听到这里,好生惊讶。

毕竟那人又对铁保说出什么话来,欲知后事,且阅下文。

第二十九回

总督衙怪客诌谎言
太湖帮英雄揭黑幕

话说铁保认得那人是清江的人氏,唤作韦如虎,平时惯使一条齐眉铁棍,轻易人却近他不得,排行第四,所以当时人替他编派一个诨名,都喊他韦四铁棍。在先,他也在铁保面前迎合铁保的心理,曾说这案件不能冤枉是太湖帮首领沈海龙做下来的。看铁保如今已变换了心思,要调动水陆大兵去扑杀太湖帮的全伙,暗想:这是时候了,乘间在铁保面前说出那一番话。

铁保很现出不满意的样子,向韦如虎道:"你是怎么讲?"

韦如虎把在前的话重行申说了一遍道:"大帅若仗着水陆的将士到太湖帮去征剿土匪,便由今年剿到明年,也不能剿灭一个,小人看大帅说得太容易了。"

铁保道:"沈海龙那个害民贼,可是有三个头、六条臂膊不成?"

韦如虎道:"他哪里有三个头、六条臂膊,大帅这里便有三个头、六条臂膊的人,岂但不能擒杀沈海龙破案,便是沈海龙手下的党羽,也不能擒杀一个。大帅疑惑小人的话是长他人的志气、灭自己威风吗?沈海龙及一班手下的党羽,水上的功夫都很了得,在水面上能飞行万里,在水底下能鏖战七昼夜。他们虽没有罩门的功夫,练气的本领却甚厉害,刀剑火炮都不容易伤害他们的身体。又有小卧龙诸葛鹗参赞军机,这势派好不厉害。大帅恕小人无状,小人在先也曾在太湖帮里混过,看他们的本领,凭仗大帅部下的大兵前往征剿,实在不是太湖帮人的对手。"

铁保道:"韦如虎,看你的本领,在本督门下,也算一个大拇指,你在太湖帮中曾干过什么好差使?"

韦如虎道:"小人当初在那里充一个喽啰兵。"

铁保道:"凭你的能耐,在太湖帮中竟充个喽啰兵,实在是那些没有眼睛的东西不识货,埋没了你这副神筋骡骨。"

韦如虎道:"不是他们眼睛里不识货,实在凭小人这点点能耐,还够不上在那里充一个喽啰兵。小人在那里栖身不住,就因自己的水陆功夫及不上同事的喽啰,受他们排挤出来。又想做强盗没有不失脚的,因此改邪归正,听得大帅喜欢练武艺的人,才投到大帅的麾下,想寻个出头的日子。"

铁保听罢,不禁有些为难起来,向韦如虎道:"本督相信你为人很直道,你说的话当然不错,难道沈海龙那些囚攮,就没有能人对付他们吗?"

韦如虎道:"沈海龙一班人的本领,非大帅的军戎所能剿灭。古语说得好:'强中更有强中手。'大帅哪里明白,绿林中的真本领人很多呢,他们也有能吃得住太湖帮人的。"

说到此处,便将太湖帮当初破袭洞庭帮,并同白眉和尚给洞庭帮人恢复了磨盘寨,先后的经过情形,向铁保禀述了一遍道:"依小人的愚见,大帅若要剿平太湖帮,非得招徕洞庭帮人。洞庭帮人同太湖帮人结下那么大的冤仇,有大帅招徕他们去剿灭太湖帮人,没有不愿效命的。"

铁保听完这话,暗暗惊讶,双珠一转,登时计上心来,现出十分犹豫的样子,改换了口吻,向韦如虎道:"不是老兄点醒我,想凭这水陆的军防前去剿灭太湖帮人,还不是飞蛾投火自招灾吗?难得有洞庭帮人能吃得住太湖帮人,本督除请洞庭帮人出来帮忙,实在没有别的办法。辛苦老兄到洞庭帮去请白眉和尚前来,老兄其许我。"

韦如虎看铁保这时的口气虽然谦诚,但在先的神态很有些不对,也就扳动灵机,向铁保说道:"大帅不是叫小人到洞庭去请白眉和尚,是差小人到洞庭帮首领窦鸿藻面前送死。"

铁保道:"你同窦鸿藻有仇吗?"

韦如虎道:"小人不同窦鸿藻有仇,也不敢对大帅说这样话了。"

铁保道:"窦鸿藻同你有什么仇呢?"

韦如虎道:"小人的妻子张氏是洞庭人,小人略会得几套拳法,在江湖上卖解为生,沿路到洞庭来。岳父张锡庆是个武秀才,看中小人的拳法,将小人请到他家中去,将女儿招赘小人。小人的妻子也很有四五分姿色,不知怎的,她在先瞒过她父亲,姘识了窦鸿藻。张锡庆招赘我做女婿,他惧怯磨盘寨主的势力太大,又时常到他家里来,请他到磨盘寨入伙。张锡庆虽不愿做强盗,然窦鸿藻平时积威之渐,已是慑服张锡庆之胆,事事都得趋奉着他,免有意外的凶祸。

"在小人成亲的这一天,张锡庆也曾请窦鸿藻吃着喜酒,一月以内,小人回家乡盼望一次,再转到洞庭来,长途跋涉,耽搁了两月时间,才走进张家的门,迎面就见张锡庆现出十分害怕的样子,向小人说道:'你快别要进门,进门就难免杀身的祸。'

"小人好生惊讶,向张锡庆回道:'岳父既不许我进门,当初招赘我做女婿干什么呢?'

"张锡庆一把将小人拉到一个树荫下道:'这总由我的家门不幸,生了这个辱没祖宗的女儿。你哪里明白?从你去后,窦鸿藻无日不到我家中来。先前我还疑惑他是望我入伙的,昨天那个贱人对我说:"窦鸿藻要把我娶回水寨子里,我若不答应这话,惹得窦鸿藻翻过脸来,看我可答应不答应。"我听了这话,心里虽气恨那贱人入骨,哪有这勇气敢说一句不答应的话呢?只好对那贱人说:"你的事本来我是问不来,你既要嫁窦鸿藻,当初为何不向我说,提出不愿招赘姓韦的做女婿的话?如今你算是姓韦的人,只怕姓韦的不肯随便过去。"你想那贱人对我说着什么话呢?她说:"姓韦的不来便罢,来时就由窦寨主动手,随便怎样,都可以了他的账。"我听那贱人的话,几乎连胸脯都气破了,实在没法处置她,又怕你前来着了她的道儿,我恨起来要把这贱人剁成肉酱。'

"小人听张锡庆是这样说,也只是将信将疑。日间且不露面,到了晚间,藏了一把解手刀,悄悄跳过张家的墙,见窗门大开大放,床下有一双男人的鞋子。小人便悄悄从窗外钻进去,撩开帐门,就闻得一种酒气,看窦鸿藻鼻息如雷,这贱人便睡在窦鸿藻的身旁。小人这一气真非小可,早拔出那把解手刀,明知窦鸿藻有一身的罩功,不能伤害他,就把刀直刺入那贱人的咽喉,鲜血跟着喷有三尺多高,溅在帐顶上滴答作响。却看着窦鸿藻烂醉如泥,睡在那里,就因他有一身的罩功,一点儿摆布他的方法也没有。三十六着,还不是走为上着?

"及至回到清江,就有江湖上的朋友告知小人说,白眉和尚已算准那贱人是小人杀的,窦鸿藻曾对白眉和尚说:'如果姓韦的撞到我的手里,就得给张桂香报仇,同那姓韦的结算一个总账。'

"后来,小人怕窦鸿藻寻着为难,投到太湖帮去。日久不听说有什么消息,也把这防范的心思渐渐松懈下来。但窦鸿藻若和小人相见,在势须同小人开了不交,所以小人不敢到洞庭帮去送死。"

铁保听罢说道:"据你这样说来,洞庭帮人已不是好惹的东西,本督要剿灭太湖帮,若将洞庭帮的惹进门来,后患更不堪设想。"

韦如虎道:"小人何尝想不到这层?但小人早有一个计较,包管那时洞庭帮人的头目完全都死在大帅手里。"

铁保听到其间,自以为从恍然里面钻出一个大悟来,便毫无疑惑,向韦如虎问道:"老兄有什么计较呢?"

韦如虎道:"一瓮好酒一包药,还愁大帅没有这种手段?等待剿灭太湖帮功成以后,连带勾去洞庭帮人这一篇账。"

铁保又问道:"不怕白眉和尚的算法吗?"

韦如虎道:"白眉和尚的算法能算过去,不能算准未来,能算小不能算大,如果他事事算得准、处处算得到,他不是个活神仙吗?"

铁保暗暗点头,另行专人到洞庭帮去。

差人一动身,韦如虎便向铁保告辞。铁保也说韦如虎不能同窦鸿藻碰面,放着韦如虎自去。

差人还未回来,洞庭帮的全伙已到了铁总督的衙门了。

铁总督和那些强盗见面之下,茶话间,一一请示姓名。除去白眉和尚、窦鸿藻外,尚有十六人是卫家四虎、项家五鬼、祝家七煞。卫勇的绰号唤作鲟毛虎,卫猛的绰号唤作爬地虎,卫刚的绰号唤作矮脚虎,卫强的绰号唤作披发虎。那项家五鬼是:赤须鬼项通、晦气鬼项达、风流鬼项美姣、追命鬼项美玉、倒头鬼项铃。那祝家七煞是:天罡煞祝仁、红鸾煞祝红云、天喜煞祝碧云、孤辰煞祝义、倒戈煞祝礼、悬针煞祝智、华盖煞祝信。

茶话已毕,当由白眉和尚向铁保说道:"贫僧蒙大人招呼前来,拿获太湖帮人破案。不是贫僧在大人面前敢说一句大话,仗大人洪福,凭着洞庭帮人前来干一下子,剿灭了太湖帮的全伙,比踏死千百只蚂蚁还容易些。不过贫僧干碍两个人做了太湖帮背后的泰山椅子,不好明目张胆去寻太湖帮人为难,仍由大人的兵队前往征剿，贫僧的小徒们在暗中帮助。事成却用不着大人的报酬，只要彼此有个关顾。不明白大人的意思怎样？"

铁保道："长老既不肯出面，只要长老同众好汉在暗中帮忙，扑灭了太湖帮的全伙，俺铁某是漂亮的，断不敢辜负长老同众好汉辛苦一场。"

白眉和尚听完，便向铁保合掌说道："大人的话靠得住，贫僧就得暂且告辞了。有小徒们在暗中帮忙，用不着贫僧前去。如今贫僧要回磨盘寨去，请大人尽管放心。"

铁保道："长老不是准许在暗中帮忙去干一下？"

白眉和尚道："贫僧只说叫小徒们前去干一下，不是贫僧前去干一下。若没有澹性、佛性这两个人，贫僧便明目张胆去干一下，又待怎么样？既有北海派人在暗中帮助太湖帮人，贫僧这次只好先让他一脚，也在暗中做事。如果北海派人碰面以后，翻转了面皮，贫僧就明目张胆地同太湖帮人为难，才可以敷衍同道人的场面。"说完这话，便掉头不顾地去了。

铁保明知强留他也是无益，待平复了太湖帮后，再着人去请他吃酒，一般可以中了我的袖内机关，也未可知。

当时窦鸿藻同铁保又窃窃私议一阵，准备立刻按计行事。我今且按着他慢表，一支笔再兜转到太湖帮人身上。

原来太湖帮人因忙着那两件的喜事期间，虽有人报说扬子江一带地方很发生许多红刀子奸杀案件，但沈海龙绝不疑惑是洞庭帮人干下来的，究是什么缘故，因为打听的人说那些案件强盗没有搜刮到怎么好的油水，洞庭帮的强盗要作案，起码一案要赚上若干万数，像这般没有多大油水的案件，自然是初出茅庐的毛贼干出来的。他们的本领很不济，所劫的财货数目上也就是很少，这许多案件，更不能冤枉到我们太湖帮人身上。这类的小强盗，自有官兵去捕获他们，割鸡如何用得太湖帮的牛刀，妄结下江湖上海样深的冤仇？所以，沈海龙也就毋庸多事，仍然忙着那两件喜事。

直到十月初八这一天，清晨之间，便有水陆上的头目褚通、萧达派人到厅前报告："官里已调有好多战船，看看已经要进我们太湖口岸了。"

沈海龙听罢，毫不把这件事放在心上。因为那时候是歌舞升平的时候，全国的文武官吏大半都是粉饰太平，军队也只有一个模样，当兵的是高等吃孤老粮的人，国家发下来的军饷，却养着那些老弱的废物，敷衍排场。凭太湖帮一班强盗的本领，哪怕有十万八万的官兵杀进太湖来，却也用不着怎样地抵敌，还怕他们不都是弃甲曳兵而逃吗？预料官兵知道太湖帮的声势，铁保铁总督且不敢怎样敢奈何我们太湖帮人，这必是他们奉上峰的命令，迁调防营，打从我们太湖帮经过，不向我们山寨子里打招呼，这是他们会不开脚步，不懂我们太湖帮的规矩。若非今天要忙着狄、周二位首领的喜事，就得准备同他们玩一下子，看他们有胆量敢进太湖，还能再有性命出太湖的境界一步？

沈海龙这么一想，也不去知照诸葛鹦，便传令下去，吩咐褚通："不用同官兵为难，就借他们一条道路。"

到了晚间，褚通、萧达又着人前来禀报说："官兵真个是迁调防营，从我们太湖经过，已经越过距离本寨五十里地方了。"

沈海龙听报，自信估得不错。不一会儿，一众英雄到厅上会餐，海龙谈话间，偶将这事告知了诸葛鹦。

诸葛鹦听罢，且不回答，匆匆起席出来，好一会儿，方才转到厅上，便向海龙急道："我们已中了白眉和尚的暗算了！"

海龙陡听得这一句轰雷电掣的话，着实吃惊不小，便问："先生说哪里话来？"

毕竟是哪里话来，欲知后事，且阅下文。

第三十回

女英雄赴火破邪法
恶和尚诡计种冤仇

话说诸葛鹗现出很仓皇的样子,向沈海龙道:"寨主何不将官兵经过的情形早一些告知兄弟?"

海龙道:"就因先生正忙着二位令妹的喜事在即,这点儿不关紧的事,要立刻去告知先生做什么?先生说是中了白眉和尚的暗算,毕竟这是什么话?"

诸葛鹗道:"此刻还是谈这话的时候吗?兄弟姊妹们且放下酒杯子,各扎好了飞行衣,看洞庭帮是怎样来,我们就怎样对付。"

这"付"字才说出,即听得寨中金鼓齐鸣,哪里还有调换衣装的空儿呢?喽啰上厅禀告说:"不……不……不好了,褚通、萧达两位首领已被官军所杀了……"

话犹未了,早听着寨中有人高呼:"着火……火……"

原来官兵已一齐拥进寨来,呐一声喊,早从寨后放起一把火来。一时北风大作,呼啦啦的火声作响。

众人走出厅外一看,火光烛天,连隔壁的房上也着了火了。那些喽啰兵都不禁四散奔逃,自相践踏,那一片呼号叫痛的声音真令人耳不忍闻。

诸葛鹗不由顿足道:"我两个妹妹恐怕都已葬身火窟中了。"

一众男女英雄带着诸葛鹗,急忙拣那未着火的房上飞去。

海龙心想:这是极危险的时候了,澹性老和尚的第三个锦囊藏在自己上房箱子里,料想上房也要烧成一片焦土,这锦囊该当交送到火星菩萨面前去了。

这时候,恰好有几个穿武装军官模样的人在火光中冲来,似乎见屋上有许多人飞得下来,像知道是太湖帮的一众头目,毫不急慢,早飞也似的跑得前来。

海龙一声大喝,响彻云霄,拿起手中的刀,当先砍死了一个。接连由铁九娘保护着诸葛鹗,众头目指东杀西,一个个奋起精神,把在前的军官杀死了好几个,在后的官兵也就死伤不少。

看火焰已飞到眼前了,在火光上看来,虽砍死这些军官兵,但没有见官兵的尸首倒在那里,官兵一被杀害,顷刻间连尸首都不知是到哪里去了。太湖帮英雄在匆忙间没觉得有这一层怪异。如今这地方的官兵已杀得不见一个,借着火焰的光,看见地下有许多纸人、纸刀、纸枪散布在那里,这才恍然大悟,哪里有什么官兵到来?这却是洞庭帮人用的一种邪术。

说也奇怪,就在这当儿,风也静了,火也熄了,金鼓呐喊的声音也停止了。再看葫芦寨,仍还是葫芦寨,哪里被火烧毁一砖一瓦呢?

大家略定了定神,回到聚义厅上,即见诸葛兰、诸葛梅解来一个喽啰,说是她们在火光中捉住这个使法的贼。

诸葛兰、诸葛梅把这个贼解到厅上,不但诸葛鹗、诸葛鹤等喜出望外,尤其是狄万春、周锦二人,更加喜得直跳起来。

海龙一面令铁九娘前去镇压喽啰兵,调查践踏死亡的数目,一面拷打那个喽啰兵,问:"你是太湖帮中的人吗?怎的受洞庭人的指使,作法害起自家人来?"

那喽啰还想抵赖,及诸葛兰上前证明,说:"我同四妹妹在房里吃着桂圆汤,猛听得金鼓声、火声、呐喊声、呼号声同时并作,这一吓非同小可,一齐飞出窗门一看,火光渐渐已烧到了。

"恰好我见你这个东西在火光中拿着一把红纸扇子，不住地向上扇着。你向东边扇，火光便由西边飞向东边；你向西边扇，火光便由东边飞到西边。

"我姊妹一见这般情状，知道今夜的事由你这东西兴妖作怪。我四妹妹奋不顾身，猛地一头冲到火光中去，好像被火烫得难受似的。我在后面却看是你把扇子向我四妹妹一扇，我四妹妹登时被火光逼得退回来。

"接着我冲上去，分明看你站在火光中，却没有对我挥着扇子。但火光四围，竟似隔了很坚硬的玻璃，阻着我不能冲进火光中去，便一点儿奈何你的方法也没有。我姊妹都急得什么似的，看你仍在那火光中不住扇着扇子，一些也不害怕。

"我四妹妹急中生智，咬破自己的无名手指，冲到火光前，猛然把指上的血向火光中一洒，只见你登时倒在地下打滚，手里仍不住扇着扇子。这一来，我们姊妹的胆量就更加大了，同时都咬破自己的十个指尖，把手指上的血一齐向火光中洒去。看你这东西猛然从火光中挒起身来，乱跳乱蹦，看那火光仍是隔了一层很坚硬的玻璃，分明可望而不可即，那火焰就没有减少分毫，就炙得我们痛不可当。不过看你蹦跳了一会儿，现出很疲乏的样子，我姊妹更加鼓起了精神，又各把十个手指咬了两口，即见你从火光中打了一个寒噤，我姊妹这里还未冲到火光之中，你用力一挥手中的扇，便有一道四五丈长的火焰向我姊妹烧来。我姊妹并不害怕，两个转身，回头各把十个指头上的鲜血向火焰洒着，火焰顿消。再看你已是撕碎手中的红扇，掼在那里，想逃跑了。

"到了这时候，还有你逃跑的份儿吗？我们姊妹早赶上了你，将你一把揪住，再看寨中火焰都消，并没有烧毁了什么。你这东西是使的什么邪法，叫我们姊妹咬伤了十个手指，忍着疼痛，把你解到厅上，你还想在寨主面前抵赖，难道由你抵赖就行了吗？"

海龙听诸葛兰对那喽啰数落了一番,看诸葛兰姊妹的十个手指都像咬伤的,便不由拍着案上的惊虎胆,吩咐人:"取一碗盐卤上来!"即竖起手中的刀,向那喽啰说道:"你若想抵赖,看本寨主这两件东西可能容你?"

这时,已有几个孩子走上厅来,海龙接着吩咐孩子们:"快将这东西上衣脱去,用我这把刀戳坏他两边琵琶骨,把这碗盐卤撒在他两边琵琶骨上,看他招是不招……"

话犹未了,孩子们答应了一声,不由分说,一个伸过手将他拉下厅来,扯着他的装辫,捺倒在地,更用脚在他身上一踏,一个执刀在手,一个撕破他胸前的衣服。

那喽啰吓得怪哭转喊起亲娘来。孩子们有认得他的,便指着他的鼻子说道:"韦四铁棍,是好汉就得漂亮些,你这次已伤害我们帮中不少的性命,你一个人够抵偿吗?既已犯下弥天的罪,又何须隐瞒,枉叫这皮肉吃苦?"

这韦四铁棍韦如虎知道是无可抵赖,便是这件事完全上了洞庭帮人的当,直到这时才悔悟过来,固然是无可抵赖,索性也不用隐瞒。砍头怕什么?与其受这样的活罪,不若早些砍了头,倒觉爽快呢,连忙摆手道:"招了招了!"

众喽啰仍将他押到厅上,韦如虎便从实招承道:"小人是清江人,在一年前投到太湖帮,当一个喽啰兵。小人这一点儿本领,虽然算不了是个好汉,在太湖上也领过二三十个弟兄们,做那打家劫寨的勾当,想得步进步,到太湖帮来,当一个小头目。在太湖帮当头目,比在外边打家劫舍,免却许多风险。但是当了一个喽啰兵,委实不值。不过小人看一班同伙的喽啰,谁也有小人这一手本领,小人哪里够得上当头目呢?若在太湖帮久远住下,手下的党羽固然没有安插的地方,小人也休想有个出息的日子。

"思来想去,就造了一封假信,托说是小人的娘死了,告了个长假,领着当初一众弟兄,投到洞庭帮去。

"窦鸿藻问小人的履历,小人不敢瞒他,从实对他讲了。窦鸿藻听了大怒,立刻吩咐把小人一伙的人绑出去砍头示众。幸亏有一个白眉和尚,在窦鸿藻面前说:'他这点儿本领,够不上诈降的资格,不要把两个眼珠认错了人。且赦免了他们,叫他带着手下的党羽,在这里做一个小头目吧!'

"窦鸿藻才转过笑容。小人在那里做了个小头目,真是喜出望外,想不到那个白眉和尚又赏识了小人,传授小人一种白莲教的法术。

"这日,和尚不知同窦鸿藻怎样地商量,取出一把宝刀来,叫铁匠在刀柄上印上了寨主的大名,把小人唤到军机房里,将这把刀交给小人收藏身边,向小人吩咐一番,并说:'这件事第一机密,第一机密。'小人依了他们的吩咐,这件事办得来,将来加升到大头目;办不来,到了极危难的时候,和尚却有这神通前来解救小人的性命。

"小人就在当日出发,带领弟兄们乔装改扮到南京来,钻了一个门路,投在铁总督门下。

"那铁总督果应上和尚的话,名虽喜欢结纳江湖上三教九流的人物,实不懂得武艺。看小人能高来高去,又谙习一点儿棍棒的功夫,却不知道小人在太湖帮里也随同事的喽啰学得水路上轻捷的本领。小人日间同一班弟兄们不时到总督衙里谈说江湖上九流三教的本领,夜间跑转到客栈里去歇宿。

"小人本来奉和尚的法令,想故意去行刺铁保,丢下刀来,把这罪名嫁祸在寨主身上。但因日久同铁保混熟下来,如果来意竟是刺杀了他,没有别的计较,铁保的人头早已到了小人手里了。无如和尚的法令,却不要伤害铁保的性命,小人怕在刺他的时候,万一露出自己的马脚来,这事情便办不好了。小人却打听铁保有个义女沈灵姑，原是他好友沈拔萃的女儿。沈拔萃死了，铁保便将沈灵姑收留膝下，因自己没有亲生的小姐，把这沈小姐看待得像真宝贝一样，夫妇都钟爱灵姑，达于极点。

"那时灵姑已远嫁扬州叶树声的儿子叶鉴湖，一年之间，便生了一个男孩子。铁总督夫人因想念义女、外孙的心肠想得厉害，飞船到扬州去，把灵姑母女接回衙门里住，并嘱咐船上人，姑少爷若肯随小姐前来，就到衙门里住几日，未必没有他府里那样的舒徐自在。

"小人得了这个消息，登时计上心来，原打算在镇江的码头下手的，就因有一个到扬州探听的弟兄回到镇江码头告诉我说：'小姐、姑少爷在午后动身开船，准备开向镇江码头住夜。'

"其时天色已晚，我看东南风刮得厉害，小人想，这只船不能赶到镇江住夜，就藏了闷香，戴了面具，连晚在距离镇江下水十里的地方上船，放出了闷香，把船上人都迷翻了，好听小人的摆布。小人先将船上的船工们都给他们个红刀子进、白刀子出，奸了沈小姐一干的女人，又送掉她们的性命，劫了她们的东西，只有乳妈不曾杀，想借她的口好传话。小人将那把刀搠入叶鉴湖的屁眼里，把他的尸首推下水去。在船上劫的财货，要它做什么？连带也在水底下做一包埋了。小人趁势下水，慢慢将叶鉴湖的尸首送到一个罾钩上钩住。

"事体干完了，小人便回到南京，就听得叶鉴湖的尸首出了水。

"那铁保因那刀柄上嵌着寨主的名号，却不相信这案件便是寨主干下来的，转猜着是江湖上人借刀杀人的勾当。

"小人一想不好，又吩咐几个弟兄们，在扬子江一带地方干了许多奸杀越货的案件，都得留下太湖帮人的姓名来。铁保才认定那一件案子是寨主做的，并非江湖上人一种借刀杀人的手

217

段。小人才乘间对铁保说：'要去剿灭太湖帮人,不是官兵所能剿灭的。'把太湖帮人本领抬高,才叫铁保听小人的话,去请洞庭帮人出来。谁知铁保听罢,转有些疑虑起来,不敢冒昧请洞庭帮人,怕的前门杀虎、后门进狼,后患将不堪设想。被小人三言二语,煽动了铁保的心,铁保相信小人的话,既能剿灭了太湖帮,替死者报仇,又可以在事成之后,实行小人的计略,用一瓮好酒、两包毒药,连带同洞庭帮人结算一个总账。其实他真是做的一场清秋大梦,他当时本差小人去请洞庭帮人的,小人又撒了一个瞒天大谎,说同窦鸿藻有仇,不便同洞庭帮人碰面,一则再稳着铁保的信心,再则借此脱身到太湖帮去。第一步计较做成功了,好再听和尚吩咐小人第二步的计较。

"和尚在先曾对小人说：'你能赚得铁保来请洞庭帮人,我在暗中帮助官兵,拿太湖帮人栽一个跟斗。论我既帮助洞庭帮人,要去同太湖帮人为难,就得明目张胆,同他揭一回乱子,为什么要借重铁保呢？当初洞庭帮人同太湖帮人结下不解的仇,太湖帮人曾去袭夺了洞庭帮,杀了个落花流水。我明知有北海澹性、佛性帮太湖帮人的忙,我才肯出面,给窦鸿藻恢复了洞庭帮。窦鸿藻一股怨气既结在太湖帮人身上,常在我面前说要报复太湖帮的大仇。我看太湖帮有澹性、佛性这两个背后的靠山,很是不错,用镇魔法既不能妨害太湖帮人分毫,可是再要同太湖帮人为难,很是一件不易的事。澹性、佛性又有信寄到我,劝我从此同太湖帮人不要再结下怎样的冤仇,我更不能明目张胆帮助窦鸿藻同太湖帮人为难,叫澹性、佛性有了准备,岂不是糟了糕了？'"

海龙听到这里,不由急道："快说快说,你只说出洞庭帮人现在是在什么地方就得了。"

欲知后事,且阅下文。

第三十一回

撕法扇暗退窦鸿藻
入督署气慑铁制军

话说诸葛鹗连忙向海龙劝道:"寨主且请息怒,听他慢慢讲来。"

韦如虎又供道:"白眉和尚既不肯直接再同太湖帮人为难,他吩咐小人第二步的计较,是给小人一把扇子,再投到太湖帮,约定官兵到太湖口这一天晚上,叫我拿着扇子在那里扇着,他自有这能耐,令洞庭帮人夹在官兵当中,离葫芦寨五十里地方,使用白莲教法术,布散些纸人、纸刀,放起一把无根之火,杀到太湖帮来。他们洞庭帮人不住地在那里烧符念咒,小人不住地在这里扇着一把扇子。小人略把扇子扇慢一些,火气低,所布散的纸人、纸刀也就没有怎样的厉害。小人把这扇子不住地扇,扇多么快,光焰就多么强旺,纸人、纸刀就多么的厉害。若把这扇子停止不扇,火光就登时消灭,纸人、纸刀依旧是吓得人杀不得人了。其实这种无根之火,只当是江湖上的一种遮眼法,并不怎样能真个烧毁了什么,而有形的纸刀、纸枪,祭起白莲教的法术,飞散出来,却比真人、真刀还要厉害,并且使太湖帮人见寨中失了火,一则扰乱起来,便没有纸人、纸刀,弱者也应自相残杀,强者就当仓皇出走。他们暗助铁保,这样地剿灭太湖帮,总算洞庭帮有了面子,多少也得杀去太湖帮几个头目,给未死的洞庭帮人泄恨,给已死的洞庭帮人报仇,其实他们并没有一条船、一个人杀到太帮来。官兵同洞庭帮人还一齐住在离葫芦寨北去五十里地方呢！

"小人因两位女首领破了小人的法术,没见白眉和尚前来解救小人的性命,一时又是懊悔又是气恨,把那一把扇子就撕得粉碎。"

海龙问道："白眉和尚曾一齐前来吗？"

韦如虎道："白眉和尚肯同官兵一齐前来,他借重铁总督做什么呢？他使洞庭帮人在暗中帮助官兵,拿太湖帮人栽个跟斗,他自己虽说是回到洞庭,却仍旧回他的南海去。便是澹性、佛性日后知道这一件事,总当作是军营中有会使法术的人,却猜不到是洞庭帮人前来暗助。即使明白是洞庭帮人在暗中相助,是白眉和尚的主意,叫洞庭帮人在暗中相助,但他已在事先回到南海,又没有到洞庭帮来,澹性、佛性纵疑惑是他,也不好明目张胆地去责问他。就因佛性、澹性在暗中帮助太湖帮人,他也在暗中帮助洞庭帮人,若说窦鸿藻现在一派人是他的门下,难道澹性、佛性就没有门下的人在太湖帮做事吗？若说他曾在洞庭帮里住过,难道澹性就没有到过太湖帮吗？澹性、佛性暗助太湖帮人,自己不出阵,他就得不到澹性、佛性的证据,也不好意思同澹性、佛性当面翻红了脸。他这次帮助洞庭帮人,自己不出阵,澹性、佛性就得不到他的证据,也不好同他当面翻红了脸。便是前次他用魇魔术暗害太湖帮人,他是没有接到澹性的信,如今既接到澹性的信,他就不能亲自出马,只好令洞庭帮人出来,借重铁保的名义了。"

海龙听他的话一句不假,不由冷笑了一声道："韦如虎,你上了白眉和尚的当了,他既然不肯出面到太湖帮来,你有危难,怎好由他到太湖帮来救你呢？"

韦如虎道："小人也想到这一层,所以一时懊恼起来,才撕起他这一把扇子。"

诸葛鹗在旁,听到这里,便向海龙笑道:"这并不是白眉和尚骗韦如虎上当的,他去一韦如虎不足惜,如果容我们太湖帮人在韦如虎口中拷出实供来,他的秘密已被我们揭穿了,在他一方面着想,他没有这么的傻。兄弟的意思,总以为韦如虎没有撕去那把扇子,白眉和尚虽不能前来救脱韦如虎,洞庭帮人总有这法术将韦如虎摄到他们兵船上去,他们这番用白莲教的法术,前来乌乱一阵,但法术的归脉,却在韦如虎这一把扇子。一停止扇子不扇,登时火也消了,纸人也杀了;一撕去这把扇子,葫芦寨依然没有见得烧毁一砖一木,却仍是一座葫芦寨了。

"兄弟刚才在厅上出来,到后院中去小解,回到厅上,曾对寨主们说出那一番雷轰电掣的话,实则在后院中有一阵很热的怪风,在兄弟背后刮得来。回头一看,见空间远远有一朵红云,慢慢飞向我们葫芦寨来。当把眼睛闭了闭,重又睁开,仔细看那红云上面,好像有许多天神天将,踏着红云前来。一眨眼,风声更来得近了,那红云也就渐渐飞得快了。

"兄弟一看,就知是白眉和尚暗中作法,帮助官兵来扫灭我们太湖帮了,不然,当初铁总督不敢同我们太湖帮人作对,这会子却有这么大的胆,没有我们的仇派在暗中帮助,他敢调动防营,来同我们为难吗?如果说是官兵从太湖帮经过,怎的如入无人之境,不到我们帮里打招呼呢?如果说不是白眉和尚使的妖法,江湖上除去白眉和尚这一派人物,还有谁呢?只怪寨主若将这话早告知兄弟,就早请天虬兄弟到伏龙庵去请澹公老和尚了。那时事迫眉睫,还有到北海去的时候吗?还好,现在这东西已落到我们的手里,还算不幸中的大幸。

"兄弟回想那一阵热风刮来的时候,正是这东西挥着纸扇的时候,这东西把无根之火扇到葫芦寨来,红云飞到葫芦寨的时候,正是寨中人看见起火的时候。兄弟估量不是这东西对红云将扇子向南一扇,红云绝不能落到葫芦寨来,这东西若在别处地方扇着扇子,红云就落在别处地方,也绝不会落到葫芦寨来。看这种法术的归脉,完全在这把扇子上,红云绝没有一定的趋向,这把扇子向南边一扇,红云便向南边来。扇子已被这东西撕毁了,根脉已断,却叫洞庭帮人凭什么能解救这东西的性命呢?不过捞住这东西,不足以偿我们帮中萧、褚二位首领的性命。"

众英雄听了,都很惊讶。

忽然韦如虎急道:"该死该死,我早知不是和尚骗我的,便打死我也不肯撕去这把扇子。事后懊悔,可嫌迟了。赶快请砍了我的头,十八年后,我还是一条汉子。"

海龙笑道:"你这东西,在官里犯了案,在我们太湖帮作法,害了我们帮中许多的兄弟,连萧、褚二位首领都算死在你的手里,你一个头够抵偿吗⋯⋯"

话犹未毕,九娘已将褚通带到厅上。众人见褚通并没有死,这一喜真是喜从天降。

九娘即向海龙禀告道:"奉寨主命,调查帮中死伤人数,死者二百一十二人,伤者三百四十人。死者已吩咐喽啰给他们预备后事,伤者已各归寨棚调养,却没有被火烧死烧伤的人,并喜得萧、褚二位首领安然无恙。那时喽啰到厅禀告,说二位首领被官军杀了,仍是洞庭帮人使的献身妖法,空使我们太湖帮人暗吃一惊。"

接连褚通也近前禀道:"兄弟同萧首领奉寨主的命令,让给官兵从帮中经过,用不着同他们为难。及至官兵离本寨五十里地方驻船,兄弟同萧首领看兵船上敲锣打鼓敬菩萨,似乎见有一朵红云向寨中飞来,一时寨中火光冲天,这才吃惊不小,但不疑惑是官兵中有洞庭帮人使着什么妖法。听兵船锣鼓的声音停止了,欲要回寨救火,又防官兵乘势在后面抄来,那还了得?看寨中失了火,总疑那红云是失火的殃星,并不是什么妖法,这火总该烧起来便扑灭了,不想这火竟烧了许久的时间,方才焰消火灭。

"说也奇怪,就在寨中火焰消灭的时候,兵船已摇起橹桨,全数都开拔了。我们方疑惑兵船既在这地方住夜,为何又要开船?既要开船,在先就不应在这地方住夜。大略是忽然接到上峰的紧急命令,所以连夜向前开去了。

"官船一开去,恰见空间有一道电光直向西南飞去,我们就更觉得奇怪。不料这时候,九娘姐姐前来,才知道其中的缘故。所以兄弟同九娘姐姐来到厅上,禀告一声,请寨主放心,洞庭帮人大略已随官兵一路走了。"

海龙又对他将韦如虎的口供述了一遍道:"他想洞庭帮为何不在进口便驻船,却从我们葫芦寨北去五十里才驻船?就因今天是刮的北风,借着顺风,使用着无根之火的妖法,总比在逆风容易些。船在葫芦寨经过,如果我们要前去同他为难,兵船便有人出来向我们打招呼,洞庭帮人知道我的脾气,官兵既向我打招呼,料想绝没有大乱子出,你见兵船开拔的时候,不是见有一道电光飞向西南去吗?那就是窦鸿藻回洞庭湖去的一种证据。窦鸿藻既去,他的党羽水面上的飞行术也该总有这一手本领,但纵不是空中高来高去的好汉,料想一班也回到洞庭帮去,他们剿不了葫芦寨,还随官兵到铁保衙门里去干什么呢?"

褚通听罢,仍然退回防地。海龙便吩咐将韦如虎收押起来,将寨中已死喽啰的尸首掩埋已毕,十月初八日这一天的祸变,也算是烟消火灭了。

过了万春、周锦的喜期,海龙便着人分头探听官方的消息,果然窦鸿藻没有随官兵回南京见铁总督,已同一班党羽仍到磨盘寨落草去了。但是官兵方面水陆的防营却仍回归原防，不肯拿性命再剿袭太湖，自有一种缘故。因为这年，江苏水灾，军营的粮饷全仗本地的粮税开支，粮税既减少，粮饷上自然要受影响。江苏的防营有五个月没有发下饷银，如果他们仍然是吃饷不管事，另外也打到进账，便是到前线上去剿匪，总以为大兵一到，匪已闻风远扬，总该在匪穴中搜刮许多的外快，如今看太湖帮中的人很是了得，洞庭帮人那么大的法术、那么大的本领，终没有能剿灭太湖帮，官兵中上至将校，下至士卒，谁愿意拿性命去尝试呢？但是上峰命令下来，叫你死，你也要去死，这真所谓："养兵千日，用兵一时。"难得有五个月不曾关饷，他们就有了推身符了。

弟兄们说："当兵原是要吃饷的，五个月不关饷，大家没有钱，不要饿死在前线上吗？"

将校说："大帅不关饷已五月了，使弟兄们忍饥挨饿，没有洞庭帮人帮忙，他们肯服从命令，到前线上去打仗吗？这真应得兵书上两句话，所谓'饷粮一绝，万众离心'。弟兄们少安毋躁，大帅要令我们剿匪，总该发下五月的饷。"

铁保铁总督也不怪士卒不肯服从，五个月不关饷，他们肯安安稳稳没有大乱子出，还算将校各有一种牢笼的本领。如今要他们的命，该当要给他们的饷，不发饷，如何说得起，能叫他们服从命令？自己又是清风两袖，哪里补垫出这些银子，开发他们的军饷？

韦如虎抬高太湖帮人的本领，这次洞庭帮人到太湖帮去，空玩了一回把戏，并没有剿平了太湖，能伤害沈海龙一毫一发，反说太湖帮人的势力太大，又用不着枉费心机。这是他们绿林中人交接官私两方面最精明的手段。铁保反想到是窦鸿藻召之不敢不来，毕竟是畏怯官府的威力，既来又不肯出力，同太湖帮为难,空玩了套把戏。他不愿自戕同类,这么一番做作,敷衍着官府的场面,他们说是在暗中帮助官方,实则是在暗中帮助太湖帮人,故意把太湖帮人抬得高,显得他们洞庭帮不是败退在没有本领人手里,摇惑军心,不敢再到太湖一步。便是韦如虎等一班江湖上人,也是在我跟前讲了一个瞒天大谎,把洞庭、太湖两帮人的本领说得天花乱坠,第一步想阻止我不要去剿灭太湖,第二步又故意说出洞庭帮来,竟使洞庭帮的强盗反做官方的统兵大元帅,私通敌人,玩弄官方于股掌之上。这些东西的手段太精绝、太神妙了,不然,洞庭帮人已回去了,怎么韦如虎再也不到衙门中来?那些江湖上人,这时又死到哪里去了?士卒因没有发饷,又被洞庭帮强盗的谣言煽动了心,就不肯服从我的命令,再去剿袭这太湖帮。其实我这时已明白过来,反正不过一二千强盗,纵有点儿本领,如何能有这么大?如果调动大队的兵,一鼓作气地前往征剿,难道真个征剿不了吗?我且和各富商商量,借笔银子,先开发弟兄们两个月饷,再令将校向他们每日训话一次,不要把强盗的本领看得太大,自己的本领看得太小。如果洞庭、太湖两帮的人真有那么大的本领、那么大的法术,万一揭竿倡乱起来,不要取天下如反掌吗?

铁总督变换了这样的心思,接着叶树声、铁夫人又从中怂恿他,果然在城中各埠各富商方面筹了一笔款子,先发下两个月饷,着令各营将校对士卒苦口开导,准备不日调拨大队兵舰到太湖来。

恰好这夜,铁保坐在上房,两边的戈什哈一个个执刀佩剑侍立着。忽然门外一阵风响,接连见一个奇怪服装的人,提了一个口袋,从人头上飞进来,响雷也似的高叫了一声道:"小人沈海龙,特到大帅台前领罪投案。"

欲知后事,且阅下文。

第三十二回

总督衙韦如虎伏诛
太湖帮僧澹性搦战

话说两边的戈什哈见有一人从人头飞进来,一个个都现出雄赳赳、气昂昂的样子,准备捉获刺客。及见那人已跪在公案前面说:"小人沈海龙,特地到大帅台前领罪。"他们也就不用去同他怎样为难。但铁保那时镇定心神一想,很觉沈海龙来得太古怪了,登时转换了心思,向海龙笑道:"这里不是法堂,不用多礼,坐下来好说话。"

海龙便将口袋放在堂下,趁势起身笑道:"谢大帅的座。"说着,便用脚踏在那口袋上,就旁边一张椅子坐了。

铁保道:"沈海龙,你知罪吗?"

海龙道:"小人知罪。"

铁保道:"本督的少小姐灵姑、女婿叶鉴湖、外孙叶凤,以及扬子江告发太湖帮人各种奸淫盗劫的案件,自然你要知罪。"

海龙道:"既是大帅把这几种案件说是小人做的,当然就是小人做的。"

铁保道:"好汉说话不要含糊,是你做的,你就直说是你做的;不是你做的,你就直说不是你做的。何苦自甘屈辱,代江湖上没有担当的无名鼠辈受罪?"

海龙道:"非是小人说话含糊,大帅的威德固然使小人心输胆战,但小人的性命也不算一文不值,何苦甘代一班没有担当的东西受罪,惹得子子孙孙说不起话?小人实因大帅硬将这罪名坐在小人身上,便是小人有千百张口,千百张口都有千百张莲花妙舌,也分辩不来的。所以大帅说是小人做的,小人只得承认。"

铁保道:"你是汉子?"

海龙道:"是汉子。"

铁保道:"是汉子就得帮同本帅拿获真犯破案,从此改邪归正,立功赎罪,上为国家出力,下为祖宗争光。你想一想,做强盗若不失脚,万一揭竿倡乱起来,世界上还有安静日子吗?"

海龙听了,哈哈大笑说:"大帅这样的为人,又不是一个山东的李湘亭吗?无怪澹公老和尚第三个锦囊中,劝小人率领弟兄们输诚投案,世间没有得了好下场的强盗。小人因洞庭帮人去后,这几日间很有心荡神怯。小人以为心荡,小人的天禄尽了,这是小人极危险的时间,就得要拆去老和尚第三个锦囊一看。原来是因官府不日又来剿灭太湖,劝小人趁早投诚,或可减免了一番浩劫。论小人帮中人的能耐,哪怕大人调动一省的大兵,就倾全国的军队,来同太湖帮为难,小人是不怕的。澹公既劝小人投诚,大帅又肯推心输诚地款待小人,小人自无不听凭钧谕,拿得真犯破案。不过太湖帮人不敢立功,但求无罪,做个老百姓罢了。请问大帅,这时却知道真犯是谁人呢?"

铁保道:"本督爱民如子,绝不肯冤枉好人。这次总怪本督枉听谗言,直到你今夜前来,才恍悟太湖帮人是冤枉了。至于这案的真犯是谁,还须你明白讲给出来。"

海龙道:"大帅这次何以恍悟小人不是真犯呢?"

铁保笑道:"这不很容易知道的?这些奸淫的案件,哪里是好汉做下来的?你不是好汉,到本督衙门里请罪干什么呢?像你这种人物,做强盗太可惜了。"

海龙道:"既是这回大帅已明见万里,实在想到这些案件不是小人做的,且看小人取一个真犯出来。"说着,早从那口袋里倒出一个人来。

　　铁保看那人不是别人,原来却是韦如虎。看他面目黧黑,像似睡着的样子,铁保好生惊讶,真正做梦想不到杀人的真犯还是这个韦四铁棍,便向海龙说道:"这东西好大的瞌睡,死到临头,还要做他的清秋大梦。"

　　海龙道:"不是他瞌睡,是小人用药将他迷翻了的。"说着,便请一个戈什哈,取一碗冷水,喷在韦如虎的顶上。

　　韦如虎一睁眼,看铁保坐在厅上,海龙侍坐一旁,不免又羞又怕,羞得面上红一阵白一阵的,怕得浑身都直抖起来。铁保即吩咐戈什哈,将叶树声请来,又令自己的太太在屏风后窃听。

　　韦如虎到了这时,自知去死路不远,也无法可以抵赖,只得按照在葫芦寨所供的话,添枝加叶地说了出来。

　　铁保道:"你一班党羽现在哪里呢?"

　　韦如虎道:"他们都已到洞庭帮去了,只怪小人一时痰迷心窍,不该误听白眉和尚之言,望大帅立刻成全小人,十八年后,还不是一条汉子?"

　　铁保便笑谓叶树声道:"亲家不是听这恶贼亲口供出来吗?本督早知这些案件不是太湖帮人做下来的。后来误听这东西的奸言,硬将这些案件坐在太湖帮人身上,也该太湖帮人有那一番磨蝎,所以本督才糊糊涂涂地简直像痰迷了心窍一般,哪里知道这案的凶手还是他呢?"这几句话说得叶树声无言可答。

　　海龙急吩咐两边的戈什哈:"快把这厮绑出去砍了吧!"

　　两边的戈什哈虎也似的应了一声,急将韦如虎扯到堂下。不一会儿,用一个金漆台盘,已将韦如虎的人头献上。

　　铁保验相已毕,便向海龙笑道:"目今两湖总督李湘亭,是由山东调到两湖,同本督也有二十年的道义之交,本督发下一纸公文，到李总督衙门，两处调动大兵，你们太湖帮人暗中帮助，剿灭了洞庭帮，功成之后，我们当保荐你们太湖帮人做些事业，不要再做这种买卖了。"

海龙道："剿灭洞庭帮人是太湖帮人分内的事，功成之后，若蒙大帅开恩，容许太湖帮人做个安居乐业的老百姓。太湖帮人做了老百姓，不愁没有生活，那汪洋浩瀚的太湖，本是老天给我们太湖帮人享用的，捕鱼张网，仍是自食其力。若叫太湖帮人到军营中做些事业，小人万难从命。并且洞庭春夏秋冬的气派也很厉害，不是军队的势力所能铲除的，但凭太湖帮人，有澹公老和尚出面帮助，却不用军营争先，反使太湖帮人暗中受着他们肘掣，办得好固罢，办不好，太湖帮全伙的性命够抵偿两处军营中将士的性命吗？小人只求大帅发一纸文书，告知湖南李湘亭李总督，由我们太湖帮人去剿袭洞庭帮，不使部下的防营妨碍我们太湖帮人的行动，只坐等好消息。不幸事败，小人也没有罪，事成也不居功。不过愿大帅开一面仁人之网，不做兔死狗烹、鸟尽弓藏的榜样。大帅总得依小人便宜行事，小人实在没工夫在大帅台前多谈，就要立等大帅的一句回话。"

铁保听罢，说道："既然你这样说，凡事就听你的主意。"

海龙笑道："大帅答应了小人，小人便依着办了。"说罢，即辞了铁保出来，双脚一点，全身凌空，顷刻间已不知去向。

铁保偏着头想了一阵，便对叶树声说道："亲家看洞庭、太湖两帮人的本领，可还了得？没有太湖帮人物，如何能扑灭洞庭帮？海龙不用官兵前去剿灭洞庭帮，公事上倒省却许多麻烦，并可保留本督同李湘亭的两条性命。这是什么话呢？洞庭帮的匪徒，不见我们的官兵前往协剿也就罢了，若见我们的官兵同往协剿，洞庭帮人须比不得太湖帮人做事光明，他们敌不过太湖帮，就得迁怒本督同李湘亭身上，最后绝对有最危险的手段来对付我们两个老头子。凭洞庭帮那样的本领、那样的法术，还不是在万马营中取上将的首级如拾草芥吗，我们如何侥幸逃脱这班匪徒的毒手？本督看沈海龙为人，本领固然是大得了不得，处事极光明，心思极细密，不是本督说一句自弃自贱的话，唉！国家的封疆大臣，哪有赶得上这个做强盗的？"

叶树声也不由点头叹服。灵姑、鉴湖的冤案就此解决，自然铁保照着海龙的意思，移文到湖南去。

李湘亭也知道沈海龙的为人不错，哪里像似一个做强盗的，也就依着铁保的话，暗令部下的防营，如见有太湖帮人的船只前来，不许干涉他们的行动。

这回欲写太湖帮前往剿平洞庭帮的情形，本当从正面着墨，从太湖帮人一方面写来，但迫于笔阵和文字的要求，在势不得不在洞庭帮人方面写起。

原来洞庭帮那次出发，暗中对付太湖帮，窦鸿藻带领的十六名头目，是鲟毛虎卫勇、爬地虎卫猛、矮脚虎卫刚、披发虎卫强、赤须鬼项通、晦气鬼项达、风流鬼项美姣、追命鬼项美玉、倒头鬼项铃、天罡煞祝仁、红鸾煞祝红云、天喜煞祝碧云、孤辰煞祝义、倒戈煞祝礼、悬针煞祝智、华盖煞祝信。这十六名头目，只学得白眉和尚白莲教的法术，各各的本领却没有练成一身的罩功。白眉和尚门下的徒弟练成罩功的共有三人：金眼神鳌窦鸿藻罩门在龟眼里，还有浑江龙章大刚的罩门是在右边的胳肢窝里，还有扭头狮子苗宁的罩门是在左边的鼻孔里。

章大刚、苗宁二人，这番都坐了洞庭帮的交椅，窦鸿藻领着四鬼、五虎、七煞十六名头目，暗去剿灭太湖帮，章大刚、苗宁留守本营。

窦鸿藻那夜在距离葫芦寨五十里地方，见葫芦寨的火焰全消，那无根之火无处着脉，固然不能怎样杀害太湖帮人，且无法能救出韦如虎的性命,反疑惑是澹性、佛性前来,助太湖帮人一阵,破去洞庭帮的法术,自己虽练成这一身罩功,自信不是澹性、佛性两人的对手,三十六招,还不是走为上招?当把这缘故对官兵说了,官兵胆小如鼠,一齐准备开船。

窦鸿藻立刻招呼四虎、五鬼、七煞十六名头目,各自施展水陆飞行的功夫,先后回到磨盘寨去。哪知没有五日的工夫,白眉和尚又由南海到洞庭帮来,手里拿着一封信,盛怒难犯似的向窦鸿藻面前一掷说:"徒儿,你瞧瞧这是什么?"

窦鸿藻看完那一封信,也好生惊讶。

接着白眉和尚说道:"我在暗中帮助洞庭帮人,他们也在暗中帮助太湖帮人,总打算洞庭、太湖两帮的人,既不能由武力解决,最后出来讲和,从此桥不管桥,路不管路,各会各的脚步,各干各的事业,总该澹性、佛性看在我的情面,用不着多说了。想不到那两个东西竟敢明目张胆,直接对我下这宣战书。我一时火起性子,就得将那下书的童子结果,把这纸宣战书撕得粉碎。后来转念一想,他们在先并没有同我决裂到十二分,此次胆敢送一封宣战书来,欲扑灭洞庭帮,他要对洞庭帮人下宣战书,就得下在磨盘寨中,对洞庭帮首领直接宣战,偏敢明目张胆地下在我这地方,又是直接向我宣战,可见现在这两个东西的法术,还要比我高强了。我只得捺定火性,向下书的童子说道:'如果澹公、佛公看中了我,定要明目张胆地同我为难,我也没有方法,只托你的口,寄语给澹公、佛公,就说那个白眉和尚本不敢直接同两公宣战,但不能使两公同太湖帮人不来,唯有到洞庭帮去等着他们前来便了。'徒儿,你看这一封宣战书,那澹性、佛性两个东西,可不是欺人太甚?"

窦鸿藻道:"他们能不来,是他们的造化,师父那时若肯出面,随行到太湖去,早已踏平了太湖帮了。过去的事已经过去,且不用去讲他,难道师父既住在洞庭帮水寨子里,还怕他真能怎样我们洞庭帮人不成？"

白眉和尚作色说道："你讲的这话,你敢小觑澹性、佛性不成？我接过这封宣战书,早探听澹性、佛性已住在太湖帮水寨子里,他们没有自信能剿灭洞庭帮的能耐,还敢明目张胆,居然向我下这封书吗？我们若完全凭着自己法术、本领,准备兵来将挡,水来土掩,那太湖帮人诡计甚多,又有澹性、佛性出面,要同洞庭帮为难,在势不扑灭洞庭帮,他们也咽不下胸中一口鸟气。我们若轻易向他接战,就不免容容易易为他们所算了。"

窦鸿藻见白眉和尚这样说,便点了点头,问道："师父究有什么方法呢？"

白眉和尚笑着道："方法倒有一个,我们这里兵分四队,卫家四虎为第一队,项家五鬼为第二队,祝家七煞为第三队,我们同章大刚、苗宁为第四队,悉听我的号令,如见有太湖帮人前来,只许败,不许胜,败则记一次大功,胜则砍头号令。败时到哪里去呢？就得一起转到特别水牢,好在那里面有七道机关,你们早已在那七道机关里水牢下面,添设了很大的五开间地屋,大家一齐到地牢里去,孩子们就得去诈降太湖帮人,如果太湖帮人中了我们的诱兵之计,叫孩子们胡乱在他们面前说出机关的路径,总要说和叫他们相信,不过将那机关里的紧要地方,千万不可告知他们。他们的本领再大些,若有踏进水牢的人,居然还想带着性命回去,那澹性、佛性两个东西,就更失笑我这白眉和尚毫没有一些手段了。"

窦鸿藻听了大喜。白眉和尚便吩咐众人,专等太湖帮人前来,好像太湖帮人一股拢儿都得诱入特别水牢,顷刻间便要死在他们手里似的。心里如此想,谁知后来的事,却又出人意料。

究竟两帮人胜败如何,欲知后事,且阅下文。

第三十三回

见美色恶强盗欺心
报主仇好女郎殒命

话说天下事真是出人意料之外,白眉和尚打算用这一招,可以处置太湖帮人的死命了。谁知太湖帮人还没有出发到洞庭帮来,那个金眼神鳌窦鸿藻,在白眉和尚到磨盘寨的第二夜,已被人破了他的罩功,立刻间死于非命,不能撑持着洞庭帮的局面了。论理窦鸿藻有那么大的本领,又练得这一身罩功,有人敢来破他的罩功,处置他的死命,这人的本领,当然要比窦鸿藻大,才能对他下这样的毒手。其实窦鸿藻何尝是死在有本领人手里?说起来真使人有意想不到之奇。凭窦鸿藻那一身本领,性命却断送在一个毫没有半点儿本领的人手里。

看书诸君还记得前文卫家村中的一件惨案吗?卫素文已在飞虎厅前殉烈死了,卫玉林夫妇又死在磨盘寨普通水牢里,卫玉林一家三口已死于非命,料想还有谁人来报仇呢?

就中单说到那个老家人卫福,听得杨昇说他主人、主母、小姐是死了,卫福好生伤痛,便将他主人的财产俵分卫家的同族中人,留些银钱给卫玉林夫妇及素文小姐起造一所家祠,卫福便在那家祠里服侍香火,也没有这种能耐,想报复他主人、主母、小姐的大仇了。

卫福有个女儿,乳名唤作玉燕,在十岁时候,被拐子拐到苏州,卖在一家堂子里,渐渐一年一年地大起来,却出落得玉温花活、秀骨姗姗,居然在那堂子里高张艳帜,很捞摸一班公子王孙不少的小货钱,便决意跳出火坑,不吃这碗胭脂饭,用五百两赎身,五百两留在身边,作为盘费,一路回到湖南的境界,直到卫家村地方。却在一所小小的祠所,见了她父亲卫福,哭诉六年以来,被人家拐骗,卖到苏州娼家的苦况。

卫福听罢,也抱着她的头,泪眼婆娑地痛哭一场,接连便谈到许、卫两家的惨案上去,也将那其中的种种经过情形向玉燕哭说了一遍。

玉燕听了哭道:"阿爸在老主人家有数十年了,便是女儿也在主人家养大了的,并且那素文小姐待我好,什么是丫头,什么是小姐,我们简直同一娘胎里生出来的一样。如今我听得主人的家中遭了这样飞来的横祸,一家三口都死在洞庭帮的强盗手里。我阿爸这么大的年纪,不能给主人报仇,女儿却有这心意,请阿爸不用妨碍女儿的行动,有朝一日,包管窦鸿藻认得女儿的手段厉害。"

卫福道:"你有这好意,要替主人报仇,无论你是死是活,我也无暇顾及,也只当作你没有回来。不过报仇的事,恐我是办不到。你有一分力量,尽一分力量,便是一死,也对得起你主人、主母、小姐了。"

玉燕巴不得她父亲有这番话,便将身边数百两银子交给她父亲收藏,略带了一些盘缠,雇了一只船,仍装作游妓的模样,一路到洞庭湖来。

船行到柳家岸地方,有几十里旱道,玉燕便还了船钱,在一处人家借宿。那人家没有男子,只有三间小屋,一个年纪在八十以上老太婆,叽里咕噜,在一座泥做的无量寿佛面前诵她的一卷《心经》。玉燕打开门来,向老太婆借宿。老太婆看玉燕的相貌太妖艳,装束太时髦,一个独行踽踽的风流少女,哪里看得上她们吃斋念佛人的眼里,索性一口回绝,不容她这肮脏人在此住夜,污染了佛堂,不是当耍的事。

玉燕见老太婆不肯借宿,这地方虽然疏疏落落倒有数十家,但可没有像老太婆这种好地方,可以住宿一宵,安安稳稳没有大乱子出。老太婆又不肯借宿,没有法子,只得仍向前跑去,跑到可以住宿的地方,再去借宿,也不为迟。哪知跑有二三里路,哪里有可以借宿的地方?分明已跑到一座义冢中间,两脚已痛得不能跑了,脚踵下更像有千百支绣花针乱钻乱戳的一样,只得坐在一座坟茔下面休息。看这地方的坟茔很多,好在身上的衣服不大简单,胡乱在这里将就休息一夜,倒也使得。

打算已定,忽觉背后有人拍着她的肩背说道:"玉燕,你好大胆,想你这样娇嫩,点点辛苦都吃不消,能到洞庭帮去,给你主人报仇吗?"

玉燕听她的话,大吃一惊,月光之下,回头看是一个中年尼姑,手数牟尼,又向她念了一声:"阿弥陀佛!"

玉燕看这尼姑来得太奇怪了,她怎么知道我是到洞庭帮去,要替我主人报仇呢?心里刚才这么一想,即见那尼姑向她微微笑道:"我若不知你要替你主人报仇,特地到这里干什么呢?我问你,你还是要给你主人报仇,还是另有别种事体,要求我帮助你?不妨说给我听,我可以帮你的忙。"

玉燕道:"我只有替我主人报仇这一件事横在胸中,但求能报了仇,我的一身完了事了,还要人帮助我做什么呢?"

那尼姑忽然说道:"可惜可惜。也罢,你尽要给你主人报仇,我来指点你。"

旋说旋向玉燕低声说了一阵,又将玉燕的双脚揉了几揉。玉燕听尼姑吩咐她的话,两脚经她揉了几下,一点儿疼痛也没有了,便立起身来,拉住她的衣袖说道:"不是你女菩萨前来点醒愚蒙,我哪里想到有这一招?不知我报仇以后,女菩萨能显着什么神通,救出我的性命?"

那尼姑道:"缘尽于此矣,你此去报了仇,便完了事了。"说着,便用手甩脱了玉燕的手。

玉燕再仔细留神一看,哪里还见什么尼姑呢?心里暗暗叫作奇怪,把尼姑的话在心中默念一番,好在两脚并不觉得怎样疼痛,披星戴月,连夜赶到一个水路码头,又雇了一只船,到洞庭湖来。洞庭帮人虽然在戒严期内,但对于这类的花船,不大阻止往来。

就中被寨中的小头目看见玉燕生得太美丽了,便将她带到自己的船上,想做泄欲的工具。及听玉燕说是到洞庭帮来拜见窦寨主的,恐怕玉燕同窦寨主有过首尾,他们就不敢存着分甘一脔的心肠,便将玉燕带到窦鸿藻面前。

窦鸿藻同她见面之下,好像在哪里看见过的,一时却想不起来。但因她说是湖南的人,窦鸿藻在湖南各州县地方嫖的妓女极多,一时也记不清楚,也就毫无疑惑,吩咐喽啰将玉燕带到自己的静室,调拨两个丫鬟,服侍茶水。窦鸿藻打算这天夜间,同玉燕搂抱入帏,不知要怎样地温存体贴。

好容易挨到二更时分,走进静室,看玉燕酣睡在床,看去就同一朵睡海棠般,便亲自抱着她的头摇了几摇。玉燕睁眼,看窦鸿藻是来了,便起身下床,低声唤了一句:"大少,小奴拜见。"

窦鸿藻哈哈一笑,说:"你叫过多少大少,这时也换不过口来?有几天没有到一班大少那里走动,可把你要想坏了。"

玉燕脸上一红,不由拿一方粉红汗巾向窦鸿藻直撇过去,低头笑道:"窦寨主倒会挖苦人呢!人家误叫你一声大少,就惹得你一肚皮好话笑出来了。小奴同一班大少总是清水下杂面,哄他们几个钱,谁有心想他们呢?"说着,便坐在窦鸿藻腿上,扭股糖一样,在窦鸿藻怀里扭个不住。

窦鸿藻直喜得心花怒放,忙把脸嘴到玉燕的唇边,说:"你不怕我这一嘴络腮胡子磨破你的嘴唇皮吗?"

玉燕也笑了笑。正闹得十分起劲,丫鬟早取过一面胡琴来,玉燕便接在手里,伸出嫩葱也似的手指,和着弦子,唱了一出《四季相思》。接着丫鬟又摆下筵席,吃喝了一阵。

窦鸿藻看玉燕已有五分酒意,眉目间春情洋溢,便吩咐两个丫鬟收去杯盏。窦鸿藻忽然不见玉燕的身影,心里正自惊讶,接着听得隔壁套房哗啦啦不住价响,辨得出是洗浴的声音,在那里洗个不住。窦鸿藻暗暗一笑:"她们女孩儿家,还有这一出戏!"

一时闲着无事,即叫小丫鬟在房里生起一盆火来。小丫鬟去了,随手带了房门。喝了一杯热茶,用手巾揩过了手,却看见床上的被褥花团锦簇,铺设得齐齐整整,便先行向床上一躺,抱着玉燕枕过的那香枕,嗅个不住。恰见房门一开,玉燕已走近妆台,看窦鸿藻抱着那枕头嗅个不住,脸红红的,不禁向窦鸿藻憨憨地笑,重又走近妆台,点了点莺莺点过的胭脂,搽了搽红娘搽过的粉,除去头上的珠花暖帽,走到床边,脱卸身上一件一件的衣服,索性连抹胸也除去了,赤条条一丝不挂,像似一幅杨妃出浴图,低头一笑,便向窦鸿藻怀里钻去。

接连窦鸿藻也脱卸了衣服,觉得那一阵花香、粉香、口舌香,一时也闻不过来,直喜得四万八千毛孔,差不多要从一个毛孔里钻出一个快活,便向玉燕乜了一眼道:"好个香美人儿,你说同一班大少们是清水下杂面,为何这番如此不老实起来?我有些替你害羞呢!"

玉燕扑哧地一笑,说:"小奴自己不老实,为何反要寨主害羞起来?寨主休要取笑,小奴向来同他们一班大少爷胡调,是清水下杂面,不过希图哄骗大少的钱。如今见了你寨主这样的英雄人物,清水也要捺到浑水里去。"

窦鸿藻笑道:"你对我说是想哄骗大少爷们几个钱,你这时是要哄骗我什么呢?"

玉燕笑道:"我哄骗你什么呢?我是哄骗你胸膛间一个热辣辣的东西,你说我不是清水,你不相信……"

以下的事,作书的也不知她做些什么,也就一言表过,叫作其详不可得而闻也。

好大一会儿工夫,烛光之下,玉燕看窦鸿藻像似已经睡熟了的样子,毕竟看他的口眼张开,又有些心惊胆怕,耳边听得寨中的梆鼓已敲至四下,才听得窦鸿藻鼻息如雷,才慢慢地挣脱了他,从头上拔下一根金针来。恰听窦鸿藻的声音喃喃地说道:"时候不早了,你好生安静睡觉,让我养一养神,不用来烦缠我。"这几句说完了,忽地窦鸿藻大叫一声,玉燕手中的金针已戳进窦鸿藻的龟眼里,就势搅动了几下,再看窦鸿藻两眼向上一翻,两足一蹬,身上已是冷冰冰的,一些气息也没有了。

恰好两个丫鬟颠倒价和衣睡在那套房间里,因在二更以后,听得出神,听厌了也就渐渐深入梦乡。及听窦寨主马鸣似的一声狂叫,连忙走出来,看院中守卫的喽啰也赶得前来。那几个守卫的喽啰早知不妙,忙用刀劈开房门,见玉燕已穿好了小衣,在桌案上拿起窦鸿藻的一把佩刀,向喉间一戳。众喽啰再近前看时,已是香消玉碎,倒毙在那地方了。

丫鬟忙走近床边,将窦鸿藻身子推摇了几下,哪里能摇得醒呢?再揭开被窝看时,一根金针竖在他的龟眼里,把他的浑身都弄得冰冷冷的,像似死去多时的样子。

喽啰们带着丫鬟去报知白眉和尚。白眉和尚听报,大吃一惊,立刻起身升坐大帐,集齐了洞庭帮的首领,先到窦鸿藻房里验相一番,听丫鬟报说的话,实在想不出这一个游妓,同窦鸿藻有什么不解的冤仇,居然会知道窦鸿藻的罩门所在,来下这样的毒手。但玉燕已死,白眉和尚也就没法能逼出玉燕口中的供词,只好将玉燕的尸首先拖出去掩埋,然后替窦鸿藻忙着后事。帮中人都挂孝三日,白眉和尚因洞庭帮不可一日无主,自己只好摄理洞庭帮的军事,俟后擒下太湖帮人,再行铨选洞庭帮的首领。凡有路过的游妓船只,一概不许开到洞庭帮的管辖所在。

这消息早已传到太湖帮中来。原是海龙那夜从督衙回来,见澹性已带着北海龙王杨异到葫芦寨来。澹性把自己同佛性出面下书,激动白眉和尚到洞庭帮的经过情形,向海龙众英雄等说了一遍。大家只等佛性到来,便出发到洞庭帮去。

接连有好几日,不见佛性前来。众人正在惊讶,忽听佛性的法驾已到,连忙将她迎到厅上。

大家相见已毕,佛性即向澹性说道:"师兄可明白我不能同师兄如约前来的事吗?就因一件要紧的事绊住了我的脚步。"

澹性便问是什么事。

佛性因为同是自家人,胸怀磊落,如今这件事且不管她怎样碍口,不好说出,只得将卫玉燕舍身替主报仇的事约略说了一遍,道:"贫僧早知窦鸿藻的罩门在那地方,却不好向诸位说明,便去指点那个玉燕孩子,依照贫僧的盼咐,去结果了窦鸿藻。可惜那孩子的缘分太薄,贫僧不能收她做徒弟。打听得她已经自尽死了,贫僧心里总觉有些难过,便将这消息去告知她父亲卫福。那卫福反哈哈大笑道:'玉燕丫头能替她主人、主母、小姐报了大仇,老奴便死也含笑泉下了。'可见有其父必有其女,卫福的为人也算是不忘故主。"

众人听到这里,都称快不已。接连见有两个喽啰到厅上报告,说:"有两个女子,有机密事,要见沈寨主说话。"

毕竟这两个女子是谁,欲知后事,且阅下文。

第三十四回

报军情暗助太湖帮
划石鼓力服山东盗

话说喽啰报说有两个女子,有机密事,要见沈寨主说话。说着,便献上玫瑰色的两纸名片,一写着"祝红云",一写着"祝碧云"。

海龙便向那喽啰问道:"那两个女子是什么装束,哪一省的口音?"

喽啰回说:"是讲的一口北方话,好像是山东人,一穿红装,一穿绿装,都像江湖上卖解的人装扮。那红装的女子年纪在三十开外,绿装的女子比红装女子年纪要小得好几岁。"

海龙听罢,点一点头。

不一会儿,红云、碧云便走到厅前,口里唤了声:"恩公,小奴姊妹奉大哥祝仁的命令,暗使小奴前来,报告秘密。恩公兵发洞庭帮时,切勿听信人言,说洞庭帮特别水牢里的机关是怎样的七道机关,不能捺定性子,轻入特别水牢,那么事情就糟透了。总请恩公遇事谨慎些,不可中了白眉和尚的奸计。小奴兄弟姊妹们总得在暗中相助,以报恩公万一。小奴就此便要回到洞庭帮去,怕耽误了白眉和尚的卯期,这性命就靠不住了。"说着,便向海龙敛衽告辞而去。

众英雄皆因红云、碧云两人来得稀奇,去得也很古怪,当由诸葛鹗便向海龙说道:"日前洞庭帮人在暗中帮助官兵,危害我们太湖帮人,并没有见这两个女子前来告说秘密。便是白眉和尚当初搭起一座很高大的法台,用魇魔术在法台上步罡踏斗,害得我们太湖帮人九死一生,那时这两个女子又死到哪里去了,怎么并不前来报告秘密呢? 难道她这时刚想起寨主对她们的好处来,才来报告秘密,那时却想不起寨主的好处,不能前来报告秘密吗? 不但没有报告秘密,窦鸿藻用无根之火恫吓太湖帮人,不是也有这祝家七煞同来的吗? 这回还亏得她们来哄骗我们,叫我们不轻易踏进水牢一步。其实我们无论如何,也不肯冒昧进水牢一步,用不着她们前来说这样话。她们所以哄骗我们的缘故,想借此同我们亲近,白眉和尚或用别法危害我们,容易叫寨主听信她们的话。她们越是这回的言语说得近情,将来的毒计越发叫人有些猜摸不着。不知二位老师父同寨主的意思怎样?"

海龙听到这里,便向澹性、佛性笑道:"诸葛先生的话听来很有些道理,不瞒两位活菩萨说,在五年前,这红云、碧云两人的性命,实在是小侄救下来的。

"那年小侄因为到曲阜去探访一门亲戚,听得那亲戚说曲阜乡下有祝家七煞,聚集不少的党羽,在那地方很做了许多案件。他们在表面上做人很是光明正大,但是暗中要转动那人的念头,对于有嫌隙的,就在黑夜放人家一把火,把人家烧得人财两空,或使用他们的法术,画几道符,念几句咒语,便将人家所珍藏的金珠财帛搬运一空。人家都是门不开户不破的,连强盗的影子也没有看见,便受下这样倾家破产、送命伤生的滔天大祸,大半只各人埋怨各人的命运不济,才该受这样飞来的祸,哪里猜着是真有强盗前来为难呢?

"小侄登时起了一个好奇的念头,想这一干鸟人,究竟有多大的本领、多大的法术,等我前去会他们一会,或者能将他们压服下来，从此改邪归正，也好替地方除去巨害。拿定了这个主意，遂瞒着那亲戚到乡下去，见了祝仁五兄弟，彼此说了江湖上许多倾慕的衷曲，各通姓名。

"那个唤作天罡煞祝仁的，生得面如黑漆，眼若明星，说话的声音同敲着破锣一样；那个唤作孤辰煞祝义的，生得瘦骨棱棱，左右颧高耸得同两把刀背子模样，两眼暴露在外，火一般地露出凶光来；那个唤作倒戈煞祝礼的，头额又尖又窄，像个笔头儿，两眉反竖向上，两耳轮张露在外，两眼闪闪地露出光芒，口角反张，长得一例很长的獠牙；那个唤作悬针煞祝智的，却养得肥头大耳，鼻准丰隆，两眉中间有一条很明显的竖纹，约有一寸来长，望去就像那里悬了一根针；那个唤作华盖煞祝信的，年纪还没有十六岁，但头额上早现出一条一条的皱纹，两眉低垂，两目时启时闭，面容枯瘦得同深山间盲修苦炼的出家人仿佛，不是他当面说出自己的年纪，谁也看不出他是个未成年的童子呢。

"那时山东的绿林，没有个不知道小侄的，偏是这祝家五兄弟，仗着他们的法术、本领，虽知道我有一点儿虚名，他们的眼界太高，对我说出许多表面像客气、骨里很轻薄的话，并不把我看在眼里。其实我也没有眼睛识得他们这五个后起的大英雄、大豪杰。杯酒谈笑之间，他们以我是同道中人，便在我面前大摆其英雄谱，说他们不但擅有水陆两路的本领，并且会使得一种很厉害、很神秘的法术，一不用明火执仗，二不用亲自出马，要盗取那人家的财宝，就得使神通搬弄得来，要伤害那人的性命，就得用法术把他烧了个皮焦骨毁，不怕那人家的财宝深藏得怎样秘密，那人的本领大到怎样地步，只要他们一转动念头，要去为难，还不是荞麦田里捉乌龟——手到擒来的事？他们五兄弟说话时，都是昂头天外，酒气熏天，好像唯我独尊，不把世间一切人物放在眼里的样子。

"小侄听了这些无礼的话,实在耐不住了,便向他们冷笑了一声道:'我兄弟早知五位老哥很做过一番事业,不知烧死多少人,取来多少的珠宝,也该那些该死的人家应得受这般飞来横祸,所以兄弟特地前来讨吃一杯喜酒。'

"那祝仁听小侄说这样话,心里很有些怒恼起来。祝义、祝礼、祝智、祝信更是没有涵养的汉子,只要他们肚皮里有一句话好像不吐出来,就觉得不痛快。

"小侄当时便不待他们转说,接着又打了个哈哈道:'老哥们不要懊恼做兄弟的,老哥们便将这事业再干大些,多烧死数百人,多破却数百人家的财产,只要老哥们高兴要开玩笑,他们哪里还有招架的能力?不但没有招架的能力,并且那些送命伤生倾家荡产的人,又为何能知道是受了老哥们的恩惠呢……'

"小侄的话还未说完,即见祝礼现出气昂昂的样子,起身说道:'你这光棍,太不识抬举,我兄弟做下的案件,配你当面来嘲笑吗?你有什么神通要和我兄弟为难,请你当面开销。我兄弟要怕你的名头太大,也算不了是汉子说的话。'

"我听了并不翻变颜色,仍然行所无事地笑道:'什么?你们心里想杀人,也想杀到我的头上来吗?我这性格,和你们大不相同,专爱人家惩戒我,不喜欢受人家的抬举,何况我又是一个人,便有一点儿把式,又怎敢能受你们的抬举?彼此都是初会,老哥们不嫌弃,给我领教一些,我若死在老哥们手里,也只怪我自己命短不过。我有一句话,要得在事先声明一下,你们还是捉对儿厮杀,还是要仗着人多势大,来欺负我一个人呢?还是光明正大,给我来领教几手,还是准备用暗箭伤害我呢?这话我都要在事先向老哥们申明过了,看老哥们是怎样地给我领教。我自信敌得过,就动手;敌不过,就得在这里听凭老哥们要怎样开销我,就怎样开销我,哼一声的,哪里还算得是一条汉子?'

"祝智道:'领教的话,是由你亲口说出来的,不是我们好勇斗狠,欺负了你。'

"祝信也接着说道:'我弟兄岂但没有欺负你,并且酒席恭维,把你当作是山东的一尊大佛。你既然不识抬举,我们也就用不着佛眼相看,少不得请你赐教几手,省得你把我们这几个新水子的强盗看轻了。'

"祝义也说道:'不打不成相识,我们久仰沈老哥的大名,当然沈老哥本领比我们大、法术比我们高强,便是沈老哥吝教,我弟兄也要请沈老哥赐教几手。'

"祝仁道:'沈老哥是何等胸襟的人?我们要请沈老哥赐教几手,自然听凭沈老哥的要求,轮流捉对儿厮打。若用暗箭妨害了沈老哥这般人物,就更见笑沈老哥了。但不知沈老哥是在水路会,还是在陆路会?是在马上会,还是在步下会?就得听凭沈老哥怎样的吩咐,我们就怎样从命。'

"小侄便对他们说道:'若在水路会,便胜了你们,也值不得什么,听凭你们是怎样的会法吧!'

"祝智道:'沈老哥这话,显得出我兄弟水路上的功夫,沈老哥绝不是我们的对手,故意说着这样下场话,最好我们在陆路步下会吧。'

"小侄明知他们水路上的功夫很是有限,却说着这样下场话,反说小侄畏怯他们水路上功夫,对他们说着下场话的,便也淡淡地笑了一声道:'这是你畏怯我水路上的功夫了得,不是我不敢同你们在水路会。你们既要同我在陆路步下会,想必你们的本领在步下会才显得出来,我们就在步下会好了。'

"祝礼听了,便起席跳出厅外,指着我说道:'你腰间既挂着单刀,想必那把单刀是你看家的本领,我就在步下会你的单刀。'

"小佺说一声'好',从容走出厅来,站定了门户。早有祝礼的副手给祝礼在兵器架上取来一把单刀,祝礼握住在手,请我先动手杀来。小佺当时转现出很慌急的样子说道:'哎呀!我要来同人家打仗,怎没有带来我的竹刀,这是怎么好?'

"祝礼笑道:'你又不谙习我们白莲教法术,要竹刀有什么用处,难道你腰间佩的那把单刀是朽坏得不中用吗?'

"小佺当时微笑了一声道:'不是这把刀朽坏了不中用,实在嫌我这把刀太锋芒、太厉害了,且没有长着眼睛,恐怕我的人同老哥们有交情可讲,这把刀却没有交情可讲,万一碰伤了贵体,我就太不懂得交情,要惹得江湖上说我沈海龙没有交情的话,居然用着看家的本领,欺负了你们无名的小辈了。'

"祝礼听小佺的话,反行哈哈一笑说:'你嫌那家伙不中用,反吹着这样的牛皮,嗒嗒,你们且从兵器架上再挑选把纯钢的刀来,好给他动手。休言人有交情可讲,刀没有交情可讲,如若你让了我,怕伤坏了我,万一就因怕伤坏了我,反被我手中的刀伤害了贵体,就难怪得我不讲交情。'

"祝礼的话说完了,他的副手又从兵器架上取来了把单刀,给在我的手里。我将那把刀随手抖了几抖,先在我的膀臂上砍了几下,笑道:'这哪里是纯钢的刀?你看被我砍几下子,我的膀臂没有受一些微伤,反把你这刀砍卷了口,像这种兵器,叫我如何使法?最好请给我一把竹刀,大家就走一招,如果没有竹刀,显得你们真是畏怯我的本领,算不得是好汉。既不是好汉,我就侥幸占着上风,杀了你们几千几百,算不了什么。倒不若仍讲点儿交情,就此便告辞了吧。'

"祝礼笑道:'原来你也学得一些法术,实在不敢会我的单刀,单刀在你的手里,砍你的膀子,自然伤不了什么,反把单刀砍卷了口。可是在我手中砍下去,怕你这样大力衫法也会有不灵

验的时候了。既然你想用竹刀来会我的单刀,却有两个条件:一不许捏诀,二不许念咒,祭起我们白莲圣母的法术来。你可依得?'

"小侄听他这样话,好笑极了,说道:'想用妖法来伤害你,还算是汉子吗?我实在不会捏诀画符,不欢喜念咒语……'

"祝礼不待小侄接说下去,便吩咐他的副手,取来一把长不满五寸、宽不及三分的竹刀来。小侄把那竹刀放在手里,早见庭中有一个大石鼓,约有二尺来高、六七尺围圆,便向祝礼笑道:'停一些再动手,让我试一试这种竹刀,究竟厉害到怎么样。'旋说旋走到石鼓面前,向那石鼓摇一摇头说道:'很大很大,便用宝刀也砍它不下。'

"祝礼兄弟听我说这样话,都不禁哈哈大笑起来。小侄忽然变了颜色说:'大家不用鸟乱,看你们的身体,可比这东西结实?'小侄登时便奋起浑身的力量,一竹刀在石鼓中间划了划,只听得咔嚓一声响,石鼓登时便裂分两截,片片的石屑飞落下来,如同玻璃店里的相公用刀划着玻璃的一样。

"划开了石鼓,重行便站了门户,向祝礼笑道:'这家伙倒可使得,请你便杀来吧!'

"祝礼哪里还肯同我较量,早跪在我的面前,说是白眉长者算不了活神仙,沈爷才是个活神仙呢。接连祝仁、祝义、祝智、祝信都罗拜在我的面前,口口都哀求活神仙做他们的师父,以后再不敢藐视活神仙了。那一片哀告的声音,真是排山倒海一般。

"请问两位师父,小侄是如何发付他们呢?"

究竟沈海龙如何发付这五筹汉子,如何救了红云、碧云的性命,欲知后事,且阅下文。

第三十五回

侠骨崚崚热心救女盗
情丝缕缕信口诌胡言

　　话说澹性、佛性听海龙说到这里，一齐笑道："你这是功夫，不是法术，他们说你是活菩萨，是疑惑你的法术还比白眉和尚高强，不假符咒的功力，居然能用一把小小的竹刀，把偌大的石鼓划裂来开，便来哀求传给他们这样的法术。这些瞎了眼的东西，毕竟你后来是怎样发付他们，又为何救了红云、碧云的性命呢？"

　　海龙笑道："两位师父这一猜，倒猜着了。那些东西果然瞎了眼，都说：'我们白莲教的法术，就是白眉长者，也用画符捏诀念咒语，才能祭起法术来，从没有见过不画符捏诀、不念咒语，能把这竹刀祭起来，不是法术是什么呢？'

　　"小侄那时且不说穿，先要求他们对天发誓：'以后不许再在地方上做出那样歹事，便传给你们本领。'他们答应不迭，都指天誓日地盟了心，又来团团将小侄围拢住了，要求小侄传给他们法力。

　　"小侄笑道：'我不懂得什么叫作法术，只谙习这一点儿本领。你们能学到我这样的本领，只要你们肯吃力耐劳，算不了什么为难的事。'

　　"他们听小侄这样说，益发惊讶万分，都说：'法术能做到你老这一步，已很不容易，何况可是硬功夫。我兄弟却将你老当作

江湖上徒盗虚声的人物看待,才弄出这样的笑话来。伏乞你老在这里略住几时,有一件事,要仗仰你老的鼎力。'

"小侄看他们这时的神态出于至诚,遂真个在他们那里住了几日。这一日,小侄忽然想起一句话来,向祝仁兄弟问道:'祝家有七煞,你们五兄弟只是五煞,还有那二煞是谁呢?'

"祝仁兄弟听了,都好生伤感。祝仁说:'小人有两个妹子,二妹妹唤作红鸾煞祝红云,三妹妹唤作天喜煞祝碧云,所以外人都称我们兄弟姊妹为祝家七煞。'

"小侄看他们的神情有异,便问:'你这两个妹子,敢是死掉了吗?你们怎的伤痛到这样地步?'

"祝仁道:'死掉倒也罢了,我这两个妹子,法术还比我们高,硬功夫尚敌不过寻常走江湖卖解的人物。不幸在德州城里喝醉了酒,露出自己的破绽来,被府里的捕役获住,如今陷在德州大牢。依照大清的律例,强盗犯案,没有能保全得性命的,何况又是白莲教的强盗呢?眼见得我这两个妹子不久就要身首异处,想来很是不值。所以听你老问及我这两个妹子,都觉一句句刺得心坎里,怪疼痛的,禁不住流下几点泪来。'

"小侄听了,扭头道:'奇呀!据你说这两个妹子法术还比你们高,就是不幸被官里拿获到案,难道她们要赖在监里等死,不想越狱逃走?你们五兄弟各人都会一些法术,又怎么不将她们劫救出来呢?'

"祝仁道:'哪有她们肯赖在监里等死的道理?我们若有救劫她们的能力,也不能放她们坐在监里等死了。冲监劫狱的话,谈何容易?硬功夫高强到十分的,才能办得到。法术是软功夫,无非是画符念咒、役鬼驱神。官衙里的神权极大,监狱里也有狱神,职有专权,他处的鬼神都不敢侵犯他,任凭你白莲教的法术好到怎样地步,一落到官厅里,就一点儿法术也施展不出来了。

并且德州城虽然不大,那里驻扎的军队很多,且很厉害,我们五兄弟轻易不敢去碰这样的危险,总觉得这个硬功夫怕不能在四面楚歌之中,杀开一条血路,只没有一个好计策能救得两个妹子的性命。想不到你老的本领不愧是山东省里一尊大佛,哪里还把德州的军队看在眼里?我弟兄这次决心要这两个妹子脱险,就不得不仰仗你老的鼎力。'

"小侄听了笑道:'你们空会吹得一嘴的牛皮,本领也太不济事,要到德州劫狱,轻进硬出,军队虽多得厉害,用不着同他们交手。便是动起手来,又待怎么样?你们何不从暗中趸进德州城去,将你这两个妹子救得出来?'

"祝仁道:'我们在先何尝不想到这样办法?只是监狱里的地址一点儿不熟,我们五弟兄都生得一副晦气脸,使人一望就知是绿林中的强盗,如何能趸进去?如果不能救两个妹子脱险,又怕打草惊蛇,使那厮们加倍防范起来,这事情就格外棘手了。'

"小侄听他的话很有点儿道理,双珠转了几转,便向那五煞问道:'我若到德州去做翻牢劫狱的事,休说是劫两个,就是劫二十个也不费事。不过有一句话得在先向你们说明,你这两个妹子,若被我解劫出来,也能对我盟心不做歹事吗?'

"祝家兄弟都齐声说道:'不但叫她们在你老面前盟过心,我兄弟并着令她们服侍你老的枕席。她们至今都没有嫁人,难得你老这样的英雄人物,她们不愿嫁你老为妾,还愿嫁谁呢?'

"小侄听他的言语,即生气道:'这不是汉子讲的话,我沈海龙很不愿听。也罢,我把她们劫出来,改邪归正的事,自然由你们自己主裁,我不能长久住在你们这里。如果我听得你们以后再为非作歹,也没有别法,唯有再用一番心力,除去地方上的巨害便了。'

"小侄说过这样话,以后果不费吹灰之力,将红云、碧云从德州牢里救出来。这七煞经过我一番教训，都没有肯干出无法无天的歹事，并且这红云、碧云各替我吃了一个长斋。不过我看她们的路数，总觉硬功夫不易做到我这一步，仍然专心一志练习白莲教驱神役鬼的软功夫。我看她们中了白莲教的邪毒已到极顶，实在那地方再栖身不住，临别时，只凭我的苦口，重重又向他们劝诫一番。不意他们现今都做了洞庭帮的首领了。"

澹性听罢，把头点了点。

佛性道："想这祝家七煞，既有一肚皮的软功夫，当初并不欲同你较量，并非他们自虑不是你的对手，不过爱你的本领，实在算得是一条好汉，红云、碧云都给你吃了一个长斋，未尝不思图报你活命的恩典。目前两次，没有前来报告白眉和尚的秘密，也许是窦鸿藻防范极严，实在无法分身前来。如今窦鸿藻已死，白眉和尚的法术虽比窦鸿藻大，但聪明机警还不及窦鸿藻，所以她们能够趁间到太湖帮来报告秘密。诸葛先生所虑的事，未尝没有道理。不过在贫僧眼中看来，这红云、碧云两个女子，满脸的邪相已退，在印堂两眼之下，微微地露出一种亮光来，不是包藏祸心、恩将仇报的可比。并且那祝家五兄弟，相貌虽然凶恶，应该本身没有良好的结果收场，但据性情上说来，如何便能断定他们不是善类？诸位不用疑心，须知世界许多不平的冤孽，大半由五官端正的伪君子做出来的，如何能以貌取人，便说祝家七煞的心地有些靠不住呢？"

诸葛鹗听了，一时醒悟过来，也就不说什么了。接着由佛性、澹性两人调度，令董平、诸葛鹗、关勇、狄保摄理本帮留守处全部的事务，褚通、萧达、尤异、许广泰主掌陆路的设备，汪宁、剑娘、飞娘、丽云、翠姐主张水路的关防，周锦、狄万春、诸葛兰、诸葛梅招徕远近的宾朋，徐武、马义、顾同、崔得胜、潘丹、徐猛巡哨各队的飞龙，诸葛鹤、爱蓉、翠屏等四人，着令在本寨听候调遣。

葫芦寨的留守各职,已经调拨停当,先令关凤姐带领五十号飞龙为四队,向洞庭湖进发。佛性暗暗吩咐凤姐如此如此,不得有误。凤姐领命去了。

又令狄月娥带领五十号飞龙为第五队,向洞庭湖进发。佛性暗暗吩咐月娥如此如此,不得有误。月娥也领命去了。

令蒋蕊香为第六队,带领五十号飞龙,向洞庭湖进发,吩咐如此如此,不得有误。蕊香又领命去了。

接着澹性才叫范天虬附耳过来,吩咐如此如此。天虬便领命带了五十号飞龙为第一队,出发到洞庭湖去。

天虬去后,澹性又叫范天蛟附耳过来,吩咐如此如此。天蛟便领命带了五十号飞龙为第二队,出发到洞庭湖去。

天蛟去后,澹性又叫杨异、海龙附耳过来,各自说了一阵,说是如此如此。杨异、海龙领命带了五十号飞龙为第三队,出发到洞庭湖去。

澹性、佛性便向诸葛鹗道:"此番扑灭洞庭帮固为要紧,但留守处不可无人,有董首领、诸葛先生及一众男女英雄留守本寨,我们也可以避免一件麻烦。便是白眉和尚要抄我们的老墨卷,我们早已有了计较,是没有丝毫危险。董首领同诸葛先生但请放心,我们方外人绝不会打诳语。"

董平同诸葛鹗等一众男女英雄听了,都信得澹性、佛性两位活菩萨的话不错。

澹性、佛性去后,他们留守本帮的人也只有坐等好消息便了。于今掉转笔头,却说到红云、碧云身上去。

红云借着白莲教的飞行术,回到洞庭帮,幸亏没有耽搁白眉和尚的卯期。在第二日早晨时间,白眉和尚按着卯簿,点过名额,吩咐项通、项达、项美姣、项美玉、项铃等回归第二队,卫勇、卫猛、卫刚、卫强回归第一队,却令章大刚、苗宁去主理第三队的事务。

调拨已毕,便将祝仁、祝义、祝礼、祝智、祝信、祝红云、祝碧云等带到自己的房里,白眉和尚劈口便向祝仁问道:"昨天你两个妹子是到哪里去的,直到今晨才得回来?"

祝仁听了,早吃惊不小,说:"徒弟实在不明白她们是到哪里去的,直到今晨才得回来。"

接着白眉和尚又问祝义、祝礼、祝智、祝信四人,都回说不知。

白眉和尚看红云、碧云面不改容,便向她们点了点头,说道:"你这两个丫头,快不要抵赖了,我老实告诉你,今晨我刚才起身,便见有两道一红一绿的电光回到本寨里。但是这两道电光一落到我的眼角落里,便知是你们回来了。我不但佩服你们那样好的飞行术,并且佩服你们那样大的胆量。"

红云、碧云都一齐说道:"师父要问我们是从什么地方回来的,怎么说我们的飞行术那样的好,又说我们的胆量那样的大,不知道师父这话怎讲?"

白眉和尚笑道:"你们不用同我瞎扯淡,你们以为不在我面前从实说来,便可支吾过去吗?你们也不想想,嘴巴强是不中用的,我因怜念你们是女孩儿的性格,便在暗地去私通太湖帮人,大略是吃了人家的屎,臭坏了自己的牙,做出这样违背师门的事。可是我也能大度包容,终怜念你们是女孩儿的性质。你们不妨老实告诉了我,我好将计就计,处置太湖帮全伙的死命,功罪相偿,自然开脱你们一条生路。"

红云听白眉和尚说着这话的时候,表面上仍然从容自若,暗想:和尚话里的意思,能说出我们的心事,却终说不出个所以然来。无奈我的口才太钝,越是情急,越想不出对付的法子,到了这时,若支吾得不近情理,却也不能免祸。我妹妹的心思比我细密,口才比我精灵,她绝对会想出一种对付的好法子来。才想到这里,听白眉和尚的话已说完了,不由脱口而出地笑道:"师父要问我们昨天是到哪里去的,他们兄弟都不明白,不妨问我的妹妹。师父若听我妹妹说出那样的话,不要把人的牙齿都笑掉了吗?"

白眉和尚听了,一点儿不懂,便向碧云道:"快些说出来吧,若再有一句支吾,立刻便取你的性命。"

却见碧云听完这话,登时粉脸上不由通红起来,只得扯着谎说道:"徒儿是个女孩儿家,不应该在师父面前说出这样羞人的话,可是师父又冤赖我们,说是私通了太湖帮的恶贼。待要说了出来,请问这些话,叫我如何措辞法?请师父恕我无状,徒儿也只得从实说了。徒儿有一个朋友,在山西犯了案,下在太原监狱,徒儿多久就想去瞧瞧他,实在抽不开工夫来,加以路途太远,往返不容易,也就延迟下来,没有瞧他。今夜徒儿实在不能延迟了,便同我姐姐商量,拼着吃一夜的辛苦,且到那里去瞧他一回,所以往返一夜的工夫,今晨才赶得回来。"

白眉和尚插嘴问道:"这人是你的男朋友吗?你要去瞧他干什么来?"

碧云道:"岂但是徒儿的男朋友,并且在先同徒儿的感情很好,他若听徒弟的条件,归附我师父的门下,这婚姻已是十拿九稳,亦何至有今日?"

白眉和尚听了,很注意地说道:"既是你的朋友,看你只会得一肚皮的软功夫,不能救他出险,日间我不能前去,晚间我亲自出马,将他救出来,成就你们的夫妻之好。"

碧云道:"不行不行,这朋友早已擒穿了两边琵琶骨,成为废人,并且定了案,就在今日上午处决了。徒儿若不因他处决在即,也不用这么匆忙去瞧他了。何况这朋友疾教如仇,换心丹再也换不过他的心来,他若信得圣母的教义,婚姻上怎得决裂得十二分,我早已请师父救他出来了。他在昨夜见了我,并没向我说半句丢人的话,不过徒儿是他的女朋友,没法劝得他归附教宗,以致到了这般地步,徒儿总觉心里难过。"说到此处,那眼泪也就潸然不已。

白眉和尚听罢,说道:"不错,你昨夜是去瞧他的,你可拿出瞧他的证据来吗?"

碧云听到这里,暗吃一惊。

欲知后事,且阅下文。

第三十六回

沈海龙再犯洞庭帮
祝红云七破金钟罩

话说祝碧云听白眉和尚说，要拿出那样的证据来，请问哪里真有个证据呢？不免心中暗吃一惊，表面上仍然是神色不动。

幸亏她身边藏有一幅手帕，本来在六年前，绣着双双飞燕舞花枝的款式，准备赠送她的情人。及至她的情人不幸害相思病死了，碧云便将这手帕藏在身上，并且没有拿出来过。因她这一节情史最是神秘，于今这手帕藏在身边也藏得极是神秘，除非在背人的地方才拿出来展看，以为这手帕既准备赠送情人，自然是情人的手帕了，展着这手帕望一次，当作和她已死的情人聚面一次。如今这手帕便有不可思议的功用了。

碧云一时情急智生，便从里衣里取出一幅已经旧坏红色的手帕来，放在白眉和尚面前，不由失声哭道："这手帕是徒儿在六年前赠送那朋友的，那朋友姓燕，名唤飞来，所以这手帕上绘着双燕飞来的花样，取个吉利名儿。昨夜徒儿同我姐姐去瞧那朋友，那朋友把这手帕拿出来，很从容地说道：'我不肯阿附白莲教宗，你才不肯理我，想我们当初结交虽有五十余天，情好还没有一次，这都由我的缘分极薄，谁也不能怪。承你的情义，送我这一幅手帕，至今藏在身边，多久就想还给你，直到我这时处决，你我才得会一会面。请你将这东西收起来，了却我们两人一世之好。'"碧云说到这里，也就哽咽得不能再说下去。

白眉和尚把那手帕反复看了数次,果然这手帕颜色已褪,并且上面有许多的泪渍,也就不说什么,挥手令祝家七煞仍回归第三队,随即发下了支令箭,仍将章寨主章大刚调回本寨,却使苗宁暗暗监视祝家七煞的行动。

　　这日,听探子到厅禀告,太湖帮人船分三队,已进洞庭湖口了。白眉和尚听了,便令第一队鲟毛虎卫勇、爬地虎卫猛、矮脚虎卫刚、披发虎卫强,前去接战太湖帮第一队的飞龙;又令第二队赤须鬼项通、晦气鬼项达、风流鬼项美姣、追命鬼项美玉、倒头鬼项铃,接战太湖帮第二队的飞龙;又令第三队扭头狮子苗宁、天罡煞祝仁、红鸾煞祝红云、天喜煞祝碧云、孤辰煞祝义、倒戈煞祝礼、悬针煞祝智、华盖煞祝信,接战太湖帮第三队的飞龙。

　　布置已定。且说鲟毛虎卫勇、爬地虎卫猛、矮脚虎卫刚、披发虎卫强,领着本部的划船,离磨盘寨三十里,刚遇天虬领着五十号飞龙,一路迎风呼啸而来。

　　卫勇便调齐了划船,一字儿摆开,向天虬陡喝了一声道:"兀那红须贼,可通个名来,须知斧祖宗的手下,不杀无名之鬼。"

　　天虬看他生得浓眉大目,一部络腮胡须竟同细针一般的硬,面皮像煮熟了的蟹壳似的,虽然持着一柄开山大斧,很显出雄赳赳的样子,实则两眼无神,并没有惊人的威风。两下通过姓名,天虬和卫勇的两船相近,各人都站在各人的船头上,天虬使的是一把缅铁大刀,卷起来像似一条皮带,抖开来坚硬得同寻常的大刀一样,只听得两边的船上一声鼓响,那里兵对兵打,这里将同将杀。

　　天虬觉得在船头上接战很有些不便,故意卖出一个破绽,跳在波浪上,如履平地一样。那边卫勇的水功也很不错,一个海燕凌风式,早由船上飞到了湖心,也是风扬蜻蜓似的,在水面上刚同天虬站了个对面，迎面一斧，就是一个蝴蝶钻花心的姿势，向天虬的心胸间砍来。天虬忙用一个乳燕辞巢式，接着换一个单鞭救主的身法，抖起手中缅铁刀，架住卫勇的大斧。

两人战了五个回合，忽然卫勇使一个鹞子钻空势，一斧向天虬按头砍下。天虬即用一个朝天跌筋斗的身法，横起缅铁刀，刚同卫勇的斧碰个正着，毕竟缅铁刀的锋芒太厉害了，早将那斧口削坏。

接着卫勇抽回了大斧，向后倒退着，口里不住地嚷道："好厉害的家伙，险些要逼死你的斧祖宗了。"

口里说着这样话，一飞身，已上了船，一声呼哨，那些洞庭帮的划船纷纷溃退。天虬哪里肯舍，便也跳上自己的船，率领各队飞龙，向前追袭。

忽听得一声浪花作响，便从一条湖口间穿上数十只划船，为首一只划船，站着一人，手持一把雪亮的钢刀，大叫："有我爬地虎卫猛在此，太湖帮的恶贼休得猖狂。"

天虬和卫猛战不上数合，忽然卫猛的划船不战自退，卫猛略迟闪让了一着，险些便做了范天虬的刀下之鬼。

原是太湖帮后面第二队飞龙已划得前来，范天蛟是第二队队长，指挥本队飞龙，帮助乃兄冲杀过去，看卫猛的划船都已纷纷退窜，只得向前追去。忽见前面浪花澎湃，原是卫刚、卫强各带领五十只划船，顺流而来。那个卫刚是个矮子，使一对儿重约一百斤的流星锤，他的身体站得比泰山还稳重，他这一对儿流星锤使得比闪电还迅快。那个卫强，使一根重约八十斤的铁杖，乱蓬蓬的头发披满一肩，上身是赤膊着，露出毛茸茸的胸膛来，下身只穿一条又短又旧的黑裤子，磕膝都露在外面，精光光赤着一双脚，没有穿着鞋子。

卫猛接住了天虬，卫强接住了天蛟，也是兵对兵杀，将和将打。天蛟使一条盘龙铁节鞭,放开来约有一丈多长,接住卫刚的流星锤,两人都站在船头上,一声鼓响,卫强劈手一流星锤,向天蛟顶梁上飞来,天蛟忙放鞭将卫强的流星锤抵住。忽然卫强把流星锤缩回了,一声呼哨,卫刚队下的划船一齐向后溃退。

这里天虬也同卫强战不上三合,卫强猛听得卫刚船上吹着呼哨,也就卖了个破绽,率领部下的船向后溃退。天虬、天蛟照着卫家四虎溃退的方向向前赶去,且按下慢表。

再说太湖帮第三队是杨昪、沈海龙,督率百号飞龙,看前面天虬、天蛟赶着洞庭帮第一队划船,已兜转了两个大弯,一声令下,杨昪、海龙也便向前猛击。迎面从西边口岸间穿来百艘划船,丁字儿摆开,为首二人,是风流鬼项美姣、追命鬼项美玉,各拔起一把绣鸾大刀。杨昪举刀接住美姣,海龙举刀接住美玉,也是兵对兵战,将对将杀。项美玉也谙习得水上的功夫,觉得这船上捉对儿厮杀很不便当,美玉早脱卸了上衣,索性连抹胸都除掉了,像似一幅半截的模特儿,同海龙在水面上战下十合。美玉的刀法一步逼紧一步,海龙的刀法一步逼退一步。忽然海龙贯足了全身的神力,刀风到处,湖面上陡起了盆口大的花,一刀猛向美玉肠腹下直挑过去,分明是挑到了,却也奇怪,这把刀好像没有挑着什么似的。再看项美玉已退到她的划船上,却不待一声呼哨,那百艘划船纷纷向后溃退。

杨昪待要向前追赶,却不见了海龙。忽地浪声起处,好像有一个人在浪里飞得前来。那人出水便提着一个女子的人头,跳到海龙船上。原来杨昪同项美姣在水面上接战,美姣的刀法虽好,自信不是杨昪的对手,看杨昪刀法一招紧似一招,毫没有腾挪的余地,又没处可以躲闪,早借着水遁逃走。谁知杨昪一头也钻入水中,向前追去。看看追上,早横起手中的刀,割却美姣的首级。

杨昇向海龙说明缘故,便回到自己的船上,换了衣服,便同海龙商量,待要向前追袭一阵,早见前面半空间有一条彩影飞上海龙的船,高叫了一声:"沈寨主,洞庭帮的全伙已退入特别水牢里去,便是白眉和尚,也被澹、佛两师赶进水牢,只是祝家五鬼已经阵亡,扭头狮子苗宁已死于祝红云之手,前面各号飞龙都在特别水牢外面团团围住,洞庭帮的喽啰纷纷投降。请二公赶快到特别水牢那里听候调遣,不可违拗两师父的法令。"

杨昇、海龙在匆忙间,无暇问及这其中许多缘故,只调齐各队的飞龙,向前进发。

在下趁杨昇、海龙未曾包围洞庭帮水牢的时候,抽出一点儿工夫,且把这其中的许多缘故表述一番,却要在白眉和尚身上写去。

且说白眉和尚调拨三队划船已毕,正同章大刚谈说军事,人报祝红云杀了苗宁。白眉和尚吃惊不小,只不知什么缘故。原是苗宁在第三队监军,听说太湖帮的划船纷纷前来,便支使祝仁、祝义、祝礼、祝智、祝信五兄弟,领着本队的划船,向前接战。

祝仁道:"师父的法令,吩咐师兄同我们兄弟姊妹七人去接战第三队,师兄怎么独留下我这两个妹子呢?"

苗宁道:"你们先去接战,我同你两个妹子在后接应,是不妨事的。"

祝仁因苗宁平日积威之渐,已慑服得他们心摧胆裂,这时何敢过分违拗,只得同祝义、祝礼、礼智、祝信带着本队飞龙,向前接战。

苗宁等待祝家兄弟去后,便请祝红云、碧云到自己船中,商论军机,红云、碧云都应命而至。

苗宁关起窗门,屏退左右,便向红云、碧云笑道:"你们明白我调开你哥弟的意思吗?"

红云、碧云都回说不知。

苗宁扭头道："你们真个不明白吗？我同你们是自家的师兄弟，用不着讲客气，你们附耳过来，我同你们谈几句话。"

红云、碧云便凑到苗宁面前。

苗宁道："好妹妹，你们要乖乖地补偿这一天的相思。"

碧云听他的话，早羞红了脸，甩脱他的手说道："师兄是练过童子功的人，怎么这样不老实起来？"

苗宁笑道："我在先原是个老实人，到了这时，不知是什么缘故，老实也老实不来。"

说着，便又想来拉着碧云，却被红云将他一把拉住说道："师父的法令，自家师兄弟不许淫乱，自家的师兄弟在未进教门以前，须得发誓，不违背师父法令，师兄曾受师父这样的法令吗？"

苗宁道："怎么不受？"

红云道："也曾发过誓吗？"

苗宁道："怎么不发？"

红云道："受了师父的法令不遵守，发咒独不怕犯咒吗？"

苗宁道："那些土神木偶，并不是活神仙，我怕犯什么咒？师父的法术、本领未到我手里，我还惧怕师父三分，既到了我的手里，师父也奈何我不了。我是天不怕，地不怕，不怕王法，不怕师尊，还问什么犯咒不犯咒？我高兴要怎样就怎样。这时我已浪起火来，什么都顾不了，也只有要图你们赏给我一个高兴。"

一面说，一面他捧起红云的脸，吻了一吻，不由仰头笑了笑道："我这时真是快乐极了。"

红云暗想：师兄为何忽作此丑态，这么来轻薄我？我就拼着性命，也要除去这个东西。心里一转念，趁着苗宁仰首大笑的时候，却嘻嘻地笑了一声道："既是师兄不怕犯咒，我们再接个吻，好吗?"

苗宁哈哈一笑,又捧着红云的脸,刚要把自己的嘴唇再凑到红云的嘴唇上去,忽然红云把脸歪了歪,从口中吹上一阵冷风。这阵冷风刚吹入苗宁左鼻孔里,忽听苗宁大叫一声,向后便倒,两脚蹬了蹬,两眼翻了翻,已是一命呜呼了。

原来苗宁的罩门在那左鼻孔里,练习罩功的人,浑身的皮肉比钢铁还坚硬,什么兵器都不能伤害他,唯有那罩门的一孔地方,竟像似腐烂了的,就使丝毫没有本领的人,用小指甲使劲一掏,便承架不起,应手而倒,连动也不一动地断了气了。

红云虽欲暗中帮助太湖帮人,在先却没有要杀苗宁的心思。因为苗宁平日为人很是规矩,没有这样糊糊涂涂地竟要做出这样无法无天的事,所以苗宁有这点儿好处,在白眉和尚门下,倒算是青出于蓝,徒弟的法术比师父高,单论硬功夫一层,也绝不在他师父之下。如果苗宁不死,太湖、洞庭两帮人的成败,尚未可决定。这也是数由前定,所以苗宁忽这样糊涂,竟遭这样的毒手。而洞庭帮的局势,从此便一败不可收拾了。

话休絮烦,再说红云见苗宁已死,便和碧云商议,好在他们手下的喽啰平素都承受祝家七煞的恩遇,都肯听受他们的指挥。红云、碧云便飞速赶到祝仁的划船,半吞半吐地将前事说了一遍。

祝仁听了,便调齐各队的划船,训告一番,劝他们归附太湖帮人。喽啰都齐声答应。

祝仁同兄弟祝义、祝礼、祝智、祝信,各带本部的划船,恰遇洞庭帮第二队赤须鬼项通、晦气鬼项达、倒头鬼项铃,接杀一阵。正在难解难分的时候,白眉和尚、章大刚已闻风而至,早祭起白莲教的飞刀、飞剑,向祝仁兄弟杀来。可怜祝仁五兄弟到这时候,哪里还有逃脱的希望呢?

祝仁见祝义已死于飞刀之下，再转脸来看祝智，也被飞刀挥成两截。本队喽啰死有不计其数。再看祝信，又被飞刀砍了头了。祝礼欲落水逃走，却见章大刚的飞剑到处，祝礼的尸级掼下湖心，头颅却滚在划船上。

　　祝仁见这情状，不禁泪下如雨，似乎背后的剑风到处，那颗圆笃笃的头颅已和他的身体脱离关系了。

　　欲知后事，且阅下文。

第三十七回

布袋敛飞刀全军报捷
水牢喷火焰一炬成功

　　作书的要在这地方出漏洞了，祝仁、祝义、祝礼、祝智、祝信都不幸死于白眉和尚和章大刚飞刀、飞剑之下，这时的祝红云、祝碧云是到哪里去了，怎么不见她们前来接战呢？哪知这其中还有一种缘故。

　　原来红云、碧云见祝仁兄弟已集齐各人所领的划船向前进发，红云、碧云便各回到自己的船上，准备各调动部下的划船，在后接应。

　　忽然从上游湖口间，风一般地冲出数十只飞龙来，那飞龙上为首的一员女将，手执单刀，生得丰腴润泽，两眼电一般地射出光来，两道眉毛像个刀背子模样，左眼角上近看有一粒豆儿大的朱砂红痣，正是太湖帮地字班中第二把交椅的女首领关凤姐。本来凤姐奉着佛性女师父的命令，带领第四队的飞龙，不由太湖过江，直接进洞庭下游湖口，却从扬子江绕道至洞庭上游入口，好抄袭洞庭帮人的后路，使洞庭帮腹背受敌。并有狄月娥第五队在后接应凤姐第四队，蒋蕊香第六队在后接应凤姐第五队，其势力便加倍巩固。

　　凤姐刚带领本队的飞龙从洞庭上游进口时，真有疾雷不及掩耳之势，恰见那边洞庭帮的两只大划船上，各站立一员女将。凤姐认得那穿红的女将是红鸾煞祝红云，穿绿的女将是天喜煞祝碧云,心里不由沉吟了一下,便向红云的划船上高叫了一声道:"贱丫头,你们姊妹原来也调划船,准备去迎击我们第三队的飞龙吗?来来来!我且同你们拼个三百合。"

一面说,一面早指挥各队的划船,向前进袭,自己飞身一跃,早已蹿到湖心,蜻蜓点水般地站在湖水上面,握着手中的刀,像似专等红云、碧云前来厮杀的样子。

接着碧云又摆着手向关凤姐叫道:"如今我们姊妹俩同你姐姐已是一家人了,大家合兵一处,好前去救助我五个哥弟要紧。姐姐休得误会我们姊妹俩的心思,我们帮助太湖帮的那一番话,绝不会哄骗姐姐的。"

凤姐听罢,一声大笑,又提高嗓音答道:"你这两个贱丫头,反穿着皮马褂,还要在我们太湖帮人面前装的什么羊?不错,你对沈寨主说,准备在暗中帮助我们太湖帮人,但你们既是真心准备在暗中帮助太湖帮人,哪有显然便帮助太湖帮人,像这样高叫出自己的秘密来?难道怕你洞庭帮人聋了耳朵,听不清你们帮助太湖帮人的话来,打你们一个翻天印?你们可没有这样的傻。我若信得你们在暗中帮助的话,我也没有这样的傻。你们做事要爽快,须知真菩萨面前是烧不了假香的,像你们这样鬼张鬼智的,想哄骗我上当,你就是想哄骗你的老子娘了。"

红云、碧云听了,都急得什么似的。碧云又高叫了一声道:"姐姐休得误会,这时候到了我们显然帮助太湖帮人的时候,不是还在暗地帮助太湖帮人的时候……"

话犹未毕,早见凤姐跳到碧云的船上喝道:"你们既然是热心帮助我们太湖帮,报答沈寨主当初劫狱的恩典,你们就该将各队的划船一律缴械,听候我们布置,你只安心在我们帮里。这次我们兵发洞庭,有澹性、佛性两位师父出山,也无须你来帮助。不知你们有听我的话吗?"

碧云未及回答,红云进舱将苗宁的尸级拖出来,向凤姐遥遥说道:"那时我们从太湖回来,被白眉和尚察觉我们姊妹俩的行踪,好容易被我姊妹一番话说得掩饰过去,却令这扭头狮子苗宁前来,监视我们第三队的行动。今天这东西支使我弟哥们到前面接战,却把我们姊妹关在舱里,要强行无礼的举动。冷不防被我在他的左鼻孔里吹进了一阵很尖锐的冷风,结果了他的性命。苗宁的罩功不亚似窦鸿藻,他的罩门就在左鼻孔的地方,哪里禁得起我口中这一阵很坚硬的冷风呢?姐姐不妨请过来,但看他死后遍身的肌肉,都和生铁铸成的一般,唯有左鼻孔间现出青紫的颜色,像是腐烂了的,就知这东西的罩功厉害,就知我破他的罩门,好显然无所忌惮想去帮助太湖帮人的话不错。"

　　凤姐听了,便到红云的船上,一看不错。她平时在太湖帮,听说洞庭帮中有个扭头狮子苗宁,生得粗粗笨笨,头脸大得什么似的,乱蓬蓬的头发披满一头,鼻肥嘴大,望去像一个狮子头,两只铜铃般的眼珠凸了出来。据说他的法术、罩功都很厉害,佛性女菩萨曾打探他的罩门是在左鼻孔里,但因他的法术高强,又练得这一身的罩功,此人不死,也是太湖帮人的大患。不过佛性女菩萨却有这道力能算准这扭头狮子苗宁,无论他本领大到怎样地步,这次兵发洞庭,并不能怎样奈何我们。因为算准苗宁的天禄已尽,合该死于一女子之手。看苗宁这个死样,同生前一般人传说,他的相貌差不多,又是死在红云之手,两个铜铃般的眼珠,死后仍然凸露出来,可知佛性女菩萨的算法丝毫没有走错。祝家七煞帮助我们太湖帮人的话,亦不出女菩萨的预料。

　　想到其间,才换了笑容,便令红云、碧云所领带的各队划船,都换了太湖帮的旗帜。接连第五队狄月娥的飞龙已到,大家说明缘故。恰巧蒋蕊香第六队的又到了,合兵一处,各领部下的船只,向前进驶。

刚行了三里，即见前面有许多飞刀、飞剑纷纷落下。在这时候，恰好又看见空间站着两人，都穿着僧袍，口里不住念念有词，各扯开一个布袋。她们认出那个穿僧袍的人是一个和尚、一个尼姑，和尚便是澹性，尼姑便是佛性。

澹性、佛性把那布袋扯开，说也奇怪，那下面的飞刀、飞剑纷纷向上飞去，也不知有多少，都飞入那两个口袋里面，像似倦鸟归巢的样子。那两个口袋同寻常人家用的米口袋形式大小仿佛无二，竟会有这么大的功用，能收得住下面的飞刀、飞剑。看那许多的飞刀、飞剑若合拢起来，休说两个口袋，便是二十个口袋，也容积不了。谁知下面的飞刀、飞剑已都投入那口袋里去了，澹性、佛性把口袋口一束，看去里面空无一物。

正在这时候，忽觉眼前一黑，两眼如瞎了一般，虽睁开来仔细定睛看去，也毫无所见。众人都弄得莫名其妙，却闻得一种香气沁人心脾，众人的眼中渐渐能看见自己身上的衣服，仿佛在浓雾之中，香气越发来得大了，那浓雾也就渐稀渐薄，眼光也能远视，看见空间有两道比电还快的光，在眼前一闪，便不见了。早见前面有一只飞船上，立着一个尼姑、一个和尚，不是澹性、佛性是谁呢？

这里凤姐、月娥、蕊香、红云、碧云等人，各带领本部的船只，一齐前来，当和澹性、佛性相见之下，彼此都说明了缘故。

原来澹性、佛性扯开布袋，收了白眉和尚的飞刀、章大刚的飞剑，飞刀、飞剑只有一把，飞刀收藏在澹性的口袋里，飞剑收在佛性的口袋里。不过这一把飞刀、一支飞剑，在白眉和尚同章大刚用白莲教的妖法祭起来，却能千变万化，所变化的飞刀、飞剑比真的刀剑还要厉害。毕竟邪不敌正，白眉和尚、章大刚因为飞刀、飞剑被澹性和佛性收去了，便祭起他们三里雾的妖法，张口各喷出一道黑气来。

这种三里雾的妖法，是白莲教看家法术，浓烟散漫之处，有人笼罩在烟雾之下，当时只是两眼黑洞洞的，看不见什么，其实有一种毒气，已中入各人的皮肤，不上三个时辰，便是皮腐肉溃，连骨头都要化成脓血。要破这三里雾的妖法，非得用婆罗香不为功。婆罗香一放出来，登时便烟消雾散，三里雾的法术立破，并且各人闻着那婆罗香气，浑身毒气都解散于不知不觉之间，香气渐散渐解。三里雾的妖法受了婆罗香的气味，非经过一个对时，不能恢复祭用的功力。

　　白眉和尚、章大刚两人早知已不是澹性、佛性的对手，三十六招，自然是走为上招。毕竟他逃到哪里去呢？前文虽无线脉可寻，后文当然也有一个交代。

　　当时澹性便向众人说道："老僧藏有婆罗国的婆罗香，当日采取这婆罗香的时候，已早知有今日。不过老僧和佛公迟到了一步，不能救脱祝家五兄弟的一场浩劫，这总因天数已定，不是人力所能挽回的。"

　　红云、碧云陡然听到澹性这样话，问明事实，才知她们的一个哥子、四个弟弟都死于白眉和尚、章大刚的刀剑之下。两人都一阵心酸，更忍不住，简直放声大哭。

　　佛性急道："这时候还是你们号丧的时候吗？贫僧料定白眉和尚、章大刚手下这一干人还是野心不死，都已躲进特别水牢，想将我们太湖帮人诱进特别水牢，好借用他水牢里的七道机关，处置我们的性命。你们数日前到太湖帮去暗告我们的话一点儿也不错，贫僧事先已令人去通知天虬兄弟，劝止他不要上了洞庭帮的当，穷寇莫追，候我们两人到时，当然有一个计较。于今却要遣蕊香小姐一行，去通知杨异、海龙，就说洞庭帮的全伙，死的死，逃的逃，逃的都逃入特别水牢，我们都已将那特别水牢团团围住，叫杨异、海龙带领部下，到那地方听候调遣，你去会见杨异、海龙时,我们定有这把握,去将特别水牢四面包围起来。贫僧吩咐你的话,绝没有差错。"

蕊香领命前去,见了杨异、海龙,说是如此如此,在下已将第三十六回蒋蕊香口中对海龙所说的情形完全补叙过了。

且说杨异、海龙待蕊香去后,已是耽搁了好些时间,看项美玉的划船已退得远了,杨异、海龙便指挥各号的飞龙,风一般地向特别水牢的地方进发。路间遇见项美玉的划船,纷纷都缴械投降,说项美玉已逃到特别水牢去了,并言那水牢里的七道机关是怎样的七道机关,胡言乱讲,照着白眉和尚吩咐的话,讲了一大篇。

杨异、海龙都付之一笑。

海龙说:"你们也毋庸说出这些话来骗我,便是你们真心投奔我们太湖帮人,我们已准备平复了洞庭帮后,洗手不做湖面上的买卖了。你们要投降太湖帮,干什么来?我劝你们不要痴心妄想,世间没有好结果的强盗,你们赶快去寻一条生路,嗣后可不要再碰到我手。良言尽此,去吧!"

那些洞庭帮的喽啰听了,骗又骗不来,投降也没有买卖做,也就立时解散,各回原籍去了,我也不去讲他。

且说杨异、海龙的船飞驶到特别水牢那里,看太湖帮人果然将那湖心间水牢四面团团包围起来。杨异和海龙便去见过佛性、澹性,也调动部下的飞龙,分布水牢四面伏定。

接连天虬和天蛟来见杨异、海龙,天虬说:"四虎部下的划船已被解散,那四虎逃入特别水牢,澹性和尚在太湖吩咐我们的话,我们不敢违拗。"

杨异、海龙听了,都点一点头。大家谈说一番,杨异看时候不早,天色渐渐昏暗下来,催着天虬、天蛟回船料理,便招呼各号飞龙的头目,各取出火箭,专等初更起火,便向水牢空间乱投乱射。

调拨已毕,直到安更时分,果见水牢上面约高有十丈的地方有两条人影,在空间盘旋无定。早知是时候到了,澹性、佛性二公已准备要放出三昧真火,烧毁这特别水牢了。

却在这时候,见空间吐出两道火焰,那两道火焰各打了一个招,便混合起来。起初看去,只有拗扁大小,却越涨越大,渐渐照彻得湖面通红,那火焰便罩在水面垂柳。这时是十月下旬天气,在五日前下了一场小雨,并且这夜又是风声平静,要用火功烧毁这一座特别水牢,确是一件很不容易的事。但佛性、澹性两人放出来的三昧真火,烈焰甚强,一经混合,功用便大得不可思议。三昧真火一着落在水牢上面,只听得一阵阵的大声乱响,那里面的人一齐要从水牢里冲出来,也不知有多少。

即听得洞庭帮人一声响喊,杨异、海龙各响了一声口哨,那箭如火鸦、火鸽,向水牢间乱放乱射。就在这洞庭帮人欲逃不能、不逃不可的时候,太湖帮的火箭一齐发响,上面的三昧真火又焚烧下来。本来风声平静,但火能生风,一时箭镞破空的声音又鼓动了空间的风气,只不上一个时辰,太湖帮的火箭也射完了。澹性、佛性已收回了三昧真火,偌大的一座水牢,也就被火焰烧成了一片焦土。水牢里的人也没有侥幸逃脱了一个,不是葬身火窟,也就死于太湖帮人火箭之下了。

澹性、佛性帮助太湖帮人烧毁了洞庭帮的水牢,索性将磨盘寨也放起一把火来,烧得寸草不留。

红云、碧云寻着他们哥弟五人的尸级,痛哭了一场,便随太湖帮人归到太湖,将他们哥弟五人殡葬入土。

谁知澹性、佛性同太湖帮人回到葫芦寨的时候,那白眉和尚、章大刚两人并没有葬身火窟,已转到了葫芦寨了。

欲知后事,且阅下文。

第三十八回

章大刚含泪怨师尊
僧澹性热心全戒律

原来白眉和尚同章大刚师徒两人，被澹性和佛性收了他们的飞刀、飞剑，又用婆罗香破坏白眉和尚三里雾的邪法，白眉和尚这一惊非同小可。因白眉和尚同澹性、佛性二人原是同门的师兄弟，当初同在祖师门下学习道法的时候，澹性、佛性二人的成就不见得比自己高明。祖师圆寂以后，白眉和尚又暗暗入了白莲教门，又学成白莲教的种种邪法，以为祖师已圆寂了，同门的师兄师弟当面又不好同他翻脸为难，就因自家既苦功练成白莲教最神秘、最厉害的毒法，却不怕同门师兄和他出面为难。及至澹性、佛性竟敢明目张胆要同他为难了，他总以为这一个师兄、一个师弟，近来的道法若不比在师门的时候有了进步，又何敢便同自家当面为难呢？及至飞刀已被澹性收去了，章大刚的飞剑也被佛性收去了，想不到那两个布袋竟有那么大的功用，使用布袋的人，道法上的成绩也委实令人害怕。及至后来又祭起三里雾的法术，被澹性放出婆罗香来，解散了浓烟密雾，更想不到他们如何有这样先见之明，不知从哪里取来婆罗香，好像预先知我要用三里雾法术伤害他们，早已预备取这婆罗香来破坏三里雾的。

白眉和尚到此，才知澹性、佛性的道力比在师门的时候大不相同，硬来同他们抵制下去，固没有用处，若要将他们诱进特别水牢,他们有这道力,得先知之明,不但不能将澹性、佛性诱进水牢,并且太湖帮人断不会容易骗进水牢一步,匆忙间也没有想着去招呼水牢中人,便在那里向章大刚打了一个暗号,意思是指示且回南海,不要赖在这里,再吃澹性、佛性的眼前亏了。章大刚不敢违拗白眉和尚的命令,一齐同白眉和尚逃回南海。

原来白眉和尚在南海一座古刹里住下,那古刹里也只有他这个和尚,所收的白莲教徒很多,但已遣送到磨盘寨去,在白眉和尚同章大刚没有回来,这古刹便成空无一人的一座荒刹。

白眉和尚同章大刚飞进古刹,在一间禅床上坐下,便向章大刚说道:"你看澹性、佛性怎样厉害,不是我将你带回,恐怕一个也逃不了性命。你知道澹性、佛性既有那么大的道法,那已进水牢的人固然不能将太湖帮人骗进水牢一步,难道我们走进水牢的人,还有谁能逃脱性命吗?数皆前定,我们也不用丧恼。"

章大刚听了,好生惊讶,暗想:我师父这人在患难时候,毫没有师徒的义气,于今他说我一班师兄弟不能在水牢中逃出性命,连叹息的声音都没有,可见他的心比我还狠毒十倍。但心里虽如此想,表面上却不禁流泪说道:"师父的话是不错,不过我和那一众师兄弟情同骨肉,今一旦听凭他们死于非命,仅剩下我一个人服侍师父,又没法能将他们救得出来,心里虽想不丧恼,却如何做得到呢?"说着,又簌簌流下眼泪来。

白眉和尚忽哧了一声道:"且不要丧恼,也该他们的劫运到了,所以才鬼使神差地使我一时痰迷了心窍,却把他们葬送在那地方。丧恼有何用处?世间的事又岂一哭所可了事的?好在你我都没有死,将来也许总有替你师兄弟报仇的一日。"

章大刚听了,方才拭干眼泪。

不防这时候,忽见门外的红光一闪,凭空飘进一个枯瘦如柴的老和尚来,向白眉和尚哈哈笑了一声,只把白眉和尚、章大刚师徒两人吓得浑身抖个不住。

章大刚道:"祖师不是已圆寂了吗?师父看这长老,不像佛龛里祖师的法像吗?"

白眉和尚也辨得是祖师的声貌,心中又愧又怕,暗叫了一声苦,且不答章大刚的话,打算从窗眼里逃出,哪里能做得到呢?不知怎的,仿佛被祖师这笑声笑落了魂魄,连动弹也不能了。即见祖师在他们师徒的头额上笑吟吟地各拍了一巴掌,这一巴掌拍下来,白眉和尚好像浑身都有些软洋洋的,一些法术气力也没有了。再看章大刚已是直挺挺地睡在床上,打起呼声来了。

祖师便向白眉和尚点一点头,笑道:"你要知罪吗?"

白眉和尚回说:"徒儿已知罪了。"

祖师不待白眉和尚多说,又笑了一声道:"岂敢岂敢!你是白莲教的信徒,老僧哪里敢当得起说你是我的徒儿呢?你以为老僧圆寂以后,真是死了吗?眼前没有拘管你的人,竟敢做下那些无法无天的事,要享尽世人所不能享受的威福。你看老僧有你这样会享受威福的徒弟吗?就因你会享受人所不能享受的威福,老僧却要受人所不能遭受的罪过,不得超升,只得等待你威福享尽的时候,才来见你。你自己虽当作不是老僧门下的人,老僧实在担当不起那么大的罪过,看你打算怎么办法?"

白眉和尚抖着回道:"弟……弟……弟子该死,总凭师尊怎样办法。"

祖师又笑道:"太客气了,我能怎样地办你呢?没奈何,且得请你辛苦一遭,你去问你那师兄师弟,应该怎样办就该怎样办。"说着,将白眉和尚的衣袖一拉。

白眉和尚登时如去了知觉一般,身体轻飘飘的,才一眨眼的工夫,好像已睡在一座聚义厅上。定睛看时,这聚义厅并不像磨盘寨的聚义厅,厅上坐着澹性、佛性两个师兄弟,旁边一排一排的交椅上,分班坐着一班男女英雄,中间也坐着三人,像在那里商议什么似的,身旁睡着一人,认出是他的徒弟章大刚。他这时已是明白,知道这是太湖帮葫芦寨的聚义厅了,便拉着袍袖遮了自己的眼目,怕见澹性、佛性的面,也觉得自己的颜面上太过不去。

恰好澹性、佛性已走下厅来,扯开白眉和尚袍袖看了看。因他的神情有异,面上布满了昏暗之气,不像似道法高强的模样了。

澹性和尚做出很诧异的神气说道:"这不是白眉二师弟吗?唬,师弟,你做出这要死的样子干什么来?我只当你是什么人,为什么到我们厅上来的,谁知还是我的二师弟呢。你们看我这二师弟,故意装作瞌睡,直到此时,眼睛里还看不起我这个大师兄。哎哟!二师弟果然好大的瞌睡,你们看他可是在这里做梦啊?"

接着佛性又叫了声哎呀呀,说:"二师兄为什么睁眼流泪哭起来了?打败仗有什么要紧,你去再苦练数年白莲教的邪法,不是一般也能在我们面前打个胜仗吗?这位又是谁人,如何酣睡到这个样子?"

白眉和尚听了他们这些冷嘲热骂的话,那眼泪益发流个不住,眼睁睁地望着澹性、佛性都在这里,连一点儿摆布的方法也没有。似这样触了电似的,浑身软洋洋的,想不到在师门学习的功夫以及白莲教的法术都被师父在顶额上一巴掌打得前功尽灭了,全不像做过道法功夫的人,就悔过也来不及了,心里羞惭懊恼,都到了极处,便低着头向佛性、澹性说道:"祖师在天之灵,剥夺了我的道法,都由我自己造下来的冤孽,自作自受。祖师剥夺了我的道法,把我师徒带到此地来,分明令师兄、师弟惩办我,我并不怨师兄、师弟这样地对我冷讽热骂,还得求你们看同门之情,早点儿成全了我吧!"

澹性道:"太言重了,我们一个师兄、一个师弟,怎致来成全你?不过祖师既将你们师徒交来惩办,你要明白,祖师方才到这里来,曾向我说,不但我们师兄弟不能惩办你,连他老人家自己也不能惩办你。但祖师的戒律是何等尊严,祖师虽死,这戒律却传诸不朽,你以为祖师是死了,眼前没有拘管你的人,殊不知你没有受过祖师的戒律,祖师一死,就不能怎样奈何你,既受过祖师的戒律,祖师不能使自己传下来的戒律归于无用,却能显圣把你们师徒带到这地方来,送我这一件东西,你看这是什么?"

白眉和尚看澹性手里端正捧着一册戒章,暗想:这一册戒章,祖师在圆寂的那一日,本要传给我的大师兄,我趁大师兄没有防备,预先将这一册戒章珍藏起来。祖师不见了戒章,向我冷冷一笑,好像已预先知道我藏起这一册戒章来,却没有逼勒我拿出那一册戒章。大师兄脱口向我说一声冤孽,以后祖师便圆寂了。却不料事隔十年,这戒章是如何弄到他手中的呢?

白眉和尚想到这里,接着又听佛性笑了一声道:"二师兄也想到这戒章是祖师准备传给大师兄的吗?二师兄如何又珍藏起来呢?二师兄当时珍藏这一册戒章,大师兄总不能拿祖师的戒律惩治你了,哪里明白这部戒章若在当初便到大师兄手中,你一犯了戒,大师兄就得将你驱而逐诸祖师门墙之外,你总没有怎样的死罪。祖师明知戒章已到了你的手里,只因他老人家看你是同道人的儿子,你的父亲是个光明正大的人物,不应有你这个不成才的儿子,并且你又出了家,很是循守佛门的规矩,才将你收入门墙,传你的道法。又看你在南海修道的时候,能耐苦奋勉,才将修道人应有的本领都传给了你。修道人所以必须练着本领,本来为护道济人的作用,好证成道果的。谁知你盗了师父的戒章,反行违背师门,造成自己种种罪孽。

"你没有盗去师父这戒章时,归大师兄执掌。你当初只犯了妄盗一戒,不过盗劫良善人家几十两银子,就照祖师戒章规定,这银子仍还给了人家,将你逐出门墙,其事便了。若你能改过迁善,戒章上的规定,也能就此容你一条自新之路,仍得将你收入师父的门墙。你在盗去戒章的时候,我们已知你存心狡狯,不是驱逐所能了事的。你有多大的道法,却要造成多大的罪过,便是大师兄也觉得数由前定,今日用祖师的戒章惩治你,可是在你盗藏戒章的时候,已知有今日了。祖师向你冷冷一笑,大师兄脱口向你说一声冤孽,就是这个缘故。你打算祖师和我们一个师兄、一个师弟,不知你盗去师父的戒章吗?你就小觑祖师和我们师兄弟毫没有一点儿道力了。这戒章既被你珍藏起来,祖师没有嘱令大师兄去取戒章,大师兄就不能去取戒章,违逆这已定的天数。

"方才我们在聚义厅上,见一道金光现到我们面前,接连便见祖师仍显出生前的身样,将你们带到这里来。十年前被你盗去的戒章,祖师却取来交给了大师兄,说你的罪恶已满,道法已夺,你按律惩治的时候,正是大师兄执掌戒章的时候,你要师兄怎样地成全你,师兄不能随便怎样地成全你,你听清了戒章,自然有得你成全的时候。"

佛性说完这话,澹性便将那一册戒章恭而且敬地送到佛性面前。佛性展开朗念道:

第一戒淫邪,第二戒窃盗,第三戒妄杀无辜。
戒淫分意淫、目淫、心淫、体淫四戒,戒杀也有规定的各款,戒盗也有规定的各条。

接连念到第四戒什么,第五戒什么,第六、第七、第八、第九、第十戒什么。凡犯戒罪过的大小、条款的轻重,佛性念一句,白眉和尚听一句,觉得自己列在师父门墙,凡十戒所定的条款,没有一戒不曾犯过,没有一条一款不曾犯过。

接连澹性又问白眉和尚道:"你知罪吗?"

白眉和尚说:"知罪。"

又问:"祖师的十戒,你们师徒曾犯过多少?"

白眉和尚回说:"也记不清,我们师徒犯过多少次。"

澹性又问道:"祖师收你做徒弟,曾将这戒章念给你听过吗?你在祖师门下学道时,收下这个徒弟,他也曾听过祖师的戒章吗?"

白眉和尚回说:"都曾听过。"

澹性道:"祖师的十戒,你师徒没有一戒不犯,也不知犯过多少次,我用祖师的戒律惩治你,你师徒心愿吗?"

白眉和尚回道:"我们不能遵守祖师的戒律,求师兄快快送我归真返本。"

澹性道:"祖师的戒章虽到了我的手里,但照戒章上的规定,我能惩治你,不能处治你的死罪。来来!三师弟,且将戒章向下念去,便知道是何人当处治他们师徒的死罪了。"

接着佛性又念了一会儿。原来那戒章最后有一条是:

> 如有自行离开师父的门墙,以后犯罪,就得送交官府,执掌戒章的人唯有将犯戒人送交官府处死,不能越职处置他的死罪。

佛性将戒章念完了,白眉和尚又流泪哭道:"我犯下这种弥天大罪,由师兄用祖师的戒章惩办我、处死我,哪怕处死我极惨酷,罚浮于罪,只怪我自己犯下门墙的戒章,都情甘愿受。若见了官府，势不能不受国法，并且师兄的面子上也不得过去。"

澹性道："你没有离开祖师的门墙，自然由我执掌戒章的人处治你的死罪。既离开祖师的门墙，戒章上已不许我处死你，我何能违叛戒章，妄徇私情，不将你们师徒送交官府惩办呢？"

白眉和尚听他这话，重又问道："师兄还是送我师徒到江苏衙门，还是送到湖南衙门呢？"

澹性道："你在湖南犯的罪，自然送交湖南总督的衙门，按法处死。"

白眉和尚听毕，长叹了一声道："想不到十年前我同李湘亭的誓言，竟应在今日。天命难逃，师兄快将我送到李湘亭那里处死吧！"

欲知后事，且阅下文。

第三十九回

显法力陆书田拜师
巧机缘李湘亭明道

话说白眉和尚怎么说出同李湘亭在十年前的誓言,竟该应在今日呢?这其中尚有一个缘故,不妨趁此时表叙一斑。

李湘亭这个人,在第一回书中已经露过面,只因没工夫去写他的历史,这会儿一部《湖海大侠》差不多要交卷了,却不能不将李湘亭的历史简单叙出,借着李湘亭为本书结局的一条线索。李湘亭在沈海龙口中,只说他是山东的一个贤总督,却不知道也是个道力高明之士。

李湘亭是直隶保定县知事李雨村的堂侄,李雨村没有儿子,待湘亭极好。湘亭襁褓时便丧去父母,雨村将他带到保定任上,看他读书的天分很高,特地聘定孝廉许伯同,教读湘亭的书史。

湘亭读书的天分固好到极顶,但顽皮也到了极顶,只在许先生面前就循规蹈矩,一举一动都不敢稍有轻率,一离开许先生,便像脱锁的猴子一样,专寻一班小朋友顽皮嬉笑。白日间不肯认真读书,到了晚间,等待雨村、伯同睡了,才是他认真做功课的时候。雨村只要他成绩好,看他那些顽皮的行径,不像寻常小孩儿一般无意识的举动,不但不加拘管,而且也不过问。

保定县衙后面,有一座空房子,约有二三十间,听说那空房子里没有人居住,很是兴妖作怪,大门虽虚掩着,就在日间也没有人敢走进那房屋一步。

这年，李湘亭刚才十岁，先生放了年学，李湘亭便对那时顽皮的孩子们说："你们听说衙门后面一个空屋不是有个狐狸精，吓得人不能在那里存身吗？哈哈！这就奇怪极了。我往常不相信世界上有什么妖精，他们大人的胆量、见识都不及我一个孩子，哪里明白？我在先生前天放年学，晚间没有功课，等待一衙门的人都睡熟了，即藏了一支蜡烛、一副火镰，独自溜出后门，趁着残月的光，走进那屋子里去。坐在大厅上，敲着火镰，点好了蜡烛，用眼四处张望，用耳四处细听。好一会儿工夫，不见有丝毫的动静，却益信那些兴妖作怪的话越发靠不住了。我走出大厅，看看天上的月光照在屋檐上，如铺了一层浓霜，我在月光下徘徊了一番，却发生出一种稀奇古怪的事了。

　　"那时候，我耳中仿佛听得有个人说：'李相公在这里，儿辈们赶快躲避起来，若被李相公看见了我们，那还了得？'耳朵里只听得有人说话，却没有看见一个人影子，好像这话又重复说了好几遍。

　　"我心里诧异得很，难道世界上真有狐狸精吗？这狐狸到底是个什么样儿，怎么怕我年轻的小孩子呢？即使它怕我，我发咒见了它，不同它为难，它总该同我会一会面。我心里这么一想，耳朵里又听得有个人说道：'李相公要会会我，小狐敢扭一扭吗？小狐在这里苦练多年，薄有一点儿道力，凡人都畏避三舍，不敢走进这屋子一步，小狐如何反畏怯李相公呢？小狐不是畏怯李相公前程浩大，却是畏怯相公刚健中正之气，从两眼中显露出来。最使小狐惊心动魄的，就是相公眼睛里射出无数的火球，小狐不敢走近相公面前，显出自己的本相，这一点，总求相公原谅。但是现在年假期间，相公不时到这里玩玩，小狐也只有就此率领儿辈们退避三舍，等待年假的期限过了，相公不来，小狐仍得率领儿辈们在此修养。小狐现在不能在相公面前略尽地主

之谊,很对不起人,一切均望相公包涵,小狐暂且得罪相公,告辞一步了.'

"我听背后有人对我说这样话,回头一看,什么也没见。我在那里直玩到天光朦胧,悄悄回衙。昨夜又溜到那里玩了几时,真个一些动静也没有了。你们看这件事奇怪不奇怪呢?"

那些小孩子听了,都现出不相信的神气。内中有一个年纪较大些的孩子问李湘亭道:"世界上的人,不论男女老少,少有不怕妖怪的,虽有一班自负胆壮的人,青天白日说大话欺我们小孩子,说是他不怕妖怪,究竟他何尝不怕?明知在青天白日是不会见有什么妖怪的,才敢说这种大话,若在夜深更静,在那兴妖作怪的地方,真个有妖怪出来,看那说大话的人怕是不怕。但你我的胆量毕竟和那些会说大话的人不同,我又信得你不会对我们说着谎话,好在我睡在家中的厨房里,那厨房里就只有我一个人睡,我夜间瞒着我家里人,同你到那屋子里去玩一会儿,且看是怎样。"

湘亭道:"没有好玩,没有好玩,我在那里玩了两夜也玩得厌了。也罢,你既要同我去玩玩,你带了一盘棋,我带着蜡烛,我们就在那厅上玩他几局棋,倒是个好玩意儿。只是你输了棋,不用同我狡赖。"

一班小孩子听了,都向那年纪稍大些的孩子说:"陆书田,你别要听他吹牛皮,那地方是去不得,去不得。"

陆书田哪里肯听,吩咐一班小孩儿不许声张,晚间便溜到那空屋中间,一个大厅上,却见湘亭已擎好蜡烛,在那里早等了好久时间了。

陆书田便在当中一张台子上安排了棋局,两人就此动起手来。接连书田输了两局,到了第三局,湘亭用一条车破了陆书田的当头炮,被书田用象头马杀了他那一条车,湘亭的局势伸张,出其不意,一个将军蹩车的步骤,杀了书田的一条车,胜了书田一炮,这局棋又要赢准了。但李湘亭看书田面上的神色不对,古语说得好,"君子不欲多上人",李湘亭以为已战胜书田的两局了,这一局再输下去,不要使他脸面上太难为情吗?只得一步一步地放松过去。书田见湘亭放松了一步,他却一步逼紧了一步。

忽然湘亭见书田将那匹盘宫马抽回去了,湘亭便现出很惊讶的神气说道:"你也是让我的吗,怎么不将看家的本领使出来呢?"

书田道:"你还寻我的开心,说我是让你,看你这两条车,逼得我一匹马不能安身,我不抽回这匹马,要凭什么赢你的棋呢?"

湘亭道:"你心里记错,难道眼里也看错了?我杀你当头炮,你去我一条车,只有一条车站在河口,你怎么硬说我用两条车逼回你的盘宫马呢?"

书田道:"不错不错,你用一条车杀我的当头炮,已被我的象头马蹩去了那匹车,怎么你士角里又显出一条车来?你日间说我输了棋,不用抵赖,你赢了棋,也同我用手法抵赖吗?"

湘亭便在局外找出一条车道:"这不是你象头马杀去我一条车吗?我士角没有挂着一条车,你怎么说我用手法抵赖呢?"

书田见湘亭手中是捏着一条车,看他河口士角上仍然各按着一条车,一面棋如何会有三条车呢?这必是自己看花了眼,遂将眼睛揉了几揉,仍然见他的士角上是挂着一条车。再用手向那士角一按,空无一物。再定睛细看,他那士角上哪里有一条车呢?不由脱口叫一声:"奇怪!"即将这缘故告诉了湘亭。

湘亭也觉得这件事更来得古怪,若说是狐精在暗中作弄他,但狐精已经远避,非得明年大正月开学的时候,不能迁到这里来,如何还敢在我面前捉弄他呢?两人心里好生惊讶,也说不出是什么道理来。

散局以后,书田兀自回到自己睡的那间厨房,正要安枕就睡,忽然房门无故自开,凭空飘进一个神采奕奕的老者,向书田说道:"你第三局棋没有赢得人家吗?一局棋怎会有三条车呢?"

书田听他这话,不觉恍悟过来,慌忙走得下床,迎着老者一躬到地地说道:"我现在已知是老丈在暗中显的神通,看老丈的神态,哪里像似妖怪?难得老丈今夜前来,怨我没有预先迎接老丈的法驾。"

只见这老丈笑容满面地说道:"有根气的毕竟不同,你知我是谁人?到你这里干什么事的?"

书田道:"老丈是一个道法中人,小子虽是未成年的孩子,但读书也有好几年,看老丈一双法眼没有一些邪相,就知老丈不是个风俗之辈。老丈姓什么,到这里干什么,我不是老丈,怎会知道呢?"

那老丈笑道:"轻一些,不要被旁人听见了。老实告诉你,我姓李,学道人用不着真名字,知道我的都唤我作李道人。近年来因外丹已成,内丹非有一定的地址潜修,不能成道。我在那空屋驱逐了邪怪,已潜修了三年,就是为他日的成道之地。前夜李湘亭到我那里去,我怕他那里玩个不休,长此妨碍我修道的地址,当面又不好当作寻常人看待,作法驱逐,勉强对他说出那一番话,遮掩自己的行藏。后来一想不好,这李湘亭的根器也不恶,但可以明道,不可以证道,何不借此指示他一条明道的门径,不致再到我那里去妨碍我潜修的地址。及至昨夜见李湘亭同你到那里下棋,看你也很有道力的根器,我道家与佛家一般的度人为本,我所以抽空前来传你的道法。"

陆书田见李道人这样说,不由得不惊服,便从容问道:"师父怎样不传给李湘亭的道法呢？"

李道人道："'有缘千里来相会，无缘对面不相逢。'这个李湘亭不能受我道法的缘故，你这时没有道法，便告知你也无用。不过要托你的口，去告知李湘亭，要如此如此，包管他有学道的门径。"说着，又低声向陆书田说了一阵。

这夜，陆书田便拜李道士学习道法。李道士每夜必来指点他修道的诀窍，这也不在话下。

且说陆书田在入道的第二日，在一班小孩子当中，寻见了李湘亭，附耳说是如此如此，李湘亭点一点头。

那一群小孩儿便拉着陆书田问道："你同李少爷真有这胆量到那里下棋的吗？我们不信。"

书田未及回答，湘亭向那一班小孩儿说道："昨天同适才的话，原是哄骗你们玩的，那地方兴妖作怪，我们难道真有吃雷的胆，敢到兴妖作怪的地方玩着吗？"

寻常未成年的小孩儿能有多大的见识，也就被湘亭支吾过去。

当日湘亭回到衙中，等待夜间三更以后，走进书房，向门缝里一张望，见里面灯光荧然，似乎许老先生还没有睡，遂将门搭子轻轻敲了几下，即见许老先生宽袍缓步，从里面走了出来，低声问是谁。

湘亭回说："是弟子李湘亭。"

许伯同便把门开放了，湘亭走进了门，随手将两扇门带关着，随着伯同走进他的卧房，向伯同跪下说道："徒弟李湘亭，问道心诚，千万恳求师父传弟子的道。"说罢，叩头如捣蒜一般，险些把头皮都磕破了。

许伯同低声一笑，问道："我不是和尚，你如何做我的徒弟？你夜静更深到这里来，说些什么？"

李湘亭又重申前说道:"弟子李湘亭,千万恳求师父,传弟子的道。"

伯同道:"我是一个读书人,怎教你去做盗?你这小孩儿胡说些什么?"

湘亭道:"弟子所要学的,不是盗贼之盗,乃是道法之道。"

伯同道:"原来你要学道,也好,总算你的缘分不薄,不知你学什么道?"

湘亭道:"弟子未能明道,不知当学哪一道,听凭师父指教。"

伯同道:"好,你是陆书田叫你来跟我学道的吗?李道人能收陆书田做徒弟,又荐你前来求道,但我看你的根器只能明道,不能证道,你要守着秘密,我慢慢传给你的大道。"

湘亭听了,接连又叩了几十个头,算是入道拜师的大礼。从此湘亭日间攻习书史,一到夜间,伯同便传给湘亭明道的诀窍。

如此三年,陆书田也时常来见湘亭,看湘亭的道力也有几分根底了,接连有好几日没有前来。

这日,伯同忽对湘亭附耳说道:"李道人已经证道,我也准备入山潜修,令叔迁官在即,我师徒的缘分尽于此矣。"

湘亭听伯同说着这话,一时泪下如雨,满心想挽留师父,哪里有一点儿效力呢?果然次日,李雨村左迁着宝坻知县,即日办理移交的手续。伯同便卸去馆席,自云入山修道,不知所终。湘亭便来拜辞书田。

原来书田已在数日前失踪不见了。湘亭慨叹了一会儿,随着雨村赴宝坻。湘亭本来的天分很高,一经明道以后,回籍入学中了一榜,连捷成进士,指分江西,即补萍乡知县,连升至瑞州知府。到任才数月,即有一个游方的和尚来拜见湘亭。湘亭是明道的人,当然对于一班苦行的和尚推崇备至,及至同那游方和尚见面以后,请示那和尚的法号,那和尚指着自己的白眉说道:"大人无须问贫僧的法名,就认明这个就得了。"

  湘亭偶然向白眉和尚端正望了一眼,想:这哪里像似个苦行和尚?他这一双眼睛,黑白分明,光焰常流不定,这种眼睛,就是世人所说的色眼。苦行的和尚,自然要生得一双慧眼。只怪造物赋形太错,像这种眼睛,如何配生在苦行和尚脸上?湘亭这么一想,不由暗暗惊诧不小。

  欲知后事,且阅下文。

第四十回

危崖勒辔马名士生涯
樵水傍渔山英雄末路

话说李湘亭看白眉和尚这一双色眼,光焰常流不定,像这种色眼,别处没有用着,唯有偷香窃玉的本领,极是惯家。生着这双色眼的人,只消把这双眼睛闪到妇女的眼光上,果然那妇女立得正行得正的,倒也罢了;如遇着色眼的妇女,这里一闪来,那里一闪去,眼角上互送一道情书,那还了得?他若是个苦行和尚,哪里会生就这双色眼呢?

李湘亭是何等人物,并且道力上的智慧也很不错,早看出白眉和尚不是个好路数了,听白眉和尚谈着禅机,别人千言万语说不尽的,这白眉和尚只消在顷刻间,却说得十分了解。

李湘亭格外惊诧得了不得,心想:这种和尚,居然在道法上也有些根底了。可是道法这件东西,犹如文学一般,读书的人,固以文学为应世的阶梯。胸中一正,有多么好的文学,即造出多么深的福泽;胸中不正,有多么好的文学,即造成多么大的罪孽。学道法的人,善者道法到什么程度,功德随着到什么程度,道法实为功德的资助;不善者道法到了什么程度,罪孽也到了什么程度,道法实为罪孽的媒介。这种和尚,没有道法则已,一有道法,他毕生所造出来的罪孽可也不少。

想到其间,不由向白眉和尚冷冷地笑道:"大和尚所谈的禅机,实在使本府佩服万分,不过本府是佩服大和尚的道法,不是佩服大和尚的本身,这意思大和尚可明白吗？大和尚禅语里面,曾言修道的人,最要得法、财、地、侣四件东西,因为无法不能卫道,无财不能行道,无地不能了道,无侣不能证道。不知从哪里听来,说本府已通道法,欲得本府做个道侣,为将来证道的地步。其实本府只能明道,未能得道,明道只得道力的皮毛,本府连皮毛道力都没有,正所谓管中窥豹,略见一斑。本府不想有得道的一日,毋庸做大和尚的道侣,大和尚又何必要本府这个连皮毛都没有的侣伴呢？本府看大和尚终不是证道的人,只望大和尚不要走上那条行不通的道路。良言尽此,请大和尚仔细三思。"

白眉和尚听了笑道:"大人说这样话,敢是小觑贫僧走上那条行不通的道路吗？贫僧就有千百张口,千百张口中便生千百张舌,也分辩不来。贫僧满心想求大人做个道侣,大人不相信贫僧的行径,有些靠不住,贫僧可发誓给大人听,日后贫僧如有背道的行为,当死于大人之手,大人可相信不相信呢？"

李湘亭听了,低头仿佛思忖了一会儿,忽然叹道:"不是道侣是对头,本府但愿大和尚此后不致应着今日的誓言。大和尚何处不可得着道侣呢？"

李湘亭说完这话,便拂袖而起。白眉和尚讨了这个没趣,也就回他的南海去。

果然白眉和尚以后的行为,竟逃不过李湘亭的一双法眼。李湘亭由瑞州知府,接连升调至山东总督,在任的官声很好,又由山东总督调迁至湖南总督,果然听得白眉和尚的行径,昏淫惨杀,比采花的强盗还不如,但终信得白眉和尚合该死在他手。

这日,李湘亭刚坐堂审案,却见一个老和尚将白眉和尚同一个酣睡的男子带到堂前。李湘亭问明老和尚的法号唤作澹性,是白眉和尚的大师兄,帮助太湖帮人剿灭了洞庭帮,送洞庭帮的主犯白眉和尚及章大刚前来,听凭国法处置。

李湘亭讯明白眉和尚的供词，立刻即将白眉和尚、章大刚枭首示众。澹性也就不别而去。

李湘亭想起白眉和尚十年前的誓言，果应在今日，益信得当初的眼力不错。说也奇怪，在白眉和尚、章大刚正法的后十日，李湘亭得到江苏铁保的信函，已知太湖帮的强盗改邪归正，不做水面上没有本钱的买卖，并且在扬子江左近犯案的采花强盗已由沈海龙捕送，就地府县各正了国法。李湘亭因此想到沈海龙这种人物，真所谓"屠子放刀，立地成佛"，较之白眉和尚心胸，判若天壤。

李湘亭在湖南做了三年总督，名心渐淡，道心渐浓，遂看破仕途，告官休养。

一日，漫游太湖，李湘亭坐的是一只官船，并有李湘亭的叔父李雨村同游，看太湖水面汪洋浩瀚六千顷，渔舟唱晚，星火微波，点缀着太湖风景，心里好不畅快。忽见上游有一只渔船飞驶而来，渔船上站立一个汉子，喊着卖鱼，声音如铜钟一般地响。

李湘亭便招呼船夫，将卖鱼人唤得前来，有话要同他讲。船夫答应了一声，不一会儿，那小渔船已拢近大船旁边。卖鱼人跳上官船，站在舱外，问舱内的先生有何话讲。

李湘亭一时实在又想不起要说的话来，便指着他叔父李雨村，向那卖鱼人说道："家叔喜吃鱼汤，你可到船上取几尾来。"

卖鱼人道："小人船上没有鱼。"

湘亭笑道："你船上既没有鱼，为何喊着卖鱼？"

卖鱼人道："小人要卖的鱼，不是放在船上，是养在湖里。"

湘亭道："这就奇怪，湖里的鱼，要取起来才卖，你没有取鱼，怎么喊着卖鱼呢？"

卖鱼人道："养在湖里，不是同养在船上一样的吗？小人卖鱼，都是先有买主，立刻到湖里取来。只待买主讲明了价钱，要买什么鱼,就取什么鱼。"

湘亭道:"家叔最喜鲈鱼,可惜这太湖不是松江,哪里能取来五尾四腮大鲈鱼?你只取两腮鲈鱼五尾,愈大愈好,价钱多少,你要多少,就该给你多少。"

那卖鱼人听了,仔细向湘亭面上望了望,说道:"不错,可惜太湖不是松江,哪里有四腮鲈鱼呢?但令叔太爷最喜欢是松江四腮鲈鱼,请等小人片刻时辰,到松江去取来五尾四腮大鲈鱼,价钱只要大人纹银五两,多一分不要,少一分也不行。"

湘亭听罢,笑道:"你能在片刻时辰到松江取来五尾四腮鲈鱼吗?就给你五两银子……"

雨村不待湘亭的话说完,也对着卖鱼人说:"看你这种人,不是说大话的,来来,看案上爇起一炷香,大略等待这炷香爇完了,总该取来五尾四腮鲈鱼了。"

卖鱼人看炉中的香已烧得剩有五寸,故意露出很为难的样子。

雨村道:"你敢是嫌这炷香太短了些吗?"

卖鱼人接着道:"小人不是嫌这炷香太短,是嫌这炷香太长,到松江去只有数百里,来回要有五寸香的时间,谁耐烦能等得呢?也罢,小人看先生并非爽约的人,小人就此到松江去吧!"说完这话,眨眨眼工夫,已不见卖鱼人去向。

湘亭便吩咐船夫在湖心抛下锚链,陪同雨村在舱里闲谈。

雨村道:"这时炉中的香已爇去二寸多了,但怕爇去五寸,卖鱼人未必便来。"

话犹未毕,即听得船上脚步声响,看卖鱼人浑身水淋淋地站在舱外,手里用柳条穿着五尾大鲈鱼,每尾约在二斤上下,向着舱内微微笑道:"小人说嫌这炷香太长了些。小人到松江去取五尾四腮鲈鱼,能有多远的路?三寸香时间就嫌长了。"

一面说，一面便将那五尾鲈鱼，一尾一尾拨开鱼口，一看，果然全是四腮。

雨村即令船夫收下鲈鱼，向湘亭笑道："我想左慈昔日在曹操面前，从盆中钓出一尾四腮鱼来，也是这一类的法术吗？"

湘亭答道："这是功夫，并不是法术。"

湘亭一面答雨村，一面和卖鱼人问道："你是游水到松江去，怎么你下水的时候，没听有一些声响呢？"

卖鱼人回道："小人不是游水去的，是在湖面上飞去飞来的。要取鱼就得下水去取，只要水中有鱼，要取多少尾数，就得取多少尾数。小人取鱼，譬比种田人割稻，只要田中有种，要割多少，便割多少，这算得什么稀罕？"

湘亭道："你既会练得这样好的运气飞腾功夫，的确是一件很不容易的事。"

卖鱼人道："小人这是水上飞行的功夫，并不是陆地飞行的功夫。陆地飞行的功夫专仗这个'气'字，对于'水'字未尝学问。水上飞行的功夫却利用一个'水'字，也脱不开一个'气'字，要练这水上飞行功，比练陆地飞行功实难。练陆地飞行功的人，就将周身的气力运集在两膀子上，两膀子贯足了气，就同飞鸟的两个翅膀一样得动，这种功夫，虽学而易精，只要运气得法，瞬息间便能飞行千里。水上飞行的功夫，得水则速，得气则行，同陆地飞行功比较起来，怎么要说是实难呢？就因人是在陆地生成的，不是在水上养大的，陆地飞行功，只运足两膀气力，水上飞行功，头部、两膀、两腿都要运气。要学水上飞行功的人，先学泅水，能在水中起居饮食，如游鱼一样，气重则身轻而浮，气轻则身重而沉。并且陆地飞行功，身子是竖着的，水上飞行功，身子是横着的。竖着身躯，得风气便能飞行，横着身躯，周身之气不及竖着身躯容易流转行通，非借水的力量，不能飞行千里，一得水的力量,水势愈重,身躯愈轻,飞行愈快。练水上飞行功好到极顶的人,便能瞬息万里,并非难事。"

雨村、湘亭听罢,都点头赞服。湘亭急从身边约取出四五两纹银,交给卖鱼人。卖鱼人不肯受。

湘亭道:"你讲明要五两纹银,怎么不受?"

卖鱼人回道:"小人这五尾鲈鱼,本讲明要纹银五两,但小人还有下情容禀。"

湘亭道:"你还有什么话,请换了衣服,进舱坐下来细谈不妨。"

卖鱼人便回船换了衣服,走进湘亭舱内坐下,改换了称呼,向湘亭道:"大帅不认识小人,小人却认识大帅,这真应上一句古话,所谓'一个和尚认不得千个施主,千个施主却认得一个和尚'。小人沈海龙,四五年前曾在山东见过大帅,大帅的声音笑貌都嵌入小人的心坎里。小人在这太湖做了两年的盗首,洗手已三年了,可是小人哪一日不感仰大帅的威德?现在率领弟兄们,靠着太湖的水面营生,卖鱼换酒,一般也享受寻常人所不能享受的乐趣。难得大帅的令叔太爷肯赏脸叫小人取来五尾松江鲈鱼,休说赏给小人五两纹银,便是五钱五分,小人也绝不肯承受。这五尾鲈鱼,只算聊表小人的薄敬,以慰小人数年来感仰之忱。"

湘亭听了笑道:"你的同党,现在都干这卖鱼的生涯吗?"

海龙道:"却有几个不曾干这生涯,但小人相信他们的乐趣很大,绝不会再做强盗。"

湘亭笑道:"凭你们这样大的本领,做强盗也不会破案。"

海龙长叹了一声道:"本领大的人,做强盗不会犯案,那么世界上也没有一天安静的好日子了。我们太湖帮人若不在三年前洗了手,还不是同洞庭帮人一样的结果收场吗?便是小人侥幸脱漏法网,还有这张脸再见大帅吗?"

湘亭在湖南时,虽知道太湖帮人是大有能为的人,然究竟没有见太湖帮人显过怎样本领,经过这事以后,简直把沈海龙当作神龙看待了。最钦敬是海龙身怀这般本领,居然洗手安贫乐道,不去胡作妄为。假使这种人不安本分,揭竿倡乱起来,真是不堪设想了。遂向海龙点头道:"好好,你我今日相见,也是很不容易的事。既然你不肯受鱼银,算是慰你数年来感仰之忱,我这里送你五百两银子,也只当我钦敬你的意思,不枉我们今日结识一场。"

海龙仍不肯受。

湘亭道:"这五百两是我一生的宦囊所积,其中毫无不义之财,你安心收去买酒吃好了。"

海龙哈哈笑道:"大帅这样说,就未免拟小人于不伦了。小人每日只卖一两银子的鱼,饮酒食肉,足够敷用,哪有缓急要用五百两银子使用的事?越是这五百两中毫无不义之财,小人越不肯受。大帅这番好意,恕小人不敢领情。"

李湘亭听了,不觉面生惭愧,慌忙起身赔罪道:"李某无状,妄以小人之心,度君子之腹,还望足下恕李某粗莽。看足下的心胸本领,哪里像做过强盗的?"

说着,即命人摆上酒菜,请海龙吃酒。海龙倒不推拒。

酒过三巡,湘亭便向海龙笑道:"我与你虽然萍水相逢,性情却很投契,何不结个异姓兄弟,岂不更加亲热?"

海龙听说,便一跳身先向雨村拜了四拜,然后又向湘亭笑道:"老大哥今年是多久的年纪呀?"

湘亭道:"已经四十有六了。"

海龙纳头拜道:"老大哥,我们万人同盟,永结成知心的兄弟,哈哈!海龙,你真好侥幸也,却拜识了这个老大哥了。"

湘亭连忙将海龙拉起坐定，问明年纪，海龙比湘亭小八岁，从此便结为异姓兄弟。湘亭同他叔父雨村在太湖游览了十余日，便返棹回归故里，常对雨村说道："当今之世，我们汉人当中，有沈海龙这样本领、这样胸襟的人物充塞中国土地，这中国还不是我们汉人的中国？无如天不佑汉，竟使英雄溷迹渔樵，不得扬眉吐气，一洗百年以来满奴压制汉族的国耻。洵至以盗、以隐、以老、以病、以死，伏波横海人才少，枯苑芜城落梦多，能不使伤心人同声一哭吗？"